KB035643

카프카 전집 10

Franz Kafka, Briefe an Ottla und die Familie

카프카의 엽서

카프카의 엽서

그리고 네게 편지를 쓴다

프란츠 카프카 지음 | 편영수 옮김

솔

일러두기

1. 이 책의 원 텍스트는 하르트무트 빈더Hartmut Binder와 클라우스 바겐바흐Klaus Wagenbach가 공동 편집한 Franz Kafka: Briefe an Ottlaund die Familie(Fischer, 1981)이다.

2. 이 책에 실린 엽서와 편지는 총 120통이다. 이 엽서와 편지의 연대순 배열은 카프카가 사용한 형태로 인용했다. 소인 역시 그대로 표시했으며 원래의 철자법에 따라 표기했다. 소인의 일부분을 읽을 수 없는 경우에는 짧은 횡선으로 표시했다. 확실한 보충 내용들은 둥근 괄호로 처리했다. 편지와 엽서는 가능한 한 원본에 손을 대지 않았으며, 정서법과 단락 구분(엽서의 경우 카프카는 공간이 부족해 단락을 구분하는 대신 줄표를 사용했다)도 그대로 따랐다. 카프카가 직접 그은 밑줄은 진한 명조체로 처리했고, 엽서나 편지에서 다른 사람들이 수신인에게 소식을 전하는 구절은 이탤릭체로 표시했다.

3. 본문에서 엽서의 형태에 따라 '그림엽서', '엽서'라고 구분해 표기했으며 표기가 없는 경우는 모두 편지 형태로 쓰여진 글이다. 그림엽서 중에서 카프카의 친필이 담겨있는 엽서는 별도로 'ㅇ'으로 표기를 하였다.

4. 본문에 실린 사진은 원 텍스트의 사진과 클라우스 바겐바흐의 사진집에서 발췌하여 사용하였다.

5.「이 책을 읽는 이에게」는 독자들의 편의를 위해 넣었다. 내용 중 기호가 본문과 일치하지 않는 것은 원 편집자의 의도를 살리기 위함이다.

6. 한문은 필요한 경우에만 병기하였으며, 외국어 우리말 표기는 1989년에 개정된 외래어 표기법(문교부 고시 제 85-11호), 외래어 표기 용례에 따랐으나 특별한 경우 예외를 두었다.

7. 부호와 기호는 아래와 같다.

—책명(단행본) · 장편소설 · 정기간행물 · 총서: 겹낫표(『 』)

—논문 · 시 · 단편 작품 · 연극 · 희곡: 낫표(「 」)

—오페라 · 오페레타 · 노래 · 그림 · 영화 · 특정 강조: 홑화살괄호(〈 〉)

—대화 · 인용: 큰따옴표(" ")

—강조: 작은따옴표(' ')

차례

취라우의 오틀라 집 앞에 서 있는 카프카와 오틀라

카프카가 막스 브로트·오토 브로트와 함께 묵었던 리바의 '호텔-여인숙 리바'

1909년

Nr. 1

리바, 1909년 4월 7일

그림 엽서: 라고 디 가르다, 궁전 호텔 리도에서 본 리바

오틀라야, 아버지 가게에서 열심히 일해다오. 그렇게 되면 나는 여기에서 아무 걱정 없이 잘 지낼 수 있을 거야. 그리고 사랑하는 부모님께도 안부 전해다오.

오빠 프란츠

막스 브로트[1]

테쉔-보덴바흐
카프카는 이곳에서 1915년 1월에
파혼한 뒤 처음으로 펠리체를 만났다.

Nr. 2

1909년 4월 22일

그림 엽서: 테쉔, 보헤미아의 스위스, 쉐퍼반트에서 본 광경

진심으로 안부 인사를 전하며

오빠 프란츠

나는 어쩌면 목요일[2] 오후 세 시에 제국역[3]에 도착할지도 모르겠다.

Nr. 3

마퍼스도르프, 1909년 가을

그림 엽서: 마퍼스도르프

네게 또 전해줄 것이 있다.

프란츠

마퍼스도로프(1909년 가을 오틀라에게 보낸 그림 엽서)

Nr. 4

필젠, 1909년 12월 20일

그림 엽서: 필젠, 이스라엘 사원

친애하는 아가씨[4]

크리스마스 휴가 동안 나는 이곳에 머물고 있소. 하지만 당신과 함께 클럽의 모임에서 보낸 시간들을 추억하는 것이 내 유일한 기쁨이오. 내가 보낸 산타클로스 선물은 받았소? 당신의 인형을 내 가슴에 안고 있다오.

당신의 충직한 아르파트[5]

1910년

Nr. 5

파리, 1910년 10월 16일

그림 엽서: 파리, 라 그랑 루

진심으로 인사를 전하며

프란츠

북부 보헤미아의 프리트란트 성

1911년

Nr. 6

프리트란트, 1911년 2월 4일

그림 엽서: 보헤미아의 프리트란트, 성

수신인 엘리와 카를 헤르만

워낙 비싸 유감스럽게도 썰매를 탈 수가 없구나. 눈이 도처에 널려 있는데도 말이야. 하지만 머지않아 거의 공짜로 썰매를 타게 될 거야.

진심으로 인사를 전하며

오빠, 처남 프란츠 카프카

Nr. 7

프리트란트, 1911년 2월 둘째 주

그림 엽서: 보헤미아의 프리트란트, 성

오틀라야,

네 병에 대해선 전혀 생각하지 못했구나. 차가운 산 공기를 쐬면서 이 엽서를 받아야 하니 옷을 따뜻하게 입고 몸조리 잘해라!

오빠 프란츠

곧 무언가 사들고 병문안 가마.

크라차우 광장

Nr. 8

(크라차우), 1911년 2월 25일

그림 엽서: 크라차우, 광장°

오틀라야, 내가 맞은편에 있는 '로스' 호텔에서 감자와 월귤을 곁들인 송아지 고기 요리와 오믈렛을 먹고, 게다가 작은 사과주 한 병까지 곁들여 마셨다는 사실이 분명히 네겐 흥미로울 거야. 하지만 너도 잘 알듯이 다 씹어 넘길 수가 없어서 상당량의 고기는 고양이에게 주고, 일부는 돼지처럼 바닥에 흘렸어. 그러자 여종업원이 내 옆에 와서 앉았고, 우리는 저녁에 따로 가서 보기로 약속했던 「바다의 파도와 사랑의 파도」[1]에 대해 이야기를 나누었어. 비극적인 작품[2]이었지.

Nr. 9

바른스도르프, 1911년 5월 2일경

그림 엽서: 바른스도르프, 건강 식품점

오틀라야, 이번엔 틀림없이 작은 선물을 가지고 가마. 떠나기 전날 밤에 네가 울어주었으니까.

프란츠

Nr. 10

플뤼엘렌, 1911년 8월 29일

그림 엽서: 피어발트슈태터 호수, 악센 거리, 브리스텐나무가 바라다보이는 풍경

산으로 둘러싸인 플뤼엘렌에 있어. 정신없이 꿀을 퍼먹고 있지.

프란츠

막스 브로트

라고 디 루가노

Nr. 11

루가노, 1911년 8월 30일

그림 엽서: 라고 디 루가노, 지리학적 전경

수신인 오틀라 카프카와 발리 카프카

어머니가 편지 쓰는 걸 방해하지 말고 너희들이 어머니께 편지를 쓰도록 말씀드려라. 탐탁지는 않지만 말이다.—우리는 어제 피어발트슈태터 호수에 갔었고, 오늘은 루가노 호수에 갔어. 여기서는 잠시만 머물렀지.—주소는 전과 같아.

프란츠

브로트 박사[3]

스트레사

Nr. 12

스트레사, 1911년 9월 6일

그림 엽서: 스트레사, 라고 마기오레

오틀라야, 내게 좀 더 자세한 내용을 써서 보내주렴. 어머니 편지에 의하면 분명 새로운 일이 있는 것 같은데 구체적인 사실이 매우 흥미로울 것 같구나. 네가 편지를 보내주면 멋진 그림 엽서를 보내주마.

프란츠 카프카

막스 브로트

베르사유 궁전

Nr. 13

파리, 1911년 9월 13일

그림 엽서: 베르사유 궁전°

오틀라야, 내가 네게 용서를 구해야 할 게 아니라, 네가 내게 그래야 겠구나. 네게 편지로 퍼부었던 비난 탓은 아니야. 사실 그 비난은 애정 어린 것이었어. 마음속으로 못마땅했던 것은 오히려 중요한 일을 처리하면서 네가 약속을 지키지 않았다는 사실이야. 구체적이지 않은 것이 유감스러웠지만 네가 실수를 인정했고, 또 일에 지친 너를 위로해줄 오빠가 옹졸해서는 안 될 것 같아 물가가 비싸기는 하지만 네게 멋진 선물을 꼭 해줄게.
마음 가득히 인사를 전하며

프란츠

막스에게 넌 경솔했다. 지금 네가 막스를 탐탁지 않게 여길지도 모르고, 혹시 막스가 네게 엽서를 보내지 않을까 염려했는데 기우였어.
막스가 네게 진심 어린 인사를 전하란다.
정중한 인사를 보냅니다. 막스 브로트

카프카가 브로트와 함께 묵었던 바이마르의 호텔 헴니티우스

1912년

Nr. 14

바이마르, 1912년 6월 30일

그림 엽서: 괴테가 임종한 방

수신인 율리 카프카, 헤르만 카프카, 발리 카프카, 오틀라 카프카

사랑하는 누이들, 그리고 부모님, 우리는 무사히 바이마르에 도착해 (평방 이 미터 크기의) 정원이 내다보이는 조용하고 멋진 호텔에 방을 얻어 편안하게 지내고 있습니다. 여러분 모두한테 소식을 듣게 된다면 얼마나 기쁠까요.

당신들의 프란츠

슈타인 부인의 집

Nr. 15

바이마르, 1912년 7월 3일

그림 엽서: 바이마르, 슈타인 부인의 집

오틀라야, 당연히 그리고 기꺼이 네게 편지를 쓴다. 슈타인 부인의 아름다운 집이 그려진 엽서를 동봉한다. 우리는 어젯밤 그 집 앞 우물가에서 오랫동안 앉아 있었단다.

오빠 프란츠

안녕히 계십시오.

막스 브로트

베르너 양[1]에게 진심의 인사를 전해다오.

리바의 '폰 하르퉁엔 박사의 요양원과 물을 이용한 치료소'의 본관, 식당, 대기 안정 요법 요양실

1913년

Nr. 16

베를린, 1913년 3월 25일

그림 엽서: 델리아 길, 여왕 극장

오틀라야, 마지막 순간이긴 하지만, 진심으로 인사하마. 내 입장을 이해해다오, 시간도 없었고 휴식도 취하지 못했단다.

프란츠

Nr. 17

리바, 1913년 9월 24일

두 장의 그림 엽서에 연달아 적혀 있음: 성 비길리오, 라고 디 가르다와 라고 디 가르다, 이졸라 가르다 에 몬테 발도

오틀라야, 지금까지 거의 편지를 보내지 못했구나. 이해해주렴. 너도 알다시피 여행 중이라 그런지 마음이 어수선하고 이전보다 글을 쓰고 싶은 욕망이 덜하구나. 하지만 지금은 조용히 요양원에만 있으니 자주 편지하마. 아니면 엽서라도 보내마. 늘 그렇듯이 할말이 별로 없어서 그래. 쓸 내용도 별로 없는데 편지를 보낼 순 없잖니. 그 이야기는 나중에 때를 봐서 욕실[1]에서 해주마. 그런데 너 나 좀 도와줄 수 있니? 타우씨히 서점에 가서 『1913년의 책』을 가져다 다오. 공짜로 얻을 수 있는 안내 책자인데 내가 집으로 돌아갈 때쯤이면 떨어질지

도 모른단다. 그 책자를 정말 갖고 싶거든. 모두에게 안부 전해다오.

프란츠

집에서 소식 받아본 지도 정말 오래됐구나.

Nr. 18

리바, 1913년 9월 28일

그림 엽서: 리바, 일 포르토 콜라 토레 아포날레

오늘 나는 괴테가 모험적 사건[2]을 겪었던 말체시네에 와 있다. 네가 『이탈리아 여행』을 읽었다면 잘 알고 있을 테지. 아직 안 읽었다면 꼭 읽어봐. 성의 관리인이 괴테가 스케치했던 장소를 알려주었는데 그 장소가 『이탈리아 여행』과 일치하지 않더구나. 그래서 우리는 그 장소에 대해 의견이 분분했지. 이탈리아어로 된 『이탈리아 여행』을 찾아봤지만 마찬가지였단다.
모두에게 안부 전해다오!

프란츠

베네치아

Nr. 19

리바, 1913년 10월 2일

그림 엽서: 베네치아, 팔라초 두칼레, 살라 델 마기오르 콘시글리오

오틀라야, 부모님께 편지 보내주셔서 진심으로 감사하다는 말과 내일 답장을 자세하게 써서 보내드리겠다는 말을 전해주어라. 세월이 정말 쏜살같이 지나가는구나. 어머니께서 네가 내게 편지를 보낼 거라고 하셨는데 보내지 마라. 보내고 싶더라도 보내지 마. 편지 쓰기는 정말 어려운 일이거든.

프란츠

모두에게 안부 전해다오.

프라하 구시가 순환 도로에 위치한 카프카 가족의 집
오펠트하우스 입구에 서 있는 카프카와 오틀라(1914년 무렵)

1914년

Nr. 20

프라하, 1914년 7월 10일

오틀라야, 지난밤에는 한숨도 자지 못했단다. 그래서 잠을 청하기 전에 서둘러서 몇 자 적어본다. 네가 엽서를 보내주어 절망적인 아침이 잠시나마 견딜 만했다. 그건 참된 접촉이지. 해서 네가 괜찮다면 기회가 닿을 때마다 계속 그렇게 하자꾸나. 정말 원하지 않는 일이지만 저녁에는 보통 늘 혼자 지내. 베를린에 가면 물론 네게 편지할게. 지금은 그 일[1]과 나에 대해서 어떤 것도 확정적으로 말할 수 있는 계제가 아니구나. 나는 말하는 것과 달리 쓰고, 생각하는 것과 달리 말하고, 생각해야 할 것과 달리 생각하고, 그러다 보면 끝을 모르는 어둠으로 한없이 빠져들게 돼.

프란츠

모두에게 안부 전해다오! 이 편지를 아무한테도 보여주어서도 안 되고 아무 데나 놓아두어서도 안 된다. 그럴 바에는 차라리 갈기갈기 찢어 마당에 놀고 있는 닭들한테나 뿌려주렴. 닭들한테야 비밀을 지킬 필요가 없을 테니까.

오틀라에게 보낸 그림 엽서의 마리리스트. 이 엽서에는 "나는 비교적 잘 지내" 하는 간결한 문장이 적혀 있다.

Nr. 21

바거뢰제, 1914년 7월 21일

그림 엽서: 외스터르쇠바트 마리리스트

오틀라야, 진심으로 안부를 전한다. 나는 비교적 잘 지내. 매일 날씨는 변함 없이 좋고 변함 없이 멋진 해변에 변함 없는 온천장이구나. 하지만 거의 매일 고기만 먹어야 하는 게 고역이야. 다른 일에 대해서는 월요일에 이야기해줄게. 일요일에 가마. 부모님께는 오늘 편지를 보냈다. 우편 집배원이 기다리고 있어, 안녕.

프란츠

Nr. 22

마리리스트, 1914년 7월

수신인 부모님

이 모든 일의 형편을 보건대 어머니, 아버지의 건강과 제 건강(이 둘은 한 가지임이 확실한데)을 위해 이전처럼 사는 것이 어렵다고 생각합니다. 때문에 저는 베를린 일을 마무리짓지 않았습니다. 아시다시피 저는 어머니, 아버지께 아직까지는 정말 심한 심려를 끼쳤던 적이 없습니다. 하나 있다면 파혼 문제일 것입니다. 이렇게 멀리서 판단하기로는 별로 그런 것 같지는 않습니다. 하지만 어머니, 아버지를 늘 기쁘게 해드린 적은 더더욱 없는 것 같습니다. 제 소견으로는 이런 이유 때문일 것입니다. 제가 지속적으로 기쁨을 누린 적이 없기 때문입니다. 제가 원하던 것을 인정하실 수 없으셨던 아버지께서 그 이유를 가장 잘 아실 것입니다. 아버지는 당신이 사회에 첫발을 내디디셨을 때의 상황이 얼마나 어려웠나를 가끔 말씀하시곤 하셨지요. 그 어려웠던 상황이 자신을 존중하고 만족감을 갖게 하는 훌륭한 교육이었다고 생각하시는지요? 아버지께서도 이미 노골적으로 말씀하셨습니다만 제가 너무 편안히 지낸다고 생각하시는지요? 저는 지금까지 모든 점에서 의존적으로, 그러나 남 보기에는 만족스럽게 성장해왔습니다. 제 천성을 배려하셨던 분들은 선량하시고 친절하셨지만 그렇게 성장해온 것이 제 천성에 좋지 않은 영향을 끼쳤다고 생각하시는지요? 확실히 어디서나 자신의 독립성을 확보할 줄 아는 사람들이 있습니다만 저는 그런 부류의 사람이 못 됩니다. 물론 의타심을 버리지 못하는 사람들도 있습니다. 제가 혹시 이런 부류에 속하지 않는지 시험해보는 것도 나쁘지 않을 것 같습니다. 그런 시험을 해보기엔 제 나이가 너무 많다는 이론 역시 옳지 않습니다. 저는 겉으로 보이는 것처럼 그렇게 나이가 많지 않습니다. 사람을 어린 상태로 유지해주는 것이 의타심이 지닌 유일한 긍정적 효과입니다. 물론 의타심이 끝을 맺을 때만 그렇습니다. 그러나 사무실에서는 결코 의타심을 고칠 수 있을 것 같지 않습니다. 도무지 프라하에 있다간 아무것도 안 될 것 같습니다. 이곳에서는 모든 것이 근본적으로 의타심을 원하는 저 같은 사람을 의타심 속에 가두어두는 것을 목표로 삼고 있습니다. 모든 것을 손쉽게 얻을 수 있기 때문이지요. 사무실에서 아주 성

아버지 헤르만 카프카와
어머니 율리 카프카

가시고 참아내기 어려운 경우가 자주 있긴 합니다만 그래도 내심 편합니다. 또 여기에서 저는 제가 필요한 것 이상의 수입을 얻습니다. 하지만 무엇 때문에? 누굴 위해서? 저는 봉급의 사다리를 타고 계속 올라가겠지요. 무슨 목적일까요? 이 일은 제게 맞지도 않고, 보상으로 독립성을 가져다 주지도 않는데 말입니다. 그런데 왜 저는 이 일을 버리지 않는 것일까요? 제가 사직을 하고 프라하를 떠나는 것은 결코 모험이 아니라 전부를 얻을 수 있는 길입니다. 그것은 결코 모험이 아닙니다.이유는 프라하에서의 생활이 좋지 않았기 때문입니다. 부모님께서는 재미 삼아 가끔 저를 루돌프 뢰비 외삼촌과 비교하셨지요. 하긴 제가 프라하에 계속 머문다면 제 인생 행로는 외삼촌과 별로 다를 것이 없을 것입니다. 예상하건대 외삼촌보다 돈은 많이 벌고 재미는 많이 느낄지 모르지만 믿음은 떨어질 것입니다. 따라서 외삼촌만큼 만족하지는 못할 것입니다. 그 이상의 차이점은 없을 것입니다. 하지만 프라하를 벗어나면 저는 모든 것을 얻을 수 있습니다. 달리 말하면 제가 갖고 있는 모든 능력을 십분 활용하고, 선하고 올바른 일을 한 대가로 정말 살아 있다는 느낌과 지속적인 만족을 느끼는 독립적이며 침착한 인간이 될 수 있습니다. 그런 인간이—그건 적지 않은 수확일 것입니다—부모님의 마음에 더욱 드실 것입니다. 어머니, 아버지께서는 아들 하나를 두고 있습니다. 그 아들의 행동거지 하나하나는 못마땅할지 몰라도 대체적으로는 아들에 대해 만족하실 것입니다. "그 아이는 최선을 다하고 있어" 하고 부모님께서는 말씀을 하셔야 하기 때문이지요. 현재는 그런 느낌이 안 드실 것입니다. 당연합니다.
제 계획을 다음과 같이 실행하려고 합니다. 현재 제 수중에는 오천 크로네가 있습니다. 이 돈이면 돈벌이를 하지 않더라도 베를린이나 뮌헨에서 이 년 정도는 살 수 있습니다. 이 이 년 동안 저는 문학 창작을 하면서 프라하의 내적 나태함과 아주 명백하고 과도하며 획일적인 외적 방해 때문에 해낼 수 없었던 것들을 제게서 끌어낼 수 있을 것입니다. 이 년의 시간이 지난 뒤에는, 비록 보잘것없는 액수지만 그 문학 창작으로 번 돈으로 살 수 있을 것입니다. 비록 보잘것없는 액수지만 지금 제가 프라하에서 영위하는 생활과 나중에 그곳에서 저를 기다리는 생활과는 비교할 수 없을 것입니다. 부모님께서는 제가 제 능력이나 그 능력으로 생계를 유지할 수 있을 가능성에 대해 착각하고 있다고 이의를 제기하실 것입니다. 하기야 그런 가능성이 우선 제 나이가 서른한 살이고 그 나이에 그런 착각을 한다는 것은 도저히 있을 수 없는 일이기 때문에 전혀 없는 것은 아닙니다. 부모님의 주장은 별로 근거가 없습니다. 제가 착각하고 있다면 나이를 셀 필요도 없을 것입니다. 그렇지 않다면 고려라는 것 자체가 불가능할 것입니다. 또 다른 이유는 제가 비록 적은 양이지만 약간의 작품을 썼는데 그 작품들이 상당히 인정을 받고 있다는 사실입니다. 마지막으로 이런 이유 때문에 부모님의 생각은 별로 근거가 없습니다. 저는 전혀 게으르지 않은 데다 욕심도 없는 편이어서 비록 희망이 물거품이 된다 할지라도 다른 생계 수단을 찾아 어떤 경우든 부모님께 폐를 끼치진 않을 것입니다. 만약 그렇게 된다면 현재의 프라하 생활보다 훨씬 더 괴롭고 힘든 생활이 저나 부모님을 기다릴 테니까요. 그런 생활은 정말 견디기 힘들 것입니다.
앞서 말씀드린 것으로 제 입장은 충분히 밝혔다고 생각합니다. 따라서 제 생각에 대해 부모님께서 어떤 말씀을 하실지 몹시 궁금합니다. 이것이 유일하게 올바른 길이며 이 계획을 이행하지 않으면 결정적인 것을 놓치게 되리라는 확신이 있습니다. 그러나 부모님께서 어떻게 말씀하실까도 제겐 대단히 중요합니다.

진심으로 인사를 올리며 당신들의 아들 프란츠 올림

Nr. 23

샤르로텐부르크, 1914년 7월 26일

그림 엽서: 포츠담, 상수시 성, 볼테르-방

오틀라야, 다시 한번 인사를 전한다. 보게 되기만 바란다!

사태를 제대로 보면서 가끔은 베를린 생각도 해주세요.

마음의 인사를 전하며 에르나[2]

막스 브로트의 동생 오토 브로트와 카프카

1915년

Nr. 24

프라하, 1915년 2월 · 3월

군사 우편 엽서

날씨는 물론 쾌청했어. 그런데도 어제는 이사할 생각이 전혀 들지 않더구나. 자신만의 장롱을 갖는다는 것은 인간의 보편적인 권리야. 네게 이런 권리 이상의 것을 주고 싶구나. 정말 나는 특정한 어떤 일을 생각하지 않는 편이거든. 그런데 생각을 계속하다 보면 많은 일들이 서로 연결되더구나. 가게에서 내쫓겼다가 너 때문에 가게에 다시 갔던 일, 네 방에 한번 와달라고 나에게 끈덕지게 요구했던 일, 반면 너는 내가 사는 방에 한 번도 와본 적이 없다는 사실, 또 내 의견도 묻지 않고 낡고 더러운 식료품 저장실을 치운 사실 등등 정작 너는 전혀 기억하지도 못하겠지만 네가 나를 무시하고 행동했던 몇 가지 일들이 말이다. 나의 이런 불평에 대해 넌 내가 네 일에 전혀 관심을 보이지 않았으며(그런 데는 어쩔 수 없는 이유가 있었어), 또 하루 종일 아버지 가게에 붙어 있느라 그랬다고 변명하겠지. 이로써 너와 나는 어느 정도 피장파장이 됐구나.

Nr. 25

하트반, 1915년 4월 25일

그림 엽서: 부다페스트, 오르사가즈(의사당 건물)

마음 가득히 인사를 전한다. 입맞춤(옛 추억).

프란츠

우리 관계가 더욱 돈독해졌으면 좋겠어!
거듭 인사를 전하며

엘리

아이들과 이르마,[1] 그리고 베르너 양에게 안부 전해다오.

Nr. 26

빈, 1915년 4월 27일

그림 엽서: 빈, 빌헬름 황제 환상 도로

곰곰이 생각해봤는데 베르너 양에게 조그만 선물을 하는 게 어떨까?

프란츠

Nr. 27

오우발리, 1915년 5월 16일

그림 엽서: 오우발리; 그림이 있는 부분에 카프카가 그린 익살스러운 소묘가 그려져 있음: 「오틀라의 가벼운 늦은 아침 식사」

수신인 요제프 다비트

진심으로 인사를 보내네.

프란츠 카프카

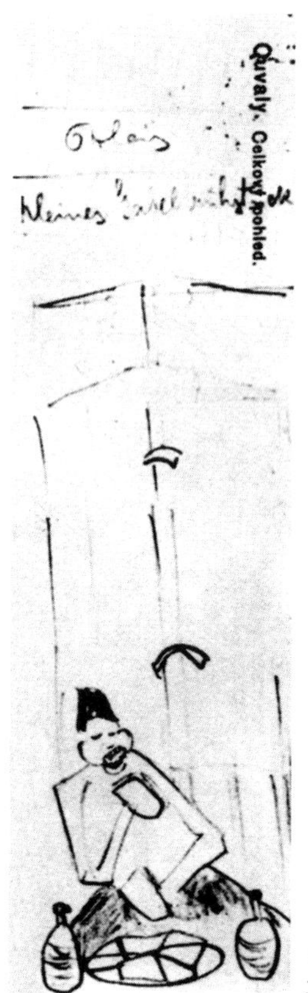

카프카의 익살스런 소묘가
그려져 있는 27번 그림엽서

에트문츠클람. 1915년 카프카는 펠리체, 그레테 블로흐와 함께 오순절 여행을 이곳으로 온다.

Nr. 28

에트문츠클람, 1915년 5월 24일

그림 엽서: 보헤미아의 스위스, 에트문츠클람

프란츠와

펠리체의 인사

에르나 슈타이누츠의 정다운 인사

그레테 블로흐가 정다운 인사를 보냅니다!

1916년

Nr. 29

칼스바트, 1916년 5월 13일

그림 엽서: 칼스바트, 트라우트바인 호텔

들상추[1]가 안부를 전한다.

Nr. 30

마리엔바트, 1916년 5월 15일

그림 엽서: 마리엔바트, 식당 정원 카페 '알름'

역시 우리가 모르는 이 지방의 선율이야.

Nr. 31

프라하, 1916년 5월 28일

정말 망상이야. 내가 화날 이유가 눈곱만큼도 없어. 일요일 오후를 어느 정도 자기 마음대로 쓸 수 없다면 그곳이 바로 지옥이 아닐까. 그렇지만 다 알다시피 지옥과 천국 사이인 연옥일 뿐이야. 난 칼슈타인에 가지 않았어. 그곳에서 네가 누구와 지내는지도 모르고 프라하에서의 불쾌감은 밖으로 표현할 수밖에 없었으니까 말이야. 때마침 비가 왔고 너는 칼슈타인과 장크트 요한 사이에 있는 숲에 틀어박혀 있었지. 모두 내 불찰은 아니야.

Nr. 32

마리엔바트, 1916년 7월 12일

두 장의 그림 엽서에 연달아 적혀 있음: 마리엔바트, 성 발모랄과 오스보르네 호텔, 오스보르네 입구 쪽의 정원과 로비 쪽 정원

사랑하는 오틀라야, 사정이 허락하면 나도 네게 좀 더 자세한 내용의 편지를 보내마. 나쁘지만 않다면 다다음 주 호텍 공원에서 만나 모든 것에 대해 이야기 나누자꾸나. 오늘은 단지 다음 소식만 전한다. 난 생각한 것보다 훨씬 잘 지내며 아마 펠리체도 생각했던 것보다 잘 지낼 거야. 아무튼 그녀더러 네게 직접 소식을 전하라고 하마. 그리고 아이젠슈타인에는 가지 않을 거야. 펠리체는 내일 떠난다. 그러면 (오늘도 통증을 보이는) 내 머리가 성취해낸 일에 대해 검토해볼 생각이란다.

성 발모랄과 오스보르네 호텔. 이곳에서 카프카와 펠리체가 1916년 7월에 묵었다.

이제는 좀 익숙해진 이 멋진 곳에서 상태가 호전될지도 모르지. 희망 사항이지만 정말 내년쯤엔 함께 자유로운 세계로 떠나보자꾸나.

오빠 프란츠

네가 며칠 동안 이곳에 와서 지내면 어떻겠니? *사랑하는 오틀라, 분명히 그렇게 하는 것이 최선일 겁니다. 이곳은 정말 멋진 곳이에요. 지금 우리는 아주 잘 지내고 강렬한 느낌을 주고받고 있어요. 우리가 내일 당신의 어머니를 찾아뵌다는 사실을 알고 계시겠지요.*
진심으로 인사를 전하며

펠리체

Nr. 33

마리엔바트, 1916년 7월 23일

그림 엽서: 마리엔바트, 카페 우치히

오틀라야, 거의 편지를 보내지 못했구나. 그만큼 더 이야기할 것이 많아졌다고 생각한다.
마음 가득히 인사를 전하며

프란츠

마음의 인사를 전하며 이르마 벨취
당신을 사랑하는 나이 든 벨취의 인사
당신의 옛날의 좋은 선생 펠릭스 벨취의 인사
파울 벨취

Nr. 34

프라하, 1916년 11월 24일

집 여주인에게

Nr. 35

프라하, 1916년 12월

오틀라야, 봉투에 있는 편지를 감독관 오이겐 폴 씨에게 부쳐다오. **가능하다면 즉시**. 그렇게 하지 않으면 그 편지를 잊고 있다가 나중에 또 찾을 것 같구나(다행히 전부터 찾아놓긴 했어). 더 정확히 말하면 핑계긴 하지만 받아들일 수 있는 것이지. 예전에 연금술사 골목의 손바닥만 한 집에서는 거의 새벽 세 시 반까지 앉아 있느라 한숨도 자지 못했어. 하지만 아침에 열 시 정도까지 자리에 누워 있으면 상태가 좋아지곤 했지. 하지만 지금은 그렇게 하지 않아. 이유는 나중에 몸 상태가 더 나아질 것이라든가 잠을 더 자고 싶기 때문이 아니야. 사실은 사무실에서 사용할 수 있는 오전 시간이 그리 많지도 않고 사무실에다 (거짓말을 해서) 휴식을 더 많이 요구하기 때문이기도 해. 연금술사 골목의 손바닥만 한 집에서는 많이 쓰지는 못했지만 그래도 행복했어. 집이라는 것을 가질 수 있다는 사실을 좀 더 일찍 알았더라면 기꺼이 그곳에 머물렀을 텐데. 다음날에 대한 불안이 나의 이 모든 것을 망쳐놓았어. 달리 말하면 내게서 모든 것을 앗아갔지. 그누가 그곳 어둠 속에서 차이를 식별할 수 있겠니!
즉시 사과 편지를 부쳐라!

프란츠

석유가 한 방울도 남지 않았어.

프라하 전경

1917년

Nr. 36

프라하, 1917년 1월 1일

우선 모든 사람들[1]에게 복된 새해가 되길 바라며. 오틀라야, 내게 『월요일 신문』[2]과 뷜너의 「낭송의 오후」[3] 입장권을 사다 주렴. (쓸데없는 근심: 정기 회원은 화요일까지 좌석권이 유효해. 그러니 입장권을 수요일에 산다면 소용이 없겠지?) 생필품 때문에 너무 애쓰지 마라. 매일 저녁 내가 남김없이 먹어치울 수 있는 것보다 더 많은 양의 식량을 갖고 있어. 다만 식사하기 전의 정신적 식욕은 주체할 수 없을 정도란다.—일어나서 새해를 기념하기 위해 스탠드를 꺼내놓는 것으로 섣달 그믐날 밤을 보냈어. 제법 이글이글 달아오른 것을 유리 그릇 속에 가두어둘 순 없거든.

프란츠

Nr. 37

프라하, 1917년 4월 19일

오틀라야, 이곳의 모든 것이 아직 체계가 잡혀 있지 않구나. 이 상황이 얼마나 오래갈지는 아무도 모른단다. 그렇다고 당장 체계가 무너지는 일은 없을 거야. 네가 체계를 잘 잡아두었으니까. 그런데 아무도 눈치채지 못하는 사이에 조금씩 체계가 무너져 내리고 있는지도 몰라. 난 모르겠어. 앞서 말한 '모든 것'이란 물론 나를 두고 하는 말이야. 네가 떠난 뒤에 히르쉬 언덕에 거센 폭풍우가 휘몰아쳤어. 우연이기도 하고 필연이기도 하지. 어제는 쇤보른 궁의 셋집에서 늦잠을 잤어. 집에 들어갔더니 불이 꺼져서 방이 무척 추웠고 그 바람에 잠을 설쳤기 때문이야. '오틀라가 떠난 첫날 저녁은 정말 엉망이구나' 하는 생각이 들었지. 그러고 나서 신문지와 원고지를 있는 대로 모았어. 잠시 후에 아주 멋진 불길이 피어 올랐지. 이 사실을 루젠카[4]에게 말했더니 그녀는 "나뭇조각을 준비해두지 않은 것은 제 잘못이에요. 그렇게만 했더라도 곧 불을 피울 수 있었을 텐데 말이죠" 하고 대답하더군. 그녀의 대답에 나는 교활하게 "하지만 그곳에는 칼도 없었어" 하고 대꾸했어. 그러자 루젠카는 내 잘못이 아니라고 하면서 "저는 항상 식기에 놓인 칼을 가져다 썼어요" 하고 말하더군. 그 때문에 칼이 늘 끈적끈적하고 날이 많이 빠져 있었던 거야. 이번 일로 나뭇조각을 준비해두어야 한다는 사실을 배웠어. 루젠카는 방바닥을 먼지 하나 없이 깨끗하게 치웠어. 루젠카에게 그렇게 하라고 네가 잊지 않고 전한 모양이구나. 내일 채소 재배에 관한 베스트셀러를 알아볼 작정이야. 물론 눈에서 채소를 솎아내는 방법은 들어 있지 않겠지.

어제는 그래도 아버지가 나에게 아주 잘해주셨던 거래. 네 형부의 동생 루들 헤르만(그 편지를 아무 데나 두지 마라)이 우리 집에 왔다가 점심때 우리 집 식구들과 다정하게 헤어졌어. 그는 비리츠로 가는 중이었대. 자연스럽게 우리 집 식구 모두가 참여하는 일종의 바보들의 공연이 열리게 됐어. 그럴 때면 아버지는 늘 가까운 친척들을 비난하시곤 하지. 이놈은 사기꾼이고 저놈 얼굴엔 침을 뱉어야 해(퉤)라는 둥 험담을 늘어놓으면서 말이야. 루들은 아버지의 비난 앞에서 속수무책이었대. 심지어 자기 아들인 나에게까지 깡패 같은 놈이라고 욕을 했을 정도니까. 그때 아버지는 눈뜨고 못 봐줄 정도로 거드름을 피우다가 결국에는 양팔을 치켜든 채 얼굴이 시뻘겋게 상기되어 루들을 향해 돌진했단다. 루들은 도망치지 않으면 안 됐고 말이야. 잠시 문턱 앞에서 멈추려는 그를 어머니가 문턱 밖으로 밀어내셨어. 이런 식으로 정겨운 작별 행사가 끝났어. 아버지와 루들은 사람이 좋아서 이 일은 벌써 까맣게 잊었을 거야. 그렇지만 다음에 만나면 틀림없이 또 이런 짓을 되풀이하겠지. 내가 왔을 때 집 안은 쥐죽은듯이 조용했어. 아버지는 나에게 베푼 과분한 호의를 다시 거두어들이기 위해 "이 음식은 열두 시부터 계속 끓고 있잖아" 하고 핀잔을 주셨어.

오틀라야, 편지를 쓸 때 너무 많은 이야기를 하려고 해서는 안 된다고 말해주고 싶구나. 네가 하는 일에 대한 일반적인 내용을 알리려 한다면 받는 사람이 부모님이나 이르마, 아니면 나 중 누구라도 상관없을 거야.

프란츠

Nr. 38

프라하, 1917년 4월 22일

오틀라야, 내게 편지를 보내지 않았다고 결코 자책하지 마라. 그렇지 않으면 내 기분이 언짢아질 테니까. 카를에게 직접 보고하지 않고 이번처럼 사람들이 네가 하는 일을 알 수 있도록 편지를 우선 프라하로 보내면 좋겠구나. 농업에 대한 내 예감으로 판단하건대 네가 편지에서 언급한 내용들은 모두 합리적일 거라는 생각이 드는구나. 정원 한쪽에 울타리를 치려는 착상은 내게서 비롯되었거나 어쩌면 엘리에게서 비롯됐을지도 몰라. 아니면 모든 사람들의 착상일지도 모르지. 또한 너의 착상이기도 하고. 말이 꼭 필요하니? 암소나 황소로도 충분하지 않니? 내 생각엔 당분간 군사용으로 쓸모없게 된 말들, 예컨대 러시아의 전리품으로 얻은 말들을 비교적 값싸게 얻을 수 있을 것 같구나. 그곳 사람들은 그 사실에 대해 전혀 모른다니? 루젠카의 조언을 잘 들어라. 지체 없이. 그리고 내가 사는 골목의 사람들이 말하듯이 고개를 들어라.[5]

오빠 프란츠

Nr. 39

프라하, 1917년 5월 15일

엽서

오틀라야, 즉시 답장을 보내다오. 네게서 완전히 버림받았다는 느낌이 드는구나. 미래를 생각하면서(언제나 미래를 생각하면서) 나는 미래가 날 파멸시킬지도 모른다고 나 자신에게 말해왔었단다. 그러나 네 편지가 아니었더라도 이런 나의 생각이 잘못이라는 걸 알게 됐어. 연금술사 골목의 집을 마련해주어 네가 나를 지금보다는 나은 시간[6]

연금술사 골목 22번지를 오틀라가 세를 빌려 카프카한테 맡겼다.
이곳에서 단편집 『시골 의사』에 수록된 많은 작품들이 탄생했다.

으로 인도해주었기 때문이지. 지금 그 집에서 난 (멋지게 보낸 여러 날과 뒤따른 불면증으로 인해) 작업을 포기한 상태고 넌 떠나가고 없구나. 물론 불평할 일은 많지. 하지만 지난 몇 년과 비교해보면 더할 수 없이 좋단다. 요약이 가능하다면 이렇게 말할 수 있어. 어쩌면 난 일요일에 갈 거야. 물론 계획일 뿐이야. 그러니 마중 나오지 마! 펠릭스 부부가 그전부터 막무가내로 함께 가길 원하는구나. 그래서 그들과 함께 갈지도 몰라. 막스는 함께 가지 않을 거야.

프란츠

호텍 공원 안의 벨베데레. 카프카는 오틀라와 함께 자주 이곳을 찾았다.

Nr. 40

프라하, 1917년 6월 20일경

사회 복지계, 오틀라
테취[7]에 대한 추서:

1) 옷 문제로 히프만 씨가 조퍼[8]에게 작성해준 확인서는 훌륭했어. 그러니 테취를 위해서도 그런 확인서를 만들어서 내게 보내라고 부탁해라.

2) 새 법에 따르면 테취는 매달 특별 보조금 사십팔 크로네를 받을 수 있는 생활 보호 대상자에 해당된단다. 보조금 청구에 필요한 서류를 함께 보내니 테취를 위해 책임자가 관련 서류를 작성해 삼 쪽에 적힌 포데르잠 지방청으로 부쳐달라고 해라.

*

조퍼의 옷 문제는 이렇게 해결됐어. 조퍼는 먼저 이곳에서 즉시 삼백 크로네를 받고, 그 밖에도 포데르잠 복지과(뢰슬러 선생)에 서류를 보내면 복지과가 보유하고 있는 자금에서 의복 구입에 필요한(책임자는 가격을 사백 크로네로 말하고 있다) 백 크로네를 조퍼에게 지급하기로.

사실 조퍼는 뢰슬러 선생에게 개인적으로도 지급을 요청할 수 있단다.

*

거듭 인사를 전하며 프란츠

프라하에서 테취와의 첫 만남은 이랬어. 난 막스 부부와 함께 일요일 저녁 벨베데레 언덕을 오르고 있었는데, 멀리 돌로 된 인공 제방 위에 한 군인이 앉아 있는 모습이 보였어. 양말도 신지 않은 채 치켜 올린 바짓단에 소매 하나는 간데없고, 게다가 귀 뒤엔 종기까지 나 있는 몰골이었지. 난 "또 군인이군" 하고 중얼거리면서 쳐다보지도 않았어. 바로 옆에 가서야 비로소 그가 테취인 줄 알았지. 테취를 만나게 되어 정말 기뻤어.

Nr. 41

프라하, 1917년 6월 24일

엽서

오틀라야, 두 사람의 일손이 필요한 때가 언제인지 생각은 하고 있겠지만 그래도 미리 알고 싶구나. 그 날짜를 네가 지금 당장 알고 있으면 좋겠는데. 그건 그렇고, 상황이 별로 좋지 않니? 작년에는 새로운 일손이 전혀 필요하지 않았던 것 같은데, 작년보다 더 상황이 좋지 않은 모양이구나.—카이저 양[9]은 네게 가는 걸 아주 당연한 일로 흔쾌히 받아들였어. 그런데 네가 언젠가 자기를 받아들일 수 없노라고 말한 것 때문에 주저하더구나. 카이저 양은 토요일쯤 갈 거야. 네가 그녀를 기억하고 있다는 것에 그녀는 기쁠거야. 지금 카이저 양은 며칠 동안 보헤미아 숲에서 휴가를 보내고 있어.—어머니는 네가 말했듯이 물론 괜찮으시다. 하지만 의사가 별것 아니라고 했던 발진으로 고생이 심하셔. 아버지도 호전되셨고.
마음 가득히 인사를 전하며, 베르너 양에게도 인사 전해다오.

프란츠

Nr. 42

프라하, 1917년 6월 25일

오틀라야, 펠리체가 어제 네게 보낼 엽서를 우체통에 넣었기를 바란다. 무엇보다 그곳에서 언제 사람들이 나가는지 지금 당장 내게 말해주렴.
여기에 갠슬러—문제에 관한 추서가 들어 있어. 지방 관청의 확인서가 빠졌구나. 확인서를 동봉하니 지방 관청의 서명을 받아 내게 다시 부쳐다오. 조퍼는 아직 돈을 수령하지 못했지만 며칠 내로 받게 될 거야, 안녕.

프란츠

어머니는 상태가 더 좋아지신 것 같구나.
테취를 잊지 마라. 그 서류를 책임자에게 주는 것이 테취를 위해 해줄 수 있는 유일한 배려야.

Nr. 43

프라하, 1917년 7월 28일

엽서

오틀라야, 편지를 보내지 못한 지 너무 오래됐구나. (부다페스트에서 보낸 엽서는 받았니?) 여행을 하는 동안 많은 것을 보고 들을 수 있었단다. 대체적으로 여행은 참아낼 만했어. 하지만 휴양을 위한 여행이나 업무에 따른 여행은 아니었지. 특히 여행 중엔 늘 그랬듯이 프라하에서 며칠 동안은 잠을 충분히 잤어. 그러나 지금은 다시 잠을 잔다는 것이 불가능에 가깝게 됐구나. 어서 가을과 겨울이 돌아왔으면(너와는 상관없겠지, 빈으로 갈 테니까), 그리고 날씨가 작년과 비슷했으면! 내일 가지 않고, 너만 괜찮다면 9월 초에나 열흘 간 가 있을 생각이란다. 아니면 잘츠캄머굿[10]으로 들어갈까? 깊이 들어가면 들어갈수록 더 좋겠지. 그런데 좀 늦을지도 몰라. 난 9월 8일에야 떠날 수 있거든.—마지막 통지[11](적어도 내가 듣기론 마지막 통지인데)는 정말 경탄할 만했다. 넌 어떻게 견뎌내고 있니?

너와 이르마에게 인사를 전하며

프란츠

취라우의 오틀라의 작은 농장. 오른쪽부터 카프카, 취라우로 카프카를 찾아온 카프카 여비서 율리 카이저, 오틀라, 사촌 여동생 이르마, 마을의 일손 마르젠카

Nr. 44

프라하, 1917년 8월 23일

엽서

오틀라야, 홉 수확이 끝나거든 편지해다오. 그때 내 휴가에 대해 상세하게 편지 쓰마. 지금은 다른 일들로 너의 수확하는 일을 방해하고 싶지 않구나.

너의 진실한 오빠 프란츠가

Nr. 45

프라하, 1917년 8월 29일

오틀라야, 내겐 네 가지 가능성이 있는데, 볼프 강의 호숫가(잘 알려지지 않은 아름다운 곳이긴 하지만 너무 멀고 음식이 입에 맞지 않아)로 가든지, 라데소비츠(숲이 아름답고, 음식은 먹을 만하지만 너무 잘 알려진 곳이어서 서로 얼굴을 모르는 사람이 거의 없을 정도야)로 가든지, 란츠크론(거의 알려지지 않은 곳인데, 말로는 아름답고 음식이 괜찮다지만 내 상사의 도움을 받아야 하고 그 밖에도 일종의 직무상의 불쾌한 일과 관련 있어)으로 가든지 그것도 아니면 취라우(잘 알려져 있고 그다지 아름다운 곳도 아니지만 너와 함께 지낼 수도 있고 우유도 마실 수 있는 곳이지)로 가는 거야. 그런데 지금 휴가를 얻은 것은 아니야. 부다페스트 여행 때 날 애먹인 그 국장과는 더 말하고 싶지 않아. 하지만 휴가를 신청할 만한 분명한 이유가 있어. 약 삼 주 전쯤 한밤중에 각혈을 했거든. 새벽 네 시쯤 잠을 깼는데 입안에 이상할 정도로 침이 많이 고여 있는 거야. 의아하게 생각하며 침을 뱉었지. 그러고는 불을 켰어. 놀랍게도 한 뭉텅이의 핏덩어리가 아니겠니. 지금 드디어 시작됐어. 게운다는 것이 올바른 표현인지는 몰라도 목구멍에서 이렇게 피가 솟구치는 것에 대한 적절한 표현이긴 해. 그칠 것 같지가 않아서 자리에서 일어나 방 안을 헤매다가 창으로 가서는 밖을 내다보다 다시 제자리로 돌아왔어. 그때까지도 여전히 계속 각혈을 했어. 결국 멈추긴 했지. 그러고 나서 잠이 들었는데, 정말 오랜만에 푹 잤어. 그다음 날 (사무실에 출근했다가) 뮐슈타인 박사에게 가보니 기관지염이라며 약을 처방해 주었어. 세 병을 복용하라고 주면서 한 달 뒤에 다시 오라고 하더군. 하지만 그 안에라도 만약 또 피가 나오면 즉시 자기에게 오라는 거야. 다음날 밤 또 피를 흘렸는데 이번에는 양이 적었어. 다시 의사에게 갔는데, 말이 나온 김에 하는 말이지만 그때 그 의사의 태도가 영 맘에 들지 않았어. 세세한 내용은 그냥 넘어갈게. 다 쓰다 가는 편지가 너무 길어질 것 같거든. 내 병은 세 가지 가능성 중 하나일 거야. 첫째는 의사가 주장하는 급성 감기인데 난 그건 아니라고 생각해. 8월에 감기에 걸리다니 말이 되지 않잖니? 난 감기에 잘 걸리지 않거든. 그래도 만약 감기라면 그건 기껏해야 춥고 습기 차고 고약한 냄새가 나는

쇤보른 궁. 1917년 3월 카프카는 이곳으로 이사했다. 그의 방은 3층 골목이 내려다보이는 곳에 있었다. 쇤보른 궁에서 8월 초 폐결핵의 시작을 알리는 각혈을 한다.

방 탓일 거야. 둘째는 폐결핵인데 의사는 지금으로선 아니라고 해. 좀 더 경과를 지켜보아야 한대. 대도시 사람들은 누구나 조금씩은 폐결핵 기미가 있다고 하면서 말이야. 또 설사 폐첨카타르(망나니 같은 놈이라고 욕하고 싶은 사람을 흔히 돼지 새끼라고 부르듯이 폐결핵의 또 다른 명칭이야)라고 해도 그렇게 심각한 것은 아니라는 거야. 투베르쿨린 주사를 맞으면 괜찮다면서 말이야. 세 번째 가능성이—내가 이 가능성을 암시하기가 무섭게 그 의사는 거부 반응을 보였어—가장 타당성이 있어 보이고 두 번째 가능성과도 어느 정도 연관이 돼. 난 최근에 다시 두려울 정도로 옛 망상에 시달리고 있어. 고통의 오 년을 보내면서 지난 겨울이 고통이 중단됐던 시기 중 지금까지 유일하게 가장 길었던 시간이었거든. 그 고통의 오 년은 내게 부과된, 좋게 말해서 내게 위탁된 가장 큰 투쟁이었어. 그리고 승리(예컨대 결혼으로 표현될 수도 있는 승리, 펠리체 바우어가 아마 이 투쟁에서 훌륭한 원칙의 대표자일 것 같아)—내가 말하는 승리는 비록 어느 정도 견딜 수 있을 만큼 피를 쏟음으로써 거둔 승리지만 내 개인사에서는 나폴레옹의 승리에 필적할 만해. 하지만 이제는 나폴레옹처럼 그 투쟁에서 패배할 것 같아. 아주 잘 잔 것은 아니지만 그래도 새벽 네 시부터 꽤 잘 잤고 무엇보다도 어찌할 바를 모르겠던 두통이 완전히 사라졌어. 각혈을 한 이유를 생각해보니 끊임없는 불면증·두통·신열·긴장 때문에 몸이 쇠약해져서 결핵에 쉽게 노출됐던 것 같아. 우연이긴 하지만 그때부터 펠리체 바우어에게 편지 보낼 필요도 없게 됐어. 그녀에게 그다지 아름답지 못하고 거의 추악하기까지 한 구절이 들어 있는 장문의 편지를 두 통 보냈는데 오늘까지도 답장이 없어서 말이야.
이상이 이 정신적 질병인 폐결핵의 현황이야. 그건 그렇고 난 다시 그 의사에게 갔었어. 의사는 폐가 지난번에 비해 좋아졌다고 말하면서(난 그때 이미 기침을 시작하고 있었어) 더 단호하게 폐결핵이 아니라는 거야. 내 나이가 많아서 폐결핵에 걸릴 리가 없다는 거였지. 하지만 워낙 내가 확실한 대답을 원하니(물론 완벽한 확실성이라는 것은 존재하지 않지만) 이번 주에 엑스레이를 찍고 객혈을 검사해보겠다고 하더구나. 쇤보른 궁의 방을 해약했고 하녀 미흘로바도 그만두겠다고 말했어. 그래서 이제 내가 가진 것이라고는 아무것도 없어. 하지만 더 잘된 일인지도 몰라. 그렇지 않았다면 아마도 그 습기 찬 손바닥만 한 방에서 지낼 수 없었을 거야. 날 매우 불쌍하게 여기는 이르마에게만 각혈에 대해 이야기했어. 그 밖에는 집안의 어느 누구도 나의 각혈에 대해 몰라. 의사의 주장이긴 하지만 당분간은 남에게 감염시킬 위험이 없다는 거야. 하지만 내가 가도 될까? 내일부터 일주일 뒤인 목요일 사이면 어떻겠니? 8일에서 10일 정도면 괜찮겠지?

Nr. 46

프라하, 1917년 9월 2일

엽서

오틀라야, 부모님 집으로 방을 옮기기[12] 전에 마지막으로 쇤보른 궁 방의 창문을 닫았어. 문은 폐쇄했지. 마치 죽음에 대해 그렇게 해야만 하듯이. 새로운 생활을 시작한 오늘, 피를 쏟은 그날 아침 이후 처음으로 두통 증세가 재발했어. 네 방을 침실로 사용하고 있지는 않는단다. 부엌이나 안마당이 석연치 않은 건 아냐. 오늘이 일요일이긴 하지만 일곱 시 반밖에 안 됐는데 소란스러워. 당연한 일이겠지. 나온 김에 하는 말인데 고양이 소리는 전혀 들리지 않았고 부엌의 시계 소리만 들렸어. 특히 욕실이 문제야. 세보니까 밤새 세 번 불이 켜졌고, 왜 그런지 몰라도 수도꼭지의 물 새는 소리가 계속 들려왔어. 또 침실 문을 열면 바로 아버지의 기침 소리가 들릴 정도야. 불쌍한 아버지, 불쌍한 어머니, 불쌍한 프란츠. 매번 불을 켜기 한 시간 전에 불안해서 눈을 뜨지. 그 후 두 시간은 공포 때문에 잠을 이룰 수가 없어. 그렇게 보내는 밤 시간이 자그마치 아홉 시간이야. 하지만 폐의 상태는 좋아졌어. 창문을 열어놓아도 가벼운 이불 한 채면 충분해. 쇤보른 궁의 방에서 잠잘 때는 창문이 멀리 떨어져 있고 반밖에 열려 있지 않았는데도 이불 두 채와 깃털 이불 한 채가 필요했거든. 아마 기침도 줄어들 거야. 꼭 한번 와줬으면 해.

프란츠

Nr. 47

프라하, 1917년 9월 3일

엽서

오틀라야, 오늘은 기분이 좀 좋아졌어. 욕실도 조용하고. 아침 여섯 시면 모든 일이 끝난단다. 옆방에서 어머니가 눈을 부릅뜨며 잠에서 깨면서 내는 소음이 내 잠을 깨우거든('눈을 부릅뜨다'는 표현은 나이 들고 신경이 예민한 독일인이 고안해낸 표현임이 틀림없어). 벨베데레 언덕에 있는 집을 우선 밖에서 구경했는데[13] 꽤 괜찮았어. 유감스럽게도 이 층짜리 건물 맞은편에는 페데러 피젠 코르셋 공장이 있고 시장 광장에 이르는 마차길이 부분적으로는 그곳을 통과해야 한다고 누군가 말해주긴 했다만 말이다. 만일 그렇다면 다른 시장 광장으로 이사할 작정이야. 이사하는 게 보통 일은 아니지만.

네 방은 정말 근사하구나. 난 물건들이 아니라 나 자신으로 방을 가득 채웠어. 네가 돌아와서 헤쳐나가야 할 상황이 되지 않도록. 그래도 맘 상해하진 않겠지? 오늘 의사와 이야기를 나눌 거야. 그러고 나서 내가 갈 날짜를 편지로 연락하마. 주말쯤이 될 거야. 그때 전보 칠게.

프란츠

주소에는 프란츠가 아니라 오틀라로 이름을 적어야 한다.

Nr. 48

프라하, 1917년 9월 4일 · 5일

두 장의 그림 엽서에 연달아 적혀 있음

오틀라야, 어제 또 의사에게 갔었어. 의사는 다른 때보다 분명하게 말해주더구나. 하지만 의사들은 잘 모르기 때문이거나 환자들이 당연히 모든 것을 알고 싶어 하기 때문에 중요하지 않은 말을 반복하거나 중요한 사실에 대해서는 모순된 행동을 보이거든. 그런데 의사들은 자신들이 중요하지 않은 말을 반복하거나 모순된 행동을 한다는 사실을 인정하려 들지 않아. 이것이 그를 포함한 모든 의사들의 특성인가 봐. 그러니까 양쪽 폐첨이 상했다는데, 이번에도 폐는 아니고 기관지라는 거야. 폐는 깨끗하다면서 말이야. 주의할 필요는 있지만 (나이를 봐서도) 거의 폐결핵의 위험은 없으며 십중팔구 앞으로도 없을 거래. 충고랍시고 식사를 많이 하고, 신선한 공기를 많이 마시고, 위가 약하니 약은 먹지 말라고 하더군. 또 밤마다 양쪽 어깨에 두 차례 찜질을 하고 매달 진찰 받으러 오래. 몇 달이 지나도 병세가 호전되지 않으면 "해야 할 일을 모두 다 하기 위해" 투베르쿨린 주사를 놓게 될지도 모른다는 거야. 한마디로 난센스지. (내가 질문하니까) 남쪽으로 여행하는 것은 유익하지만 꼭 필요한 것은 아니며, 반드시 시골에 가 있을 필요도 딱히 없다는 거야.—퇴직 신청서를 제출해야 할 것 같아. 이유는 그럴듯하잖아. 모레 상관[14]과 이 일에 대해 논의할 생각이야(내일은 중요한 회의가 있어서 국장의 머리가 온통 회의 생각으로 가득 차 있거든).

그건 그렇고 요즘 "난 그를 멋지다고 생각해왔는데"였던가? 뭐 이 비슷한 〈뉘른베르크의 최고 가수들〉 중의 한 구절이 머릿속에 자주 떠올라.[15] 내가 굳이 이 구절을 들먹이는 이유는 이런 거야. 이 병에는 의심할 여지가 없는 정의가 들어 있어. 병은 정의의 타격이야. 그런데 나는 이 타격을 타격으로 느끼지 않아. 지난 몇 해와 비교해볼 때 오히려 아주 달콤한 것이었지. 정의롭지만 거칠고, 덧없고, 단순하고, 정말 이렇게 쉽게 흔적을 남길 줄 몰랐던 타격이었어. 이 타격이 또 다른 출구를 찾아야 한다고 생각해.

엽서를 쓰다가 말았는데, 그 사이에 상황이 또 달라졌어. 막스의 성화로 의과 대학 교수[16]한테 갔었어. 그 교수도 대체로 비슷한 진단을 내렸지만 단호하게 시골에 내려가 있으라고 하더군. 내일 퇴직을 하든지 삼 개월 휴가를 신청할 거야. 받아줄래? 그럴 수 있니? 아마 쉽지는 않겠지.

프란츠

Nr. 49

프라하, 1917년 9월 6일

엽서

오틀라야, 오늘 나의 폐결핵에 대해 이야기를 꺼냈어. 이별할 때마다 으레 내게 따라다니는 감상적인 희극을 다시 상연했지. 지체 없이 (이것 역시 거짓이지만 적어도 어느 정도까지는 사실이야) 퇴직 결단을 내리는 대신에 내가 노동자재해보험공사를 이용하고 싶지 않다는 등의 말을 늘어놓았지. 결과는 노동자재해보험공사가 당장 퇴직을 허락하지 않을 거라는 사실이야. 상급 행정관의 견해로는 월요일이 돼봐야 알겠지만 아마도 휴가를 받게 될 듯싶어. 실제로 의사의 소견은 (본질적으로 의사의 말과 다르지 않지만 기재된 내용은 달라) 마치 영원으로의 여권 같아.—어머니뿐 아니라 아버지께도 휴가를 신청한 이유를 신경질적으로 설명해드렸어. 어머니는 내게 휴가를 줄 만반의 준비가 되어 있었기 때문에 의심하지 않으셨어.

카프카가 1908년부터 1922년까지 근무했던 노동자재해보험공사

Nr. 50

프라하, 1917년 9월 7일

엽서

오틀라야, 네가 보낸 엽서 내용을 보면 넌 단지 나의 여드레 동안의 휴가에만 대비하고 있구나. 그런데 난 최소한 삼 개월 동안 네 집에 머물 생각이야. 화요일이나 수요일에 갈 예정이다. 이렇게 하는 것이 너한테나 가을에 네가 하려고 했던 계획에 차질이 생기지 않을 거야. 오늘 의사에게 갔었어. 내 생각으로는 결국 결핵이 급속도로 악화되야 노동자재해보험공사에서 벗어나게 될 것 같아. 퇴직 신청은 하지 않았어. 물론 휴가는 받았지. 정확히 말하면 신청하지 않았는데도 말이지. 내가 회사에 효용 가치가 큰 능력을 가지고 있다는 사실을 난 그다지 심각하게 받아들이지 않아. 노동자재해보험공사로서는 심각하겠지만. 그런 말을 듣고 나서 연금술사 골목에서 해낸 작업을 돌

아보면 세상은 내 앞에서 흔들리고 있어. 상황은 이래. 내가 나중에 어느 한 곳에 정착하면 정나미가 떨어지는 인간으로 달라붙어 있을 거야. 물론 이게 실제 걱정거리는 아냐. 그러니까 난 활동적인 관리로서 휴가를 떠날 거야. 취라우는 상당 시간 동안 한 사람의 활동적인 관리를 보게 되지 않겠니?

프란츠

우편 집배원한테 내게 올 편지들을 배달할 수 있도록 부탁해다오.

Nr. 51

프라하, 1917년 9월 8일

엽서

오틀라야, 네 답장을 받지 못했다. 아마도 난 수요일 아침에 출발할 것 같구나. 막스는 요즘 나를 취라우로 보내는 것에 반대하면서도 의사와 계속 상의하고 있어. 막스의 항변은 당장 최선책을 강구해야 한다는 것인데 스위스나 메란 내지 그 비슷한 곳을 요양지로 선택하라는 거야. 의사는 내가 말할 수 없이 가난하다고 생각했는지 취라우행에 동의했다는구나. 그곳엔 의사가 없어. 상태가 악화되면 내가 할 수 있는 것이라고는 피를 쏟는 일뿐이야. 의사는 자신이 처방해준 대로 비소 치료를 받는다는 조건으로 취라우행에 동의했대. 그런데 난 비소 치료를 받지 않고 있어. 내가 하는 일이라고는 비를 피하지 않고 그냥 빗속에 서 있는 것 따위야. 이런 행동에 대한 변명은 네게 말로 전할게. 이렇게 건강을 고려해야 하는 것이 부득이한 일인지도 모르지만, 그래도 역겨워. 내가 오랫동안 누려온 자유 시간을 철저히 파괴할 거야.

프란츠

Nr. 52

프라하, 1917년 9월 9일

엽서

오틀라야, 전혀 가능성은 없지만(물론 네가 거절하지 않는다는 것을 전제로 하고서 말이다) 혹시라도 수요일 아침에 취라우로 가지 못할 경우에 대비해 이렇게 편지를 쓴다. 막스의 강요로 어쩔 수 없이 월요일 아침에 함께 다시 의사한테 갈 거야. 막스는 시골로 요양차 떠나라는 의사의 충고에 반대하는 이유를 설명할 작정인가 봐. 이 일이 피치 못할 사정으로 취소된다 할지라도 아무튼 난 맨 먼저 취라우로 갈 생각이야. 그건 그렇고 난 아주 잘 지내. 단지 과도한 식사가 슬프게 할 뿐이야. 슈니처[17]에게 편지를 보낼 생각인데 아마 그 의사는 내게 단식을 권할 거야. 앞서 불필요한 음식을 먹으면 그동안에 몸 안에서는 질병이 자기 마음대로 속도를 선택한다는 사실이 나를 울적하게 만드는 모순이야. 오늘 엘리가 와. 그때 네가 어떻게 지내는지 전반적으로 듣게 되겠지. 펠리체 바우어한테서 이미 여러 통의 편지가 와 있어. 어쨌든 지금 그녀는 단호하고, 성실하며, 침착하고, 관대하지. 바로 답장할 생각이야.

프란츠

Nr. 53

프라하, 1917년 12월 28일

오틀라야, 오늘은 우편 집배원이 이 편지만 배달해주었어.

사실은 (펠릭스[18]가 떠들고 게르티[19]가 물끄러미 쳐다보는 상황에서) 글을 쓰고 싶은 마음이 전혀 생기지 않았고 글을 쓸 만큼 평온한 상태도 아니었거든. 제한된 시간에 특정한 것을 말하기 곤란해서는 아냐. 그

1917년 9월 20일 막스 브로트에게 보낸 오틀라와 카프카의 엽서에 들어 있는 취라우 전경°

런데 여기서는 특정한 것을 말할 수 없을 것 같아. 예컨대 지난 닷새 동안의 시간이 그랬어. 그때 난 중대한 실수를 저지른 것 같아. 상당히 침울했었는데, 결국 나중에 내가 한 일이 옳았으며 내가 불쾌해할 이유가 없다는 것이 밝혀졌어. 자세한 것은 만나서 이야기하자.

펠리체 바우어와 보낸 며칠은 언짢았어(아직 중대한 일에 대해 이야기를 꺼내지 않은 상태였던 첫날을 제외하고는). 또 어제 오전에는 유년 시절 이후 가장 많은 눈물을 흘렸어. 만약 내 행동의 정당성에 일말의 의심을 품었더라면 상황은 더욱 악화되었을 테고 실행에 옮기는 것도 힘들었을 거야. 행동을 실천에 옮겼지. 펠리체가 내 행동을 받아들이면서 흐트러지지 않는 자세와, 특히 호의를 보였다고 해서 내 행동이 부당했다고 말할 순 없어.

펠리체가 떠난 그날 오후에 의사한테 갔는데, 의사는 여행 중이었고 월요일 아니면 수요일에야 돌아온대. 아마 이 이유만으로 상당히 오랫동안 이곳에 머물러야 할 듯싶어. 아무튼 먼저 뮐슈타인 박사를 찾아갔어. 박사는 당장에는 아무런 이상도 발견하지 못했어. 그런데도 난 예전보다 더 기침이 심해졌고, 숨쉬는 것조차 버거워. 이런 유리

하면서도 동시에 불리한 소견에도(엑스레이 사진은 당연히 내 병을 보여주겠지만) 박사는 부분적으로는 우정 때문에 퇴직을 요청할 도덕적 권한이 내게 있다고 생각했던 모양이야. 내가 결혼을 염두에 두지 않는다고 말하자 박사는 긍정적으로 받아들였어. 그것이 뮐슈타인 박사의 일시적인 결심인지 아니면 최후의 결심인지 모르겠어. 물어보지는 않았지만 말이야. (겉으로 보이는 파혼 이유는 병 이외의 다른 것은 없어. 그래서 아버지께도 그 사실을 말씀드렸어.)

오늘 사무실에 출근했어. 담판이 시작됐지. 결과가 어떻게 될지 아직 몰라. 이곳에서도 걱정은 없어. 하지만 오스카[20] 때문에 걱정이야. 요즘 오스카를 챙기는 것이 힘들고 너와 막스를 제외한 다른 사람과 이야기하는 것조차 힘들어. 물론 과도기에 불과하겠지. 하지만 난 시골에 내려가 있으려고 해. 혼자서 지내려고 말이야. 더구나 네게 손님[21]이 온다는데 오스카는 체코어를 할 줄 몰라. 그 점 역시 또 다른 어려움이겠구나. 게다가 난 어느 정도 세상에서 밀려났다는 느낌이 들어. 정확히 말하면 부드러운 변화로 느껴. 내 생각에 우울하고 슬픈 것임이 분명한 사건의 결말을 계속 지켜봐야 한다는 것이 네게는 아주 화나는 일일 거야. 새삼스럽게 그 사실을 나 자신에게 말할 필요는 없겠지. 어쩌면 상황은 그 반대일지도 몰라. 우울하고 슬픈 것의 결말을 계속 지켜봐야 하는 현재의 상황과 미래에 닥칠 수도 있는 상황이 내겐 최선의 것이며 내 인생길에도 아주 어울려. 그렇다고 이것에 대해 네가 깊이 생각할 필요는 없어. (그건 그렇고 난 혼자가 아냐. 이곳에서 사랑의 편지를 받았으니까. 그래도 역시 혼자야. 사랑으로 그 편지에 답장하지 않았으니까.)

오스카 때문에 여전히 걱정이야. 안색이 정말 안 좋거든. 오스카의 요구는 절박하고, 모든 면에서 자기 비하를 하고 있어. 준비가 아주 철저한 사람인지라 출발 날짜를 알려주면 한 시간 후부터, 정확히 말

펠리체 바우어의 형제자매들인 페르디난트, 에르니, 엘리자베스와 펠리체 바우어

하면 다음 주 금요일까지 내내 여행 채비를 할 거야. 출발 날짜에 대해 내게 편지를 보내다오. 헤르만 씨,[22] 파이글 부인, 헤르만 부인의 딸한테 무슨 선물을 사다 주어야 할까? 그 밖의 사람들에게는 또 무슨 선물을 사다 주어야 하지?
더욱이 오늘은 내가 이 도시를 느낀 첫날이야. 이 사람들에게는 좋은 일이 생길 수 없지만 그녀에게는 좋은 일이 많이 생길 거야.

프란츠

손님으로 온 아가씨와 우리 집 아가씨,[23] 토니,[24] 헤르만 씨에게도 인사 전해다오.

Nr. 54

프라하, 1917년 12월 30일

오틀라야, 지금은 일요일 오후인데 오스카 바움 때문에 부엌에서 몇 자 적는다.

오스카의 여행을 방해하려는 것은 아냐. 모욕을 주지 않고서는 오스카가 여행한다는 것은 지금으로서는 불가능해. 모욕을 줌으로써 작은 희생이 따르긴 하는데, 전적으로 희생인 것만은 아니야. 어림잡아도 최근 내게 가져다 준 정신적 힘에 비하면 별것 아냐. 그러니까 여행을 방해하기보다는 불쾌감을 똑같은 몫으로 나누기 위해 네게 무엇인가를 말하려는 거야.

어제 저녁에 짧긴 했지만 또 요란한 소음이 들려왔어. 옛날 일들. (썰매 타는 마르트타 뢰비,[25] 만돌린을 연주하는 트루데 뢰비, 여러 주 전부터 수척해진 두 다리로 병들어 누워 있는 외삼촌이 눈앞에 스치면서), 취라우, 미친 여자, 가난한 부모의 떠남. 지금 그곳에서 어떤 일을 하니? 정신 나간 여자가 모든 것이 풍족한 시골에서 마음 편하게 살 수 있는데, 굶기도 하고 현실적인 걱정거리가 많다는 이야기가 들리는구나. 하마터면 잊을 뻔했는데 네가 들으면 기분이 좋아질(내게는 질투심을 불러일으키는) 이야기가 있어. 너를 두고 철의 여인이라는 이야기 말이야.

이 모든 것은 물론 간접적으로 나를 겨냥한 것이었어. 심지어 내가 이 비정상적인 것을 지지한다는 둥 책임져야 한다는 둥, 여기저기서 이런 말들이 들려. (이에 대해 난 상당히 또는 적어도 어이없어하면서 대답을 했지. 비정상적인 것이 결코 나쁜 것은 아냐. 예를 들면 세계 대전이 정상 취급을 받기 때문이지.) 오늘 아침 어머니가 오셔서(어머니의 태도로 판단하건대 나와 관계없는 걱정거리가 있으신 모양이야. 베르너 양이 말한 바로는 두 주 전부터 어머니가 아무것도 드시지 않았다는구나. 하지만 특별히 건강상 이상을 발견하지는 못했어) 바깥엔 어떤 일이 있는지, 왜 넌 오지 않는지(로베르트[26]의 처가 사람들이 삼 개월 동안 프라하에 와 있어), 또 네가 오지 않으면 그곳에 왜 하녀가 두 명이나 필요한지, 그 때문에 돈이 너무 많이 들지는 않는지 등등에 대해 물어보셨어. 성의껏 답변해드렸지.

오스카 바움

대화를 나누어보니 사람들이 우리를 걱정하고 비난하지만, 좀 더 맑은 눈으로 보면 궁극적으로 너와 내가 옳다는 것이 밝혀졌어. 우리가 부모를 '버렸고', 우리가 '미쳤다'고 사람들이 말하는 만큼 너와 내가 옳아. 우리가 부모를 버리지도 않았고 배은망덕하지도 않았고 미치지도 않았으며, 오히려 우리가 불가피하다고 여겼고 아무도 (다소 정신적 부담을 덜기 위해) 우리를 위해 생각해낼 수 없었던 것을 좋은 의도를 갖고 해왔기 때문이야. 오직 한 가지, 우리를 비난할 실질적인 권한은 아버지께 있는데, 더 정확히 말하면 우리가 사태를 너무 가볍게 여겼다는 점에서 그렇지(아버지의 공로든 책임이든 상관없어). 아버지는 배고픔의 시련과 궁핍의 시련, 어쩌면 질병의 시련 이외의 다른 시련은 모르셔. 분명히 강력한 이런 시련들을 우리가 아직 이겨내지 못하고 있다고 생각하시지. 그렇기 때문에 우리가 자유롭게 의견을 내는 것을 금할 권리가 아버지에게 생기는 거야. 여기에 진실이 있어. 그것은 진실하며 선한 것이기도 해. 우리가 배고픔과 돈 걱정에 쫓길 때 아버지의 도움을 받지 않을 수 없는 한, 아버지에 대한 우리의 태도는 당혹감이기 때문에, 비록 우리가 아버지의 뜻대로 하지 않는다 할지라도 겉으로는 어떤 식으로든 아버지의 비위를 맞추어야 해. 이 점에서 아버지는 단순한 아버지 이상의 존재, 단순히 사랑하지 않는 아버지 이상의 존재야.
오스카가 방문한 이야기를 하면 이래.
우리는 오스카를 어느 낯선 음식점에 초대했어. 그 음식점에서는 나 자신도 참을성 있게 기다려야 하는 손님에 지나지 않았어. 아버지는 물론 오스카를 초대한 것에 대해 못마땅해하셨지. 그 당시 분위기를 참을 수 없을 것 같아 음식점을 나왔어. 오스카도 데리고 말이야. 내가 먹은 음식값은 물론 지불했지. 오스카가 먹은 음식값도 기쁜 마음으로 지불했고. 별일 아니야. 하지만 난 아버지로부터 위협을 받고 있어. 아버지는 시골 생활, 시골의 겨울일 등을 이해하지 못하셔. 난 두려웠어. 그래서 1월 초에 올지도 모를 카를을 보고 당황해서 오스카의 팔을 잡고 서 있어야 할 정도야.
극복해야 해. 당분간 비교적 큰일을 극복해낼 능력이 없기 때문이야.
그래서 네게 이 사실을 말하고 싶었어.
난 노동자재해보험공사 문제로 며칠 더 이곳에 있어야 해. 국장을 처음으로 화요일에 대면할 수 있게 됐어. 이 편지에 한마디 덧붙이고 싶구나. 그 한마디는 결국 프라하에서 내 귀에 들려오겠지.
베르너 양, 토니, 헤르만 씨에게 인사 전해다오.

프란츠

편지가 이미 봉투 속에 들어간 뒤에 어머니께 걱정거리가 무엇인지 여쭤봤어. 내가 걱정거리라고 하더구나. 무자비하게도 아버지는 어머니께 모든 것을 말씀하셨던 모양이야.[27]

괴테의 별장

1918년

Nr. 55

프라하, 1918년 1월 2일

그림 엽서: 바이마르, 괴테의 별장, 침실

오틀라야, 난 그저 상황이 어떤지 듣고 싶었는데 그럭저럭 괜찮구나. 언제 돌아갈지는 아직 모르겠다. 국장이 애를 먹이고 있어서. 오늘 의사한테 갈 생각이야. 어쩌면 해고의 어려운 시련을 이겨낼 수 있을 정도로 건강할지도 몰라. 일이 달리 진행되지 않으면 그렇게 할 거야. 오스카 때문에 네게 전화를 할지도 모르겠구나. 전화를 하면 네가 남의 눈에 띄지 않게 프라하에 와줄 수 있겠니?[1] 난 그렇게는 하지 않으려고 해.—이미 내가 보낸 두 번째 편지에서 욕실에서 행복한 어머니에 대한 환상을 반박했지.—가끔 그 속옷을 생각해. 속옷은 이미 한 번 기운 것이어서 다시 기우면 분명 너덜너덜해질 거야. 이곳에서 사표를 낼 거야. 옛날보다 한층 더 속옷에 신경을 써야 할 것 같구나. 지금까지는 프라하에서의 시간을 제법 잘 견뎌왔지. 이것이 희망을 준다.

프란츠

토니와 헤르만 씨에게 안부 전해다오.

Nr. 56

프라하, 1918년 3월 4일

사실 우리는 다른 어떤 사람보다 사이 좋게 지내. 아니 내가 다른 누구보다도 너와 더 사이 좋게 지낸다고 해야겠구나. 일시적으로 다른 사람을 만날 수 없는 것을 빼고는. 특히 우리가 서로 사이 좋게 지내지 못할 때, 다른 사람을 만날 수 없다는 것은 인간의 품위를 빼앗는 것이지만 거의 피할 수 없는 것으로 스스로 견뎌내야 하는 일시적인 타인과의 단절이야. 사이 좋게 지내기 위해서는 아마 다른 도움 없이 마음을 진정시켜주는 것, 예를 들어 칫솔갑, 거울 그리고 우리 둘이 서로에게 느끼는 선한 의지만 있으면 될지도 몰라. 더욱이 난 너에 대해 최고의 선한 의지를 갖고 있거든.

프란츠

Nr. 57

프라하, 1918년 5월 5일

오틀라야, 아직 아무 말도 할 수가 없구나. 나는 아직 살아 나갈 준비가 되어 있지 않아(네 방에서는 모르겠지만, 도시에서는 아직 안 되어 있어). 숨쉬기가 약간 힘들기는 하지만, 이곳에서 너무 빠른 걸음으로 걸어다녀서 그런지도 모르겠어(상태는 상당히 호전됐어). 잠드는 게 너무 힘들어. 처음 며칠은 제대로 깨어 있지도 못했단다. 하지만 이런 증상은 과도기에 불과할 거야. 나머지 일과 관련해서는 지금까지 이사한 것을 후회하지 않아. 네 얼굴을 다시 한번 보고 네 귀를 살짝 잡아당기고 싶구나. 엘리에게 한 번 해봤는데 잘한 일은 아니야.

프란츠

그레쉴 양과 다비트 양에게 나의 정중한 인사를 전해다오. 물론 헤르만 씨에게도. 정원에 관한 새로운 소식은 아는 게 없지만, 거름 주는 방법에 관한 설명서를 함께 보내마. 오늘 우연히 과수원 뒤에 있는 규모가 작은 주말 농장에 다녀왔는데 그 후로 난 우리 정원에 대해 자부심을 갖지 않게 되었어(그렇다고 정원을 덜 좋아하게 된 것은 아니지만). 우리가 농장에서 한 일은 누구나 다 할 수 있는 일이고, 이미 하고 있던 일이야. 소규모 주말 농장은 우리 정원의 반만 한 크기야. 대부분의 주말 농장은 훌륭하지. 그리고 거의 대부분이 눈부실 정도로 손질이 잘되어 있어.—계획표는 다음과 같아. 작황이 좋지 않은 당근을 먼저 심고 당근·양파, 상추·시금치, 무–묘목순으로 심을 거야. 그런데 그레쉴 양은 마지막에 묘 목 대신에 완두콩을, 그다음에 양파를 심겠대(첫 번째 이랑에는 씨, 두 번째 이랑에는 양파 종자를, 그 사이에는 마늘과 무를 심겠다는 거지).—나는 정말 더 이상 할 수 없어. 머릿속이 혼란스러워. 이런 나의 상태를 너는 잘 알겠지.
카를 편에 사백구십 크로네를 보낸다. 그중에서 삼백팔십 크로네는 내가, 백십 크로네는 어머니가 보내는 거야. 동봉한 네 계산서에 따라 차액 삼 크로네는 네 몫이다. 감독관의 청이 하나 있어. 감독관이 이번 달에 미헬롭을 거쳐 갈 거래. 그때 전화하면 육십 개 단위의 달걀 두세 꾸러미를 기차를 타고 있는 그에게 보내줄 수 있겠니?

Nr. 58

프라하, 1918년 5월 14·15일 무렵

엽서

오틀라야, 난 알빈 바르틀을 도와줄 준비가 되어 있었다고 믿어. 프라하로 가자마자 증명서를 구했고, 우리가 도울 것이라는 내용의 편지를 바르틀에게 보냈어. 토요일이었던 어제 18일에 의사의 진찰을 받게 하기 위해 바르틀을 자아츠로 불렀어. 그곳에서 우리 보험공사 관리들 중 한 사람이 기다리고 있을 거야. 그리고 그 사람은 분명히 바르틀을 위해 좋은 일을 할 거야. 그런데 오늘 5월 초에 바르틀에게 보낸 편지가 주소 불명으로 되돌아왔어. 취라우에서 바르틀이 내게 말해준 '자아츠의 가축 상인 레오폴트 글라저 씨댁'이라는 주소로는 불충분했던 모양이야(하지만 우리 보험공사 관리는 바르틀을 찾았을 거야). 유감이다. 바르틀이 다시 오면 이 사실에 대해 한번 물어봐.—일요일에 우리는 너를 기다렸어. 엘리는 네가 분명히 올 거라고 했거든. 나에 대해서는 특별히 네게 말할 만한 새로운 사실이 없구나. 취라우에 비해 이곳은 살기 힘들어. 그렇다고 살지 않으려는 이유는 아냐.
너와 베르너 양에게 진심으로 인사를 보내며 프란츠

Nr. 59

프라하, 1918년 8월 말

오틀라야, 내 퇴거 신고서를 보내주렴. 난 휴가 여행을 떠날지도 몰라. 그래서 퇴거 신고서가 필요해. 그건 그렇고 최근에 의사한테 갔다 왔어. 의사는 폐를 아주 잘 찾아냈어. 네게 줄 안내서[2]는 갖고 있지 않구나. 지금까지는 단지 원예에 필요한 물품들만 구해놓았지만 머지않아 네게 안내서도 보내주마. 네 나름대로 벌써 구해놓은 것이 있니?
진심으로 인사를 보내며 프란츠

프리트란트에 소재한 겨울 농업학교

Nr. 60

프라하, 1918년 9월 8일

오틀라야, 퇴거 신고서를 보내줘서 고맙다. 전보를 통해 널 조금 격려해주고 싶었어. 네가 요즘 아주 불안해한다는 사실을 나도 잘 알고 있거든. 그러나 취라우를 떠나려면 참아내야 해. 하지만 원예 학교 때문에 불안해할 필요는 없어. 선택의 범위가 너무 넓은 건 사실이지만 그렇다고 그게 그렇게까지 중요하지는 않으니까. 사람이 배우려는 마음만 있으면 어느 곳에서든 배우게 마련이거든. 궁하면 필요한 모든 것은 책의 도움을 받으면 돼. 난 비교적 여러 사람에게 편지를 보냈고 두루 물어서 다음의 자료를 손에 넣었단다. 아이스 그룹 원예 학교와 클로스터노이부르크 원예 학교의 안내서(후자가 더 나은 것 같아. 그곳에서는 굉장히 많은 것을 배울 수 있어. 단지 청강생으로서 임의로 시간을 잡고 과목을 선택해서 말이야—이런 유의 다른 모든 학교가 갖는 장점이지. 물론 형태를 갖춘 수료증은 없어. 하지만 그런 것은 전혀 필요하지 않아. 출석과 개별적으로 치른 시험에 대한 증명서가 너를 충분히 만족시킬 수 있을 거야), 그 밖에도 한 무더기의 체코 가사 교습소 안내서를 얻었어. 대개 농업과 관련 있는 학교들이야. 이곳에서는 물론 직접 봐야만 자신에게 적합한 일을 찾아낼 수 있을 거야. 네가 이곳저곳 돌아다니면서 확인해보는 것이 가장 좋을 듯싶구나. 농업 학교 중에서 부트바이스·리프베르다·프리트란트에만 편지를 보냈어. 부트바이스의 가사 교습소는(농업 교육에 대한 글은 많은데, 여자가 문제 되면 늘 여성의 농업 교육에 대한 이해가 부족해. 부트바이스에서도 가사 교습소에서만 답장이 왔어.) 이번 겨울에 생필품과 석탄이 부족해 문을 열지 못한대. 우리 역시 이런 점들을 고려해야 해. 그러니까 먼저 가서 살펴볼 필요가 있어. 리프베르다-테쉔과 프리트란트에선 아직 답장을 받지 못했어. 아는 사람을 통해 이 방면에 유능한 전문가에게 문의해봤는데 리프베르다에 소재한 농업 학교는 좋기는 하지만 전제 조건으로 중등 교육 과정에 등록해야 한다는구나. 실은 현재 한 소녀가 그곳에서 공부하고 있대(하지만 그곳에도 청강생 제도가 있을지 몰라). 하지만 이 전문가는 프리트란트를 더 적극적으로 추천하는구나. 이년 과정인데 잘하면 일 년 안에 끝마칠 수 있고 그 졸업장은 어느 곳에서든 네겐 추천장이 되어줄 거야. 게다가 후원을 받을 수도 있어. 이 남자뿐 아니라 교장을 잘 아는 장학관을 통해서 말이지. 네가 빈으로 결정하지 않는다면 빈에 농업 학교가 없다는 사실은 차치하고서라도 그 결정은 아주 잘한 일이야. 특히 네게 전혀 새로운 환경을 보여줄 수 있는 프리트란트(내 기억에는 이상하게도 아름다우면서도 슬픈 도시로 남아 있구나. 그곳에서 난 두 주 동안 머물렀었지)에 가서 사람들과 이야기해보는 것이 가장 좋을 듯싶구나. 또 그 사이에 그쪽에서 내게 편지를 보낼지도 몰라. 전체적인 비용 문제로 아버지와 이야기할 필요는 없어. 내가 그 비용을 기꺼이 지불할 테니 말이다. 돈의 가

프리트란트 근처 링엔하임의 옛 독일 양식을 모방한 맥줏집

치는 어차피 떨어지는 거잖니. 그래서 그 돈을 네게 투자하는 거야. 그 돈은 네 장래 경제에 최초의 부채가 될 테지.

난 일요일까지 집에 있을 거야. 그다음엔 투르나우로 떠날지도 몰라. 그건 그렇고 여행 다니다가 내가 필요하면 언제든지 말하렴. 이젠 이미 결정된 일이니 취라우에서 가능한 일찍 떠날수록 좋을 거야. 그러면 새 학년을 앞두고 주위를 돌아볼 시간이 더 많을 테니 말이다.

이사할 때 잊지 말고 우편으로 내 신문들을 보내다오. 잘 지내고 모두에게 진심으로 인사를 전한다.

프란츠

도대체 베르너 양은 무엇을 하겠다는 거니?

오틀라야, 덧붙일 말이 있다. 프리트란트에서 답장이 왔어. 내가 교장에게 사본을 동봉한 편지를 보냈었단다. 두 학교가 있대. 겨울 학교(항상 11월 초에 시작해 3월 말에 끝나는 두 개 과정인데 농사 경험이 풍부한 나이 든 농부들은 한 과정으로 졸업할 수 있다는구나)와 올해 들어 불확실해진 가사 학교가 그거야. 네가 프라하에 도착했을 때 내가 이미 떠나고 없다 해도 네 방이자 내 방이기도 한 그 방에서 모든 학교의 안내서들을 찾을 수 있을 것이고, 내가 없을 때 온 편지들과 안내서들은 사무실의 카이저 양과 클라인 씨[3](이 사람 역시 추레거 씨와 그라우프너 씨를 알고 있어서 경우에 따라서는 지방 행정 위원회에서 이 사람들을 다그칠지도 몰라)한테서 받을 수 있을 거야. 방금 중요한 부탁을 받았어. 토끼와 쇠귀나물을 갖고 있는 대로 우편환으로 장학관에게 보내 줄 수 있겠니! 값이 지나치게 비싸지만 않으면 뤼프트너 씨[4]는 마리당 장학관이 지불하는 돈 이외에 추가로 담배(끽연용 담배, 궐련, 버지니아 여송연 등등 그가 원하는 대로)를 얻게 될 거야.

안녕, 오빠 프란츠

오틀라야, 두 번째 추신이다. 테쉔 전문 학교에서 답장이 왔어. 어떤 의미에서는 전문 학교가 프리트란트의 겨울 학교보다 훨씬 더 낫지. 하지만 이 학교는 단과 대학의 성격을 띠고 있고 요구 사항이 훨씬 많아. 네가 할 수 있다고 생각하느냐가 중요하고 또 입학 허가를 받을 수 있느냐도 중요하지. 물론 정규 청강생으로는 아니야. 여자가 정식 청강생이 된다는 것은 불가능할 듯싶어. 비정규 청강생인 경우에도 기초 지식이 있어야 하기 때문에 일을 꾸며야 하지만 네 경우에는 불필요할 것 같아. 리프베르다-테쉔의 교과 과정은 규정대로라면 삼 년인데 비정규 청강생인 경우에는 기간을 마음대로 조정할 수 있단다. 열심히 하느냐, 그리고 어느 과목을 선택하느냐에 따라 기간은 단축될 수 있어. 편지에서 교장은 너의 기초 지식에 대해 물었어. 동봉한 문서에서 보듯이 난 우연히 지방 위원회(지방 기관이야)에 소속되어 마침 전문 학교의 부장직을 맡아서 너의 입학 허가를 공동 결정할 뻔한 프리취 서기를 내세우며 답장을 보냈단다. 내 생각으로는 네가 특히 프리트란트 학교와 테쉔 전문 학교 중에서 선택해야 할 것 같고, 이 두 학교를 미리 둘러보는 것이 가장 좋을 듯싶구나. 안녕!

오빠 프란츠

Nr. 61

프라하, 1918년 10월 보름 이전

오틀라야, 널 만나지 못해 유감이구나. 부탁인데 오늘 카이저 양을 만나주려무나. 클라인 씨가 내게 편지 한 통을 보여주었는데, 아마 그 편지를 카이저 양에게 부치려 했던 모양이야. 편지에서 그는 그녀에게 작별을 고하고 있었어.

그런데도 클라인 씨는 아무 말도 하지 않으면서 오늘 네가 카이저 양을 찾아주기 바라더라. 그의 이야기에 따르면 위험 수위에 달할 정도로 흥분한 사람들 사이에 정당함이 존재한다면 자신이 정말 정당하다는 거야. 카이저 양은 모든 폭력 행위를 너무 지나치게 두려워하고 있어. 도처에서 폭력 행위를 목격하기 때문에 심지어는 단지 폭력 행위를 미연에 방지하기 위해서 폭력을 행사하고 있어. 그래도 네가 갈 의사가 있다면 난 그것이 특별히 중요한 가치가 있다고 생각하지는 않아. 또 클라인 씨의 이야기에 따르면 어제와 같은 장면들이 이미 많이 있었대. 하지만 네가 방문한다는 것은 적어도 그녀와 그에게 약간의 호의를 베풀려는 노력이 될 거야.

프란츠

카프카는 1911년 1월과 2월에 직무상 프리트란트에 상당기간 머물렀다.

Nr. 62

프라하, 1918년 11월 11일

오틀라야, 내 병은 꽤 참을 만하단다. 매일 아침 침대를 벗어나긴 하지만 아직 바깥에 나가지는 못한단다. 오늘이나 내일은 가능할지 모르겠어.

네 형편이 좋지 않다는 사실을 알아. 굶주림에 시달리고[5] 자기만의 방도 없고 프라하에 가고 싶어도 많은 양의 공부 때문에 가지 못하는 것 등은 하나의 큰 시련이지. 이 시련을 극복하는 것도 물론 위대한 일일 거야. 너와 너의 목적을 위해서는 취라우에서의 상황이 훨씬 유리했지. 처음 며칠 동안은 어리둥절하겠지만 곧 네가 그 일을 어느 정도 인정받을 만하게 해낼 수 있는지 여부를 알게 될 거야. 공부하기가 힘들거나 건강이 여의치 않으면 돌아와라. 네가 돌아오게 된다면 채식주의를 포기해야 할 거야. 이유는 '제법 나이 든 농부들'이 식당에서 아주 잘 먹고 있기 때문이지. 게다가 소포 꾸러미들이 도착하면 살길이 생기는 법이야. 정기적으로 밀가루를 보내주마. 밀가루는 살 수 있을 거라고 하니 말이다.
프리트란트에서 있었던 약탈 행위[6]를 여기서는 곱지 않은 시선으로 바라보고 있어. 특히 『프라하 일보』의 보도 스타일이 그래. 평소에 프리트란트는 평화롭고, 분노를 일으킬 만한 사건이 일어난 적이 없기 때문에 기사의 첫머리에서 이 사건을 '끔찍한'이라고 표현했어. 하여튼 폭도들이 네 설탕과 그 밖의 다른 것들을 가져가고, 네가 그날 제대로 공부하지 못했다는 사실이 마음에 걸리는구나. 부모님께서는 이미 안심하고 계시단다.
그건 그렇고 사랑하는 오틀라야, 공부가 힘들거나 건강이 여의치 않으면 돌아오려무나. 네가 공부를 끝까지 마친다면 오빠는 널 존경할 거고 만약 돌아온다 해도 위로해줄게.
또 한 가지, 쓰다 만 편지들로 교과서를 가득 채우지 마라. 학교에서 네가 우연히 흘린 편지를 누군가 주워서 모두가 돌려 읽게 될지도 모르잖니.
잘 있거라.

프란츠

후프 부인에게 안부 전해다오.

Nr. 63

프라하, 1918년 11월 27일

그림 엽서: 프라하, 흐라친, 스트라호프 성당

몇몇 친구들이 네게 진심으로 인사를 보낸다.

오빠 프란츠

주로 나 이르마가, 그리고
어머니가 애정의 인사를 보내고
네 아버지 헤르만 카프카도 진심으로 인사를 보낸다.
다른 사람이 네게 진심으로 인사를 전했지만 지금 그 이름을 밝히고 싶진 않다.
마리 베르너가 거듭 인사를 보낸다.

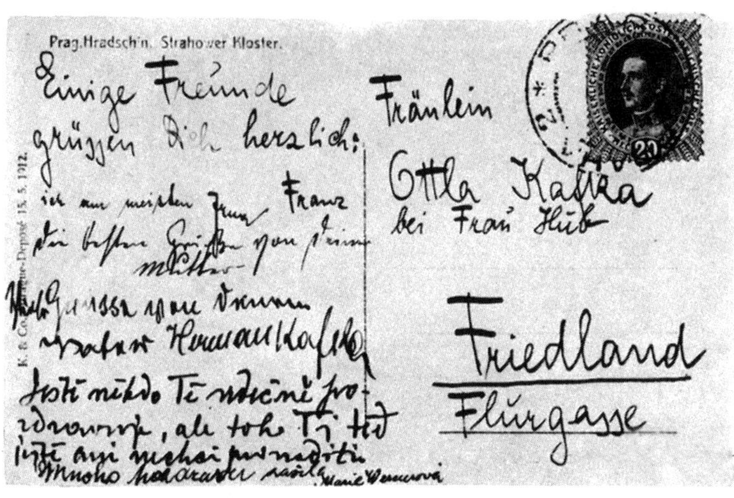

Prag.Hradschin. Strahower Kloster.

Einige Freunde
grüssen Dich herzlich:
Franz

Fräulein
Ottla Kafka
bei Frau Hub
Friedland
Flurgasse

63번 편지 내용이 적혀 있는 면

Nr. 64

쉘레젠, 1918년 12월 초

카프카의 스케치가 있는 그림 엽서: 그림 밑의 서명 '내 삶의 풍경들'

그런데 넌 어떻게 지내니? 크리스마스에 공책과 책을 갖고 오려무나. 테스트를 해봐야지. 그건 그렇고 프라하로 돌아가야 하니? 이곳에서도 취라우에서처럼 잘 지내고 있거든. 이곳의 물가는 조금 싼 편이야, 하루에 육 프랑(지금 빈의 통상적인 환율은 일 크로네당 십 센트야). 난 이곳에 한 달 정도 머물 거야. 하지만 크리스마스에는 기분 좋게 프라하로 돌아갈 수 있을 거야. 안부를 전한다.

프란츠

장학관에게 엽서는 보냈니?

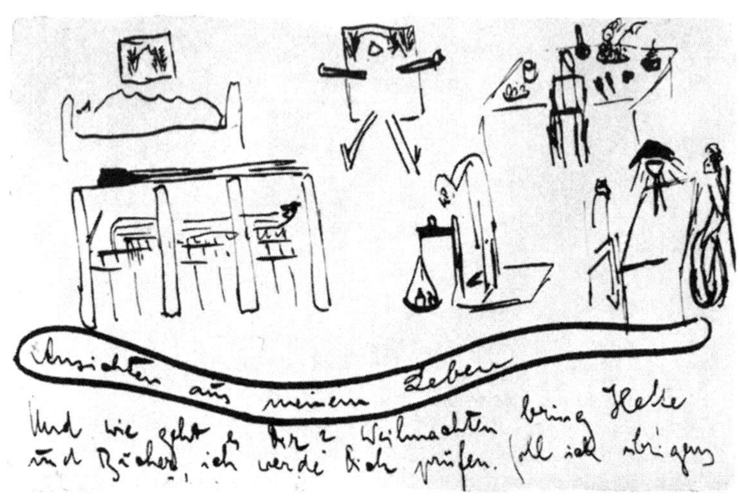

64번 편지 앞면

Nr. 65

쉘레젠, 1918년 12월 11일

엽서

오틀라야, 상황이 좋지 않구나. 다른 편지들처럼 짧은 엽서 한 장이 네 공부에 방해가 된다 해도 할 수 없구나. 그 엽서는 주로 신경질적인 교수를 염두에 두고 쓴 거야. 그날 저녁에 대해 넌 다른 이야기를 들었겠지. 내 느낌으로는 그날 저녁은 상당히 무난하게, 그리고 자연스럽게 지나갔고 마음의 부담을 별로 느끼지 않았던 것 같아. 어머니 편지에 의하면 오늘(수요일) 저녁에 또 모임이 있더구나. 크리스마스에 갈게. 숨이 이전보다 약간 가늘어지고 심장이 빨리 뛰긴 하지만 그래도 비교적 잘 지내는 편이야. 플라이쉬만 양[7]의 안부 인사를 받으니 정말 기쁘구나. 네가 플라이쉬만 양을 묘사한 뒤로—내가 그때 갖고 있었던 미열과 섞여—그녀에 대해 좋은 인상을 간직해왔거든. 어쩌면 플라이쉬만 양은 친절하게도 네가 보낼 다음 엽서를 통해 네 공부의 진척 상황에 대한 편견 없는 몇 마디 말을 내게 전해줄 것 같구나. '먹기 위해 애쓴다'는 것은 무슨 의미니? 내 식탁 위에 먹을 게 너무 많아 유감이야. 아무것도 먹지 않을 거야. 너의 수업 시간 한 시간을 또 망쳐놓는 결과를 가져오겠구나.

오빠 프란츠

펠리체와 카프카

1919년

Nr. 66

쉘레젠, 1919년 2월 1일

엽서

오틀라야, 1월 31일과 2월 1일 사이의 오늘 새벽 다섯 시쯤에 잠에서 깼어. 방문 앞에서 네가 부드럽게 '프란츠' 하고 부르는 소리를 들었거든. 정말 똑똑히 들었어. 곧바로 대답했지만 너는 아무런 반응도 보이지 않았어. 넌 무엇을 원했니?

오빠 프란츠

Nr. 67

리보흐, 1919년 2월 5일

오틀라야, 그러니까 바로 잠 못 이룬 밤이었어. 그런 밤이 다시 찾아올 거야. 하지만 난 네 덕분에 두려움을 극복할 수 있었어.
네 편지에 대한 답장은 다음번에 보낼게. 오늘은 말하기 연습[1]에 관한 너의 질문에만 답장을 보낸다. 상황이 다급하니까 말이야.
그러니까 운명을 하늘에 맡기고 내가 이 순간에 당장 말할 수 있는 것은:
'머리에서 유익한 것을 끌어낼' 수 없다면 오히려 정신이 몽롱한 것이 '말하기 연습'하는 데 좋을 것 같구나. 하지만 전적으로 틀린 말이야. 넌 그와 같은 일을 전에 해본 적이 없기 때문에 망설이는 거야. 용기를 내 네 그림자를 뛰어넘어 봐. 넌 훌륭하게 해낼 수 있어. 지금 당장은 불가능해 보이더라도 말이야.

네게 강연 주제로 할 만한 두 가지 가능성에 대해 일러주마. 하나는 아주 개인적인 것이고 다른 하나는 아주 일반적인 것이야. 이 경우에 전자는 일반적이고, 후자는 개인적이야. 그런데 내가 이렇게 구분하는 이유는 네가 제대로 이해할 수 있도록 하기 위해서야. 그렇게 되면 네게 적합한 것을 스스로 이끌어낼 수 있을 거야.

개인적인 주제들은 가장 효과가 크고 대담하기 때문에 확실히 취할 만하지. 개인적인 주제들은 학문적 연구가 아닌 깊은 생각을 전제로 하기 때문에 어려운 주제는 아니지만 **인간의 한계를 뛰어넘는 상냥함, 겸손**, 그리고 객관성(당장 내 머리에 떠오르지 않는 것과는 다른 것일지도 모르는)이 필요하다는 점에서 어려운 주제들이지.

프리트란트 학교와 관련한 개인적 주제로는 '남학생들 사이의 여학생'이 가능할지도 모르겠구나. 너는 네 경험들과 플라이쉬만 양의 유산으로서 그녀의 경험들을 기술했어야 했는데 그렇지 못했구나. 그렇게 함으로써 네가 그 경험에서 추출해낸 결론들로 너를 방어하거나 비난했어야 했고, 선과 악을 구분해 선을 강화시키고 악을 억누르는 방법을 강구했어야 했는데 말이다. 그 강연은 여성들 모두에게 첫 여학생 강연으로 시의적절할 거야. 특히 이 입학 허가는 추측하건대 어디에서나 불변이며 제한이 없어질 것이기 때문이야. 푀르스터[2]는 네 강연에 도움을 줄 수 있겠지.

훨씬 다루기 힘든 이러한 유의 두 번째 주제로 네 학교와 관련하여 '학생과 교사'가 있어. 이 주제는 학생으로서의 네 경험들을 통해 학생과 교사 사이의 일종의 화해의 축제로 만들 수 있을 거야. 따라서 네가 수업을 들을 때 대부분의 이점을 어디에서 취하는지, 그리고 네가 관찰한 바에 따르면 다른 학생들이 대부분의 이점을 무엇에서 취하는지를 열거하거나, 어떤 수업 방법이 좋은지 아니면 그리 썩 좋지 않은지, 이러한 수업 방법들에 대해 학생들이 어떻게, 그리고 어떤 탁월하고 훌륭한 방법들을 사용해서 대처할 것인지 등등을 열거하면 되지 않겠니. 언제나 사실들을 가능한 한 많이, 진실을 가능한 한 많이, 독선은 가능한 한 적게.

세 번째 주제는 다루기 힘들지는 않겠지만 한층 개인적인 거야. '농업 정책을 수행할 때 준비 교육의 경험들.' 예를 들면 취라우에서의 경험 같은 것 말이야. 네가 도시에서 탈출할 수밖에 없었던 이유, 농장을 인수할 당시의 상황, 실수에 관한 사례들, 학교가 네게 도움이 되지 않았던 점, 농부들을 보고 감탄한 점과 그렇지 못한 점, 감탄한 점들에 네가 취한 태도, 하인들과 함께한 경험 사례들, 아주 쉽게 일을 처리했던 경험, 아주 어렵게 일을 처리했던 경험, 농장을 넘길 때의 상황 등등 말이야.

그리고 중간 정도의 주제들이 있지. 그다지 개인적이지도 않고 그렇다고 일반적이지도 않은 것들. 내가 보기에 이 주제들은 적절하지 못해. 이 경우 사람들이 모호함 속으로 빠져들기 쉽거든. 하지만 그렇게 되지 않게 할 수도 있어. 네가 제안한 푀르스터의 순수한 주제들이 그렇고, 유대주의라는 끊임없이 되풀이되기는 하지만 일반적이지는 않은 주제도 그렇지. 하지만 넌 이 주제는 피하고 싶겠지(막스가 오늘 "네 여동생의 결혼이 내 머릿속에서 떠나지 않아" 하고 내게 편지를 보냈어). 그 밖에도 훌륭한 주제가 있어. 곧 '독립적인 영농인이 아닌 졸업생들의 장래.' 직업 소개, 광고 제도, 각종 시험들, 마을 농업 협동조합 등에 대해 말할 수 있겠지. 하여튼 강연을 위해 교사와 상의할 수도 있고 책을 빌릴 수도 있으니까 내가 제시한 위의 구체적인 조언들을 들은 뒤에 교사들이나 교장과도(더욱이 넌 이 사람에 대해 겉보기에 정말 제대로 이야기하고 있지) 네 장래에 대해 이야기를 나눌 좋은 기회를 만들 수 있을 거야.

마지막으로 일반적인 주제들이 있는데, 어쩌면 책들에 대한 단순한 보고에 지나지 않을 수도 있어. 무엇보다 다마쉬케의 『토지 개혁』[3]을 추천하고 싶구나. 그곳에서도 구할 수 있을 거야.

아무튼 아주 짧은 강연이라 할지라도 강연을 준비하는 데는 많은 시간이 필요해. 가능한 한 강연을 연기하고 그에 대해 내게 편지 보내라.

잘 지내라!

프란츠

Nr. 68

리보흐, 1919년 2월 20일

오틀라야, 최근 편지 봉투에서 네 번호가 제대로 적혀 있는 것[4]을 확인했어. 지지난번 편지 봉투의 번호는 17번이었어. 그러니까 기입상의 착오임이 분명해. 그런 일이 일어나서는 안 되는데 말이다.

강연은 네가 설명한 것과 그리 다르지 않았어. 물론 난 발제자가 평소처럼 참석한 줄로 생각했거든. 여러 주제들 중에서 네가 주제를 잘 선택했더구나. 잘 해내거라. 네 편지에는 해내려는 의도가 빙글빙글 매우 위험하게 헤엄치고 있어. 그 의도가 결국은 익사하고 말 거라고 사람들은 생각하거든. 네가 그 주제를 잘 해낸다면 난 정말 네가 자랑스러울 거야. 그리고 너는 분명히 성공할 거야. 물론 그것 때문에 정신이 없겠지. 하지만 대부분은 산책 중에 해결할 수 있어. 강연의 모범으로 학교에서 말하기 연습을 하는 대신에 차라리 협회의 강연[5]을 듣거라. 이 협회는 훌륭한 단체야. 일자리도 알선해줄 수 있는

엘베 강변의 리보흐. 카프카는 나중에 자주 리보흐를 찾았다.°

정도의 최고 시설이긴 하지만 실제로 일자리를 알선해줄 것 같지는 않구나. (덧붙임: 부호를 단 이 '그러나'[6]는 아주 흥미롭구나. 어머니가 연필로 쓴 편지[7]가 그렇듯이 네 편지 스타일을 모방한 것이 틀림없어. 나는 이미 너의 편지들에서 그런 표현법을 찾아낸 적이 있었지. 이 어법은 눈에 띌 정도로 편지마다 반복됐구나. 독일어가 훌륭하긴 했지만 특히 그 어법이 반복되어 낯설고 부자연스러웠어. 이 어법들은 말하고자 하는 바를 표현해내지 못했어. 그렇지만 충분하고 확실하며 간단히 찾아낼 수 없는 근본적인 이유가 있지. 실제로 난 지지난번 네 편지에서 그것이 확실하게 체코어 번역이라는 사실, 그것도 정확한 번역이라는 사실을 알게 됐어. 그러나 최근에 아버지가 D씨에게 누군가에 대해서 "친분 관계가 있다" 하고 말씀하신 그 친분 관계가 있다는 표현법[8]과 같지는 않지. 그러나 독일인이나 다름없는 내가 판단하기로는 독일어에서 이 표현법은 적절치 않아.)

신문 광고는 물론 아름답지는 않아. 솔직히 신문 광고는 내 세계상을 교란시키지. 나라는 인간은 행정 관청의 조수 자리에나 어울릴지 몰라. 그러니까 세상을 위해서 절대적으로 필요한 사람이지. 그러나

1919년 초 두 번째 약혼녀
율리 보리첵과 처음 만난 쉘레젠의
슈튀들 여인숙

일자리를 얻을 수는 없어. 게다가 이것은 사실 내가 알기로는 우리 보험공사에 예전에 행정 관청의 조수였던(로메오와 또 다른 아주 뛰어난 남자) 두 명의 관리가 있다는 사실, 관리가 됐다는 데 두 명 다 행복해하는 반면 일반적으로 사람들은 말하는 습관으로 말미암아 오히려 직업을 바꾼 것에 불만을 표시한다는 사실과도 들어맞아. 그와 반대되는 경우로는 내 친한 친구의 조수가 있는데 그는 아주 명랑한 사람으로 현재까지도 조수로 남아 있다는 거야. 마지막 반대되는 경우로 『토지 개혁』을 생각할 수 있지. (다마쉬케의 책을 너희들은 갖고 있지 않니?)

—방금 난 발코니 앞에서 농업에 관한 대화를 들었는데 아버지도 흥미를 느끼실 만한 내용이야. 한 농부가 구덩이에서 무를 파냈어. 그다지 말하기를 좋아하지 않는 것이 분명한 한 아는 사람이 국도를 바

로 옆에서 걷고 있었지. 농부는 인사를 했어. 아는 사람은 방해받지 않고 지나갈 수 있겠다는 생각에서 친절하게 '아부아'[9] 하고 대답했어. 그러나 그 농부가 그의 등에다 대고 자기가 최상품의 소금에 절인 양배추를 갖고 있노라고 소리쳤어. 그러자 정확하게 말귀를 못 알아들은 그가 몸을 돌려 짜증 섞인 목소리로 '아부아요?' 하고 물었어. 농부는 또 그 단어를 반복했어. 그제서야 그 사람은 그 말을 알아듣고는 '아부아' 하고 말하더니 기분 나쁜 미소를 지었어. 하지만 그 농부는 아무 말 않고 여전히 '아부아' 하고 가버렸어.—이곳 발코니에서는 많은 것을 들을 수 있지.

넌 어떤 방법으로 직업을 구하려고 하니? 왜 그전에 어머니와 상의하려 하니? 전혀 이해할 수가 없구나. 네가 이따금 다른 이유에서 할 수 있는 프라하 여행에 대해 어머니와 상의한다면 그건 이해할 수 있을 것 같아. 아버지가 늘 기분이 좋으시다는 사실 역시 중요한 이유가 못 돼. 단지 소문에 불과할지도 모르니까. 새로 시작되는 휴가가 허용하는 한 여기에서 적어도 삼 주는 더 머물 거야. 그러니까 프라하엔 없을 거야. 아무튼 넌 프라하에서 널 추레거 씨에게 소개시켜줄지도 모르는 클라인 씨와 감독관(스미호프 지즈카가세 30), 그리고 네 지역 문화 심의회 친구를 떠날 테지. 학교 때문에 그들 곁에 있으니까.

그 책이 상당히 유혹적이기는 하지만 내게는 보내지 마라. 여드레에서 열흘 전엔 그 책을 못 받을 것 같구나. 삼 주 뒤에는 프라하에 있을지도 모르겠어. 더군다나 이곳에서는 이상하게도 시간을 낼 수 없구나.[10] 게다가 난 책에서 많은 것을 기대할 수 없어. 학교에 대해서는 한층 많은 것을 기대할 수 있고, 고난을 견뎌낼 필요가 있는 경우, 만일 고난을 이겨 나갈 힘이 있다면, 그 고난에서 가장 많은 것을 기대할 수 있지. 하지만 가능하다면 그 책을 나를 위해 프라하에 놓고 가다오. 도대체 그 책이 '쟁기'보다 더 낫니? 책이란 우수한 학생들의 손에 들어가면 좋은 책이 되는 거 아니겠니?

막스의 발언[11]이 오랫동안 네 머리에서 떠나지 않았다니 참 의외로구나. 그러나 있을 법하지 않은 것이 아니라 자명해보이는구나. 네 자신이 이미 그런 발언을 천 번은 했을 거야. 비정상적으로 행동한다는 것과 비정상적인 행동을 잘 해낸다는 것이 둘 다 대단히 어렵다는 사실을 너는 알고 있겠지. 그렇다고 해서 그렇게 어렵게 한 행동에 대한 책임을 결코 잊지 마라. 이스라엘 왕 다윗이 군대의 대열에서 당당하게 걸어나왔듯이 너도 앞으로 유대인 대열에서 당당하게 걸어나오게 될 것을 늘 염두에 두어라. 그렇다고 의식에 짓눌려 유종의 미를 거둘 수 있는 힘이 네게 있다는 믿음을 잃지 말아다오. 그러면 넌—기분 나쁜 유머로 끝을 맺으면—열 명의 유대인과 결혼한 것보다 더 많은 것을 한 셈이야.

프란츠

Nr. 69

리보흐, 1919년 2월 24일

하지만 오틀라야, 내가 왜 여행에 대해 반감을 갖겠니. 오히려 잠깐 동안 꼼꼼하게 챙긴 여행 준비에 감탄할 뿐이야. 다만 그 이유가 전혀 내 마음에 들지 않더구나. 그것은 이유가 될 수 없단다. 네가 어머니와 여행에 대해 상의할 의도가 없었다면, 네가 일자리를 구할 생각이 없었다면 네가 얻지 못한 일자리에 대해 어머니와 왜 상의를 했겠니. 정말 넌 일자리를 구할 생각이 있었던 거니 아니면 그렇지 않은 거니? 아버지의 기분 상태도 아주 이상하더구나. 특히 한 소녀가 그 기분을 살피는데, 아버지는 그 소녀 앞에서는 늘 친절하지만 문을 닫거나 열어놓으면 소녀 뒤에서 욕을 하시지. 결국 인생은 짧기에 여행

1900년경 열두 사도 시계와 타인 성당이 있는 구도시 순환도로

을 반대하기도 하고 찬성하기도 해. 여러 이유들이 있었지. 네가 모든 사람과 한 사람을 다시 만나는 것이 기뻐 여행을 떠난다고 말한다면 난 그 여행을 반대할 생각이 전혀 없어. 여행을 떠나기 전의 즐거움, 여행하는 동안, 그리고 여행이 끝난 뒤의 서운함 때문에 네가 강연을 끝내지 못했을 경우, 눈곱만큼의 죄의식도 느끼지 않겠다고 내게 확실히 약속해줄 수만 있다면 말이야.

넌 국장을 아주 잘 관찰한 것 같더구나. 네 결론은 국장과 상의한다해도 많은 것을 기대할 수 없다는 거지. 격식에 얽매인 대화보다는 문제 되는 사안을 차라리 부수적으로, 그것도 한 번이 아니라 스물다섯 번이나, 전혀 예기치 않은 기회에 언급함으로써 그런 유의 사람을 이길 수 있게 될 거야. 물론 성공의 중요한 전제 조건은 국장이 도와

줄 의도가 있다 할지라도 도와줄 만한 능력이 있느냐는 거지.

이곳의 요즘 날씨도 꽤 따뜻하고 아름다워. 요즘도 여전히 저녁 무렵엔 이불을 덮지 않고 베란다에 나와 앉아 있어. 창문을 열어놓은 채 햇볕을 쬐면서 점심을 먹지. 창문 아래엔 메타와 롤프라는 개들이 있는데, 식사하고 남은 찌꺼기를 들고 내가 베란다에 나타나기를 기다린단다. 마치 구도시 순환 도로에 거주하는 사람들이 열두 사도를 기다리듯이.[12]

요즘 난 또 간접적으로 너에 대한 꿈을 꾸었어. 나는 통통하고 흰 살결에 홍조를 띤 한 아이(보험공사 관리의)를 유모차에 태우고 돌아다녔어. 그 아이에게 성이 뭐냐고 물었더니 흘라바타[13](다른 보험공사 관리의 이름)라고 대답하더라. 내친김에 이름도 물었지. 오틀라라고 대답하더군. 난 놀라서 "내 여동생과 이름이 똑같구나. 내 여동생의 이름도 오틀라인데, 고집이 센 편이지" 하고 말했어. 물론 악의는 전혀 없었어. 오히려 자랑스러운 마음이었지.

막스와 관련해서는 어느 특정한 발언이 아니라 모든 발언들과 그 발언들의 공통된 이유를 생각했어. 막스는 네가 극히 어려운 일을 해냈다는 의도로 말했어. 한편 마음으로는 네가 그 어려운 일을 쉽게 받아들였지만 그 결과 다른 한편으로는 그 어려운 일을 네가 대수롭지 않게 생각하게 되었다는 거야. (그는 발언에서 유대 정신의 상실과 네가 유대인의 정체성을 잃는 것을 너와 미래를 위해 유감이라고 생각해. 하지만 나는 막스가 한 발언의 진의를 충분히 파악하지 못했어.) 그러나 요즘 나는 그렇게 생각하지 않아. 불만을 늘어놓을 이유가 없는 거지.

프라하에 있는 모든 사람들에게 안부를 전해다오. 부탁이 하나 더 있는데 내용이 충분하지 않은 편지와 편지를 보내지 못함으로써 악화된 상황을 적절한 말로 상황을 호전시켜다오.

오빠 프란츠

Nr. 70

리보흐, 1919년 2월 27일

엽서

오틀라야, 일요일 두 시와 세 시 사이에 올가 슈튀들 양[14]이 라데츠키 광장의 자기 집에서 널 기다릴 거야. 정확하게 시간을 맞추어 가면 좋겠다. 슈튀들 양이 너를 위해 확실하진 않지만 일자리를 몇 군데 알아보았나 보더라. 그중 하나는 슈튀들 양 아주머니 집에서 일하는 거야. 그 아주머니의 남편은 그저께 돌아가셨는데, 여러 값진 물건들 외에도 엄청난 재산을 남겼지. 추천서가 설득력을 발휘하기 위해서 너와 직접 이야기를 나누어달라고 슈튀들 양에게 부탁했어. 그러니까 네가 할 수 있고 하고 싶은 일을 슈튀들 양에게 자세히 말해주렴.—물론 슈튀들 양이 일요일에 프라하에 없을 수도 있어. 그렇게 되면 넌 바로 그 간단한 방법을 무용지물로 만드는 꼴이고 슈튀들 양은 너와 상의하지 않고 추천서를 쓰게 될 거야. 월요일에 프라하에 없니? 그렇지 않다면 월요일이라도 슈튀들 양에게 문의할 수 있을 거야. 아무튼 일요일에 그곳으로 가보거라.

다른 사람들에게도 내 인사 전해주고, 모든 일을 잘 처리하기 바란다.

프란츠

Nr. 71

테쉔-도이치브로트, 1919년 3월 6일

엽서

오틀라야, 호의를 갖고 내게 집에서 생긴 일들에 대해 편지해주려무나. 지난 화요일 편지에서는 어머니가 당신이 분개하신 것과 아버지가 어머니보다 더 분개하신 것에 대해 이상할 정도로 솔직하게 말씀하셨어. 왠지 어머니가 말씀하신 것보다 많은 것들에 대해 입을 다물고 계신 느낌이구나. 집안 사정은 어떠니? 너 역시 정말 이상할 정도로 오랫동안 그곳에 머무는 것 같구나. 수요일이 돼서야 떠났으니 말이다. 내가 보낸 『개혁 신문』은 받아보았니? 진심으로 인사를 보내며.

오빠 프란츠

Nr. 72

쉘레젠, 1919년 3월 중순

진정 사랑하는 오틀라야, 우리 서로 맞서서 게임을 하지 말고 함께 게임을 하며 나란히 앉아 있자꾸나. 서로 가까이 붙어 있긴 한데 그렇다고 해서 부딪친 것과 가볍게 때린 것을 반드시 구별할 필요는 없지 않겠니. 다른 사람은 그렇게 하고 싶어 하겠지. 또한 실제로도 그 둘은 서로 엇물려 있거든. 예컨대 '더 들어갈 틈이 없는 입'은 정말 네가 아니라 오히려 네 이름 속에 들어 있는 그 '모호한 것과 눈에 보이지 않는 것'을 겨냥한 것이었어. 넌 편지에서 비록 그 본질에 상응하는 '모호한' 답변이라 할지라도 하나의 답변이 있다는 사실을 알게 됐잖니. 아무튼 무엇인가가 있어.

난 약간은 불안한 시선으로 네가 시험 시간에 이리저리 돌아다니고, 공부에 그다지 집중하지 못하고 심지어 일부러 기차를 놓치는 모습을 상상해본다. 왜냐하면 네가 강렬하게 원하기만 하면 기차를 놓칠 수도 있다는 미신 같은 생각이 들기 때문이야.—이런 여러 가지 이유로 난 질문했어. 질문을 통해 두 가지를 말하고 싶었어. 네가 요즘 시험이라는 예외적 시간에 외부에서 오는 어려움들이 지나치게 많다고 생각한다면 나는 너에게 질문을 통해 올바르고 위험이 따르지 않게 그 어려움을 해결할 수 있는 빛을 던져주고 싶었어. 사람들에게 내적으로 상처를 입히는 외부의 어려움들을 결코 인정해서는 안 돼. 그렇다면 그 어려움들로 인해 멸망해버리는 편이 차라리 더 나아. 예컨대 아버지가 재정적 뒷받침이 없는 결혼을 불행으로 여길 때 이와 다르게 생각하시는 것은 아니야. 아버지는 바로 뒷받침이 없다는 점을 심각하고 내적이며 최종적인 상처로 판단하시는 거지. 우리는 이 점에 대해 시각이 다르잖아. 적어도 지금은.

이것이 내가 말하고 싶었던 것들 가운데 하나야. 그러나 옳지 않다면—어쨌든 옳은지 그른지는 너나 나나 모르기는 마찬가지지—난 질문을 통해 네가 이러한 성향의 불안과 초조를 느낄 권리가 없다는 사실을 보여주고 싶었어. 왜냐하면 네 자신인 '눈에 보이지 않는 것'이 성숙기에 접어들 것이기 때문이야. 인간적인 눈으로 봤을 때 넌 운명을 독단적으로 손에 쥐고 있어. 그것도 사람들이 그저 희망만 품을 수 있을 뿐인 튼튼하고 건강하고 젊은 손으로.

네가 옳아. '더 들어갈 틈이 없는 입'은 좋지 않아. 그러나 '더 들어갈 틈이 없는 입'이 궁극적인 것을 궁극적으로 말하는 것을 의미하는 한 다행스럽게도 그런 입은 없어. 난 라스꼴리니코프[15]가 예심 판사의 '더 들어갈 틈이 없는 입'을 불쾌해한 적이 있다고 생각해. 너도 알다시피 예심 판사는 라스꼴리니코프를 하마터면 사랑할 뻔했잖아. 여러 주에 걸쳐 그들은 이것저것에 대해 다정하게 이야기를 나누었어. 그런데 갑자기 예심 판사가 장난삼아 노골적으로 라스꼴리니코프에게 죄를 뒤집어씌운 거야. 예심 판사는 라스꼴리니코프를 '하마터면' 사랑할 뻔했다는 이유로 죄를 뒤집어씌운 거지. 그렇지 않았다면 라스꼴리니코프는 질문만 던졌을지도 몰라. 라스꼴리니코프는 이제 모든 것이 끝났다고 생각했어. 하지만 그에 대한 언급은 없어. 반대로 모든 것이 비로소 시작됐어. 오직 심문의 대상, 판사와 라스꼴리니코프에게 공통된 심문의 대상, 라스꼴리니코프의 문제가 이 두 사람에게는 자유롭고 해방의 빛을 띠게 됐어. 그건 그렇고 여기에서 내가 소설을 변조시키는 것이 분명하구나.—하지만 이 모든 것에 대해서는 시험이 끝난 뒤에 충분히 이야기하자꾸나. 지금은 엽서로나마 천연두 공부와 (나에 대한) 생각 몇 줄만 적어 보내다오.

프란츠

Nr. 73

리보흐, 1919년 11월 초[16]

오틀라야, 다른 많은 일들처럼 오스카를 오게 할 것인지에 대한 결정도 네게 넘기마.[17] 내겐 몇 가지 사소한 걱정거리가 있단다. 그 걱정거리는 개인적인 문제에 관계된 것들이라 그렇게 고상하지는 못해. 게다가 이 사흘 동안의 휴가가 오스카에게만 좋은 일이 된다면 무의미하긴 하지. 이유는 오스카에게 좋은 일이 되면 그것의 반은 내게 돌아오기 때문이야. 아무튼 내 걱정거리는, 오스카와 한 방을 써야 한다는 거야. 난 열한 시까지 반수면 상태로 누워 있을 수도 없고, 종전에 비해 더 많은 시간을 산책에 할애해야 할 거야. 오스카는 우리가 공동으로 사용하는 방에서 작업을 하겠지. 그렇게 되면 오스카를 자주 방해해야 할 것 같구나. 난 아직 시작도 하지 않은 『아버지께 드리는 편지』[18]를 끝내지 못할 거야. 마지막으로 오스카는 구역질 나는

'정보'를 내게 전해줄 거야. 막스가 이미 내게 그중 몇 가지를 이야기해줬어. 하지만 이 모든 걱정거리들 역시 완전히 사라질 수 있고, 현실은 훨씬 단순할 수 있어. 우리는 각자 자기 방에서 지낼지도 몰라. 다른 사람들이 오스카와 산책을 하기도 하겠지. 오스카는 누워 있는 기쁨을 느낄 거야. 사정이 그렇지만 『아버지께 드리는 편지』는 완성될지도 모르지. 그러나 오스카가 내가 머무는 곳에 오지 않았는데도 『아버지께 드리는 편지』가 한 줄도 진척되지 않을 가능성이 커. 아무튼 오스카는 정보를 갖고 돌아올 거야.
넌 이유가 충분할 거야. 결정을 내려다오. 오스카에게 안부를 전하든지 초대하든지 간에 네가 오스카에게 간다면 좋겠구나. 사람들이 이런저런 요구를 하지 않기에 나는 그럭저럭 잘 지내. 물론 막스는 지금까지 여기에 있었어.
넌 내게 편지를 보내지 않는구나.

프란츠

아버지를 비롯하여 모두에게 안부 전해다오.

Nr. 74

쉘레젠, 1919년 11월 10일경

오틀라야, 오스카의 여행 때문에 솔직히 걱정돼서 다음의 당연한 일을 잊고 있었구나. 네가 오스카 때문에 어떤 결정을 내릴지는 차치하고서라도 마음이 있으면 (당장은 거의 내 머릿속에서 살아 숨쉬는) 편지를 평가하기 위해서라도 이리로 올 것이라는 사실이야. 그러나 네가 예전 계획대로 토요일에 온다면 편지를 평가하기에 너무 늦을지도 몰라. 아무튼 그 편지를 월요일에야 부칠 수 있을 것 같구나. 오스카

민체 아이스너. 카프카는 그녀를 쉘레젠에서 알게 되었고 농사 계획을 세울 때 조언을 해주었다.

가 도착하고 내가 프라하에 가 있다면 그렇게 손해될 건 없을 거야. 슈튀들 양은 친절하고 착해. 그 편지에 대해서 아직 슈튀들 양과 이야기를 나누어보지는 않았어. 슈튀들 양은 테레제 양에게 많이 시달리고 있어. 하지만 우리들이 거의 눈치채지 못할 정도로 잘 참아내고 있더구나. 농장에는 새로운 일들이 많이 일어났지.

두 젊은이[19]와 테플리츠[20] 출신의 아이스너 양[21]이 이곳에 와 있어. 아이스너 양은 내 마음에 전혀 들지 않아. 불행한 청소년기의 온갖 히스테리를 부리고 있어. 하지만 농사는 잘 지어. 그들 모두 정말 농사를 잘 지어. 네가 아직 결혼하지 않은 처녀라는 것을 기쁘게 생각해라.

결혼식 선물을 잊지 마. 이백 크로네까지는 괜찮아. 그리고 호의적인 내용의 편지를 보내다오.

모든 사람에게 안부 전해주렴.

오빠 프란츠

Nr. 75

젤레젠, 1919년 11월 13일

이 편지가 네 손에 들어가지 않았으면 해. 네가 이미 혼자, 아니면 오스카와 함께 여행을 떠났을 테니까. 곧 네가 토요일에야 떠난다면 이 편지를 볼 수 있어. 일요일 저녁에 우리 함께 프라하로 떠나자.

네가 편지를 보내지 않아 불평하는 것은 다만 네가 여러 일을 하는 가운데 중요한 사건(사실 모든 일이 중요하지)이 생겼을 거라고 가정해야 했고, 내가 그 사건에 관여하고 싶었기 때문이야.

혼자 있으면 난 그럭저럭 잘 지내. 그러나 다른 사람들과 함께 있으면 아주 슬퍼. 하지만 넌 모든 것을 알게 될 거야. 그러니 이리로 와주렴.

책을 읽어주는 아버지는 위대한 환상이야. 내가 아이였을 때는 그런 위대한 환상을 꿈꾼 적이 없었어.

W양[22]에 대해서는 편지에 한마디도 쓰여 있지 않더구나.

프란츠

모든 사람에게 안부 전해다오. 특히 어머니께서 사랑이 담긴 엽서를 보내주신 데 대해 감사하면서.

1920년

Nr. 76

메란, 1920년 4월 6일

편지의 두서: 엠마 호텔, 메란, 프라크저빌트제

오틀라야, 방 구하는 데 지쳤어. 물론 방이야 많지. 하지만 근본적인 문제는 큰 호텔에서 지내느냐(예컨대 지금 묵는 이 호텔에서 난 제법 잘 살고 있어. 채식주의자한테는 더없이 좋단다. 그렇게 세밀한 부분까지 고려한 것은 아니지만 아무튼 견딜 만해), 아니면 작은 여인숙에서 지내느냐 하는 거지. 큰 호텔은 값이 비싸며(물론 숙박비가 얼마쯤 되는지 몰라. 난 호텔에서 식사를 하지 않거든) 어쩌면 작은 여인숙처럼 편히 누울 수 없어. 또한 작은 여인숙에서는 개인적으로 더 관심 있게 대접을 받을 텐데 말이야. 특히 나 같은 채식주의자는 다른 사람보다 대접을 더 잘 받아야 할 것 같아. 하지만 장점도 있어. 크고 탁 트인 공간들과 방 자체, 식당 그리고 현관은 아는 사람들이 찾아온다 하더라도 방해를 받지 않고 압박당하는 기분이 들지 않지. 반면 작은 여인숙은 가족 묘지 같아. 아니, 잘못된 표현이야. 일종의 공동 묘지라고 해야 옳을 거야. 집이 제아무리 잘 유지되어왔을지라도(실제로는 그렇지 못해. 난 그런 집들도 봤어. 그땐 인생의 무상함 때문에 털썩 주저앉아서 울고 싶었어) 좁기는 마찬가지고 손님들은 다닥다닥 붙어앉아 있어야 하며 줄곧 상대방의 눈을 쳐다보고 있어야 하는 형편이야. 슈튀들 양의 집에 있을 때와 비슷하지. 메란이 쉘레젠보다 비교할 수 없을 정도로 더

여인숙 오토부르크. 카프카는 1920년 4월부터 6월까지 이곳에 묵었다. 그는 이곳에서 미완성 단편 「화부」의 체코어 번역자인 미래의 여자 친구 밀레나 예젠스카에게 처음으로 몇 통의 편지를 쓰기 시작했다.

자유롭고, 넓고, 다채롭고, 웅장하고, 공기가 맑고, 햇빛이 강렬한 점을 제외하고는 슈뤼들 양의 여인숙과 비슷해. 이게 문제야. 오후(메란에서 세 번째 맞는, 그리고 처음으로 비가 오지 않은 오후) 내내 돌아다닌 결과 유일하게 쓸 만한 곳을 찾았는데 바로 오토부르크 여인숙이야. 넌 이 여인숙을 어떻게 생각하니? 숙식비는 십오 리라야. 보통 하숙집 가격이지. 집은 깨끗하고 뺨이 매우 통통하고 붉은 여주인은 서점상 타우씨히의 부인처럼 명랑하지. 그녀는 곧 내 프라하식 독일어를 눈치채고 채식주의에 대해 깊은 관심을 보였어. 하지만 채식주의에 대한 환상은 전혀 없어. 방은 제법 좋아. 발코니에서는 옷을 벗고 있어도 괜찮아. 그러고 나서 여주인은 나를 공동 식당으로 데리고 갔어. 마음에 들긴 했지만 천장이 좀 낮더라. 그래서 사람들이 나란히 앉아 있더군. 고리에 끼여 있는 쓰다 만 냅킨들이 사람들이 앉을 자리를 표시하지. 백설 공주라도 이곳에서는 장난칠 기분이 들지 않을 거야. 이런, 네 답장이 오기 전에 결정해야 할 것 같구나. 내일 오전에 입주하겠노라고 약속했거든.

여행은 아주 깔끔했어. 남미에서 온 사람은 밀라노 출신이었어. 밀라노 출신답게 친절하고, 사려 깊고, 잘생기고, 우아하고, 체격이 좋은 남자였지. 더 나은 사람은 아마 없었을 거야. 근본적으로 역겹고 비좁은 동반 여행을 할 경우 때로는 동행자를 아주 잘못 만날 가능성이 있는 건 확실하거든. 날씨도 상당히 추웠지. 난 프랑화를 사용하지 않았어. 여행자들이 어느 특정한 제도에 익숙해지면 그 즉시 새로운 제도가 도입되게 마련이거든. 그 이후의 기찻삯은 오스트리아 크로네로 지불해야 했어. 국경에서 인스부르크까지 기찻삯이 얼마였는지 아니? 천삼백 크로네였는데 물론 그만한 돈이 없었어. 다행히 인스부르크에서 리라를 아주 쉽게 바꿀 수 있었지.

오늘은 이 정도만 쓸게. 난 또 (내가 정해놓은 규칙에 따라) 오렌지 주스를 마시러 가야 해. 네 신상에 대해서, 특히 걱정거리에 대해서, 네가 원하면 꿈들에 대해서도 내게 자세하게 편지를 써 보내다오. 먼 곳으로 가는 편지니까 그렇게 하는 것도 의미가 있어. 모든 사람들에게 안부 전해주고 막스나 펠릭스에게도 만나게 되면 안부 전해다오.

오빠 프란츠

Nr. 77

메란, 1920년 4월 17일

사랑하는 오틀라야, 내가 편지에 쓴 걱정거리들은 실제론 그렇게 심각하지 않아. 머리가 좋은 사람은 걱정이 없고 머리가 나쁜 사람은 걱정에서 못 벗어나는 법이거든. 그렇지만 멀리 떨어져 있으면 누구나 집과 그런 특별한 관계를 맺는 법이지. 나는 너의 신상에 대해, 정확하게 말해 네가 처한 위험한 상황을 전혀 몰랐어. 그래서 사람들이 멀리 떨어져 있는 사람에게 자신의 주장을 강하게 표명하고 생각을 분명하게 밝히는가 봐. 예컨대 네가 걱정이 있다면 그 걱정을 이곳에서 일격에 없앴을 수 있어야 한다고 생각하거든. 그러니 네 걱정거리 때문이 아니라 내가 힘을 행사하고 싶기 때문에 네가 모든 걱정거리를 편지에 써서 보내주기 원했던 거야. 네게 걱정거리가 없다니 다행이구나. 내 일격은 실제로 그렇게 뚜렷한 효과가 없을지도 몰라. (지금 정원에서 놀랍게도 막스의 목소리와 닮은 사람이 '안녕' 하고 소리치는구나.)

네가 보낸 편지에는 아버지께서 내가 보낸 엽서를 두 번 읽으신 상황이 분명하게 적혀 있구나. 아버지께서 오락을 끝낸 뒤 탁자 위에 이리저리 나뒹구는 글씨가 적힌 무엇인가를 집어드셨을 때 다시 읽으셨더구나. 사실 두 번째 읽으신 것이 처음 읽으신 것보다 중요하단다. 편지를 쓸 때 늘 책임을 의식한다면 얼마나 좋겠니. 예를 들면 내가 언젠가 아버지에게 말로 설탕을 보내달라고 한 것처럼 말이야. 그러나 그 요구는 즉시 그리고 무의미하게 편지로 옮겨졌어. "아버님께서는 아드님이 있으시지요. 그 아들이 또 싸구려 술집에 드나들고 있습니다. 설탕이 떨어졌습니다." 이와 같거나 이와 비슷한 내용이었지. 그런데 프뢰리히 부인이 그날 저녁에 미리 자주 프라하에서 설탕을 받아 먹고 있다고 내게 말하지 않았더라면, 그러고 나서 당장 내가 그다음 날 아침에 그 역겨운 사카린을 얻지 못했더라면 설탕 따위로 편지를 쓸 생각은 하지 않았을 거야. 그러니까 필요에 의해서가 아니라 우연히, 아무 생각 없이 편지를 썼어. 편지를 쓴 때는 레몬 주스를 배불리 마실 수 없었던 처음 며칠 동안이었어. 그런데 바로 그 부부가 자기 집 설탕으로 이 레몬 주스를 만들었거든. 이 문제를 분명하게 매듭짓자면 호텔에는 설탕이 충분히 있지만 품질이 떨어져. 이유는 설탕이 일괄적으로 배급됐기 때문이야. 반면 하숙집은 정량이 제한된 배급을 받아 케이크용 설탕을 사용한단다. 보헤미아만큼 설탕을 많이 생산하는 나라는 유럽에서 찾아보기 힘들어. 그러니까 보헤미아의 역사가 된 거지. 하지만 이미 말했듯이 나는 설탕을 쓰지 않아. 대신 꿀을 쓰지. 여러 주일 동안 레몬 주스를 마음껏 마시면서 지냈어.

게다가 내 하숙집은 그럴듯해. 지금 탁자에 앉아 활짝 열린 발코니 문을 통해 정원을 내다보면, 만개한 커다란 관목들이 난간 바로 옆에 빽빽이 서 있고 그 외에도 드넓은 정원에서 쏴쏴 하는 소리가 들려.—좀 과장된 표현이지. 실은 기차 지나가는 소리야.—왕자나 적들, 지위가 높은 인물의 방을 그럴듯하게 보이도록 만들어야 할 때 [illegible] 전깃불 덕택에 난간은 극장 조명과 비슷하게 됐어)에서 이와 비슷한 경치를 본 적이 있다는 사실을 기억할 수 없어.

그리고 식사 문제인데, 식사는 너무 지나치다 싶을 정도로 양이 많아. 저녁 식사 때는 구역질이 날 정도였지만 다른 사람들은 눈치채지 못했어. 과식을 했거든. 저녁 식사 때문에 나는 어젯밤을 거의 꼴딱 새우고, 그 밖에 괴로운 일을 당하는 대가를 치렀어. 어제 저녁 식사에 대해서 어머니께 편지를 썼어. 오늘 또 과식을 했는데 잘못 해석하지는 마라. 사람들은 내 위의 성능은 믿지 않으면서 폐의 성능은 쉽게 믿어. 왜 그러는지 그 이유를 객관적으로 밝혀야겠어. 어느 누구라도 다음처럼 말하진 못해. 네가 나를 조금이라도 좋아한다면 기음을 멈춰. 반면 채식주의자(다른 사람들은 채식 생활을 전문적인 것이라고 간단하게 생각하지. 타고난 채식주의라고)라는 말에서는 자신을 고독하게 만드는 그 무엇, 광기 비슷한 어떤 냄새가 나지. 미묘하지만 확실한 감정이야. 유감스럽지만 사람들은 이 경우에 채식주의는 정말 순수한 현상이며 깊은 원인들로 인한 부수 현상이라는 사실과, 비교적 깊지만 파악하기 어려운 원인들에 이의를 제기해야 할지도 모른다는 사실을 끔찍할 정도로 쉽게 망각하고 있어.

얘기가 좀 길어졌구나. 그건 내가 보낸 마지막 편지가 네게 위안도 못 주고, 어머니께는 걱정을 끼쳐드렸기 때문이야. 내가 평소에 어떻게 지내는지에 대해 많은 이야기를 하지는 않았지만 가까운 장래에 말하게 될 거야. 최근에 『자위』[1]에 실린 「한 통의 편지」라는 네 글을 읽었는데, 꿈은 아닌지. 거친 문장과 네 개의 긴 단락으로 이루어진 글은 마르타 뢰비에게 보내는 편지였는데 그녀의 남편 막스 뢰비가 병들어서 위로하는 내용이었어. 그 편지가 『자위』에 실린 이유를 전혀 이해하지 못했지만 정말 기뻤어. 만복이 깃들길 빌면서!

프란츠

펠리체가 답장을 했니? 답장이 없었다면 정확한 주소로 다시 한번 편지를 보내야 할 거야.

내가 꼭 하고 싶은 말은 네가 지금 실제로 꽤 많은 일을 해야 한다는 거야. 물론 베르너 양도. 무엇보다 베르너 양이. 하녀는 없니?

남부 티롤 지방의 메란. 체노부르크에서 시작되는 길프 산책로

Nr. 78

메란, 1920년 5월 1일경

사랑하는 오틀라야, 나는 그것을 실수라고 생각해. 분명한 것은 다비트가 일, 체조 협회,[2] 정치 때문에 너와 아주 멀어졌다는 거야. 나는 별 이유 없이 멀리 떨어져 있는 것을 잘 이해하지 못할 것 같구나. (펠리체가 처음으로 프라하에 왔어. 난 쉽게 휴가를 얻을 수 있었지만 그냥 사무실에서 빈둥거리면서 오후에만 펠리체와 함께 지냈어. 훨씬 뒤에 베를린에서 펠리체가 나를 질책했을 때야 실수였다는 것을 깨달았어. 사랑이 없었기 때문이 아니라 같이 있는 것에 대한 두려움 때문이었을 거야.) 물론 다비트의 입장을 다 이해할 수는 없어. 하지만 이 모든 것이 그렇게 중요하다고는 생각지 않아. 네가 조금이라도 다비트의 일과 다비트가 흥미를 갖는 일에 관심을 보인다면 너와 다비트는 서로 떨어져 있는 것이 아닐 거야. 그렇게 되면 오히려 너한테도 도움이 될 것 같구나. 상

막스 브로트

대방에게 관심을 보이면 먼 곳도 가까워지는 법이거든. 그때 멀리 있음은 가까이 있음으로 완전히 정당성을 인정받을 거야. 다시 펠리체 얘기로 돌아가면, 펠리체는 의심할 여지없이 노동자재해보험공사에 대해 대단히 현명하고도 기꺼운 관심을 보여줄 수 있었을 거야. 지나가는 말이라도 펠리체는 실제로 이곳에 초대받기를 초조하게 기다렸는지 몰라. 막상 그런 말을 영원히 듣지 못하자 펠리체는 지쳤던 거야. 당연하지. 늘 적극적이었으니까. 펠리체는 길을 찾아 헤맸어. 길이 없었지. 하지만 이곳 사정은 달라. 자기 일이 있어서 다비트는 기뻐해. 현재 체코 민족에게 파묻혀 지내며 즐겁고 행복해하기도 하고. 본질적으로(그 밖의 것은 중요하지 않아) 다비트는 자신에게 만족하고 동료들에게 만족해하지. 당연해(달리 표현할 수가 없구나. 한 그루의 나무가 땅속에 서 있는 것이 당연하듯이). 다만 구체적인 몇몇 부분에 대해서는 동료들을 불만족스럽게 생각하지. 난 모르겠어. 하지만 네가 오래전부터 원했던 '자산'에 다름 아니야. 안전한 땅, 오랫동안 팔지 않은 부동산, 맑은 공기, 자유. 이 모든 것은 네가 갖고 싶다는 전제하에서만 의미가 있지. 넌 '그는 날 필요로 하지 않아', '내가 없어도 잘 지내고 있어' 같은 말을 자주 했지. 농담이었겠지? 심각한 것은 네가 망설이고 있다는 거야. 그런데 너는 이제 망설임을 단념했잖아. 아직도 감정의 찌꺼기가 남아 있겠지만. 감정의 찌꺼기란 사실 다비트가 낯선 사람들—왜 낯선 사람들이라는 거니?—과 보낸 시간에 대한 서운함이고 몰다우 강에서 바라본 사무실 조명의 부자연스러움—왜 부자연스럽다는 거니?—이지 않겠니? 다비트가 일요일과 목요일 사이에 소식을 전할 것 같은데, 소식을 전하지 않는 이유를 잘 이해하지 못하겠구나. 소식을 전하는 일보다 더 중요한 일이 있겠지. 다비트가 자연스럽게 네게 그 이유를 알려주었으면 좋겠구나.
내가 이야기한 내용들이 너무 냉정했니? 하지만 오틀라야, 난 네게 냉정하지 못해. 어떻게 네게 냉정할 수 있겠니. 나 자신에게도 지나치게 부드러운 내가 어떻게 너에게 냉정할 수 있겠어. 오히려 난 오늘 약간 신경이 날카로워. 잠을 푹 자지 못했거든. 체중에도 악영향을 끼쳤어. 하지만 아직까지는 견딜 만해. 4월 6일 57.40킬로그램, 4월 14일 58.70킬로그램, 4월 16일 58.75킬로그램, 4월 24일 59.05킬로그램, 4월 28일 59.55킬로그램. (4월 28일에 체중이 는 이유는 식사 전에 마신 한 잔의 우유 때문이야.) 그렇지만 다른 세부적인 일에서는 더할 나위 없이 잘 지내. 오직 수면이 무엇인가 결핍되었다고 지적해주지. 오틀라야, 국장에게 언제 자리를 비우는지 물어봐라. 아무튼 고기와 요양원은 수면에 도움이 된다기보다는 해를 끼쳐. 어제 나는 요제프 콘 박사한테 갔는데, 박사는 폐가 썩 좋다고 말했어. 내 폐가 망가진 증상을 찾아내지 못했대. 박사는 채식주의는 반대하지 않았지만 식사에 대해 몇 마디 충고의 말을 해주었어. 불면(불면은 아냐. 단지 난 늘 깨어 있을 따름이지)을 치료하는 데는 쥐오줌풀차가 좋다는구나. 그런데 내겐 쥐오줌풀차가 없어. 요제프 콘 박사는 프라하 출신인데 훌륭하고 동정심이 많은 의사야.
오늘 네 꿈을 꾸었어. 이것이 위에서 말한 주제였지. 우리는 셋이서 앉아 있었고 그는 꿈속에서는 으레 그렇듯이 굉장히 내 마음에 드는 말을 했어. 자세히 말하면 그는 일과 남성의 본질에 대한 여성의 관심이 자명하다거나 경험에 근거를 둔 것이 아니라 '역사적으로 입증된 것'이라고 주장했어. 문제의 보편성에 대해 관심이 있던 나는 특수한 경우를 전혀 고려하지 않고 "그 반대도 마찬가지지" 하고 대답했어.
국장에게 접근하는 방법들을 알고 싶니? 오늘 두 가지를 알려줄게.

첫 번째는 수영 학교 회원권이고, 두 번째는 두 권으로 된 랑엔 출판사의 릴리 브라운에 대한 『어느 여성 사회주의자의 비망록』[3]을 내가 책값을 지불하는 것으로 하여 타우씨히 서점에 주문해서 읽는 거야. 세 번째 방법은 다음 편지에서 말해줄게. 계속 지내기가 괜찮고 잠자기가 수월해지면 이곳에서 두 달 이상을 머물 거야.

선거에 관해서는 『베체르』[4]를 읽어서 조금 알고 있어. 이 신문은 이곳에서는 낱부로 구입이 가능해. 펠릭스가 내게 『자위』를 보내지 않았어. 그래서 펠릭스에게 잡지를 보내달라고 부탁했어. 막스는 뮌헨으로 떠났어.[5] 여행 중에 막스를 만났던 요제프 콘 박사한테서 들었지. 가족이나 가게에 새로운 일이 있니?

잘 지내라!

오빠 프란츠

그 사이에 넌 내가 최근에 보낸 편지를 받아보았겠지?

Nr. 79

메란, 1920년 5월 4일

수신인 부모님과 누이동생 오틀라

사랑하는 부모님, 소식 주셔서 고맙습니다. 요즘 며칠 동안은 날씨가 상당히 좋았습니다. 그리고 무척 더웠습니다. 그래서 저는 어디론가 더 높은 산으로 가볼까 하는 생각을 했을 정도입니다. 그런데 오늘은 비가 쏟아지고 폭풍우가 치는군요. 당분간 이곳에 머물러야 할 것 같습니다. 또한 이곳은 제가 지내기에 아주 좋은 곳입니다.—저는 두 달간의 병가를 얻었습니다. 5월 말까지요. 하지만 또 오 주 동안의 일반 휴가를 신청했습니다. 처음에는 이 휴가를 가을쯤 쓰려고 했습니다. 그러나 이미 이곳에 와 있기 때문에 정규 휴가도 전부나 적어도 일부분을 함께 쓰는 것이 더 나을 것 같았습니다. 의사도 그렇게 하는 것이 더 좋을 거라고 말했습니다. 부모님께서도 같은 생각이시겠지요? 물론 노동자재해보험공사가 허락해주어야 합니다. 그래서 저는 허락을 얻을 수 있도록 오틀라에게 부탁하려고 합니다.

—

오틀라야, 정말 아프니? 먼저 난 어머니께서 편지에 쓰신 대로 받아들이고 싶구나. 편지에는 후두염이었는데 4월 30일에는 상태가 '훨씬 좋아졌고' 오늘 5월 4일에는 이미 병이 다 나았다고 쓰여 있더구나. 이상한 일은 네가 편지를 쓰면서도 병에 대해서는 한마디도 언급하지 않았다는 사실이야. 그런데 멀리 떨어져 있으면 모든 것이 다 궁금해져. 이런 것을 알고 있다고 해서 궁금한 것이 없어지지는 않아. 내게 곧 편지를 보내렴. 내가 보낸 두 통의 편지는 받았겠지?
아무튼 당장 네게 어떻게 국장을 찾아가야 하는지 써서 보내마. 물론 완전히 몸이 회복되면 찾아가 봐라. 근본적으로 아주 쉬운 일이야. 청원은 받아들여질 것이 확실해. 다만 난 청원을 형식적으로 완벽하게 처리하고 싶을 뿐이야. 예전에 국장이 이와 비슷한 경우에 형식을 갖추지 않았다는 이유로 내게 화를 낸 적이 있었거든. 다음이 문제야. 난 두 달간의 병가를 받았어. 게다가 국장으로부터 분명하게 오주 동안의 정규 휴가를 허락받았지. 이 정규 휴가를 가을쯤 이용할 생각이었어. 왜냐하면 난 그때까지도 6월만 되어도 더위로 무척 고생한다는 소문이 들리는 메란만 생각했지 산은 생각조차 못했거든. 그런데 지금은 차라리 휴가를 전부 합쳐서 쓰고 싶어. 그렇게 하더라도 국장에겐 별 어려움이 없을 거야. 이유는 첫째 국장이 의사의 진단서를 보고 심한 충격을 받아 직접 내게 "그곳에서 잘 지내시면서 보험공사에 편지를 보내주십시오. 그러면 그곳에 두 달 이상 머무르실 수 있습니다" 하고 말한 적이 있기 때문이야. 다시 말하면 (정규 휴가는 손대지 않고) 병가를 연장해줄 수 있다는 뜻이야. 둘째는 병가의 연장을 요구하는 것이 아니라 다만 병가에 이어 정규 휴가를 이용해도 좋다는 승낙을 요구하는 거야. 이 과정은 간부진이 이사회에 물어볼 것도 없이 승낙할 수 있는 사안이지. 그래서 휴가 신청서를 써 동봉하니 교정을 봐주렴. 내가 휴가 신청서를 아주 짧게 쓴 이유는 첫째 이야기를 장황하게 늘어놓고 싶지 않았고, 둘째 장황하게 늘어놓으려 해도 국장의 완벽한 체코어에 비해 내 체코어 실력이 보잘것없기 때문이고, 셋째 네가 사장을 찾아가는 방법을 원하고 있기 때문이지. 네가 그곳에 가고 싶지 않으면 우편으로 보내고 답장을 가져오도록 하렴. 내 생각은 이래. 키 큰 피카르트 씨한테 가서 네가 국장을 때마침 방해하는 것은 아닌지 의논하고 그 의논 결과에 따라 휴가 신청서를 그곳에 두고 오든지(네가 하루 이틀 안으로 회답을 받으러 오겠다고 엄포를 놓으면서), 아니면 국장한테 가서 정중하게 무릎을 굽혀 절을 하면서(난 네게 그런 무릎절을 이미 자주 해보였지) 휴가 신청서를 전하렴. 그리고 내가 국장에게 안부를 전한다고 하고(독일어 편지이긴 하지만 국장에게 편지 한 통을 보냈어), 난 비교적 잘 지내며, 매일 백 그램씩 체중이 늘고 있으며, 이제까지는 날씨가 아주 고약했고, 의사는 내가 중단 없이 요양을 계속하는 것이 낫겠다고 판단하고 있고(보험공사의 의사도 석 달 동안의 요양을 권했었어), 리라의 현상태로 보면 여기 물가가 그다지 비싼 편이 아니며(물론 난 그다지 괜찮은 가격으로 물건을 구입하지 못했고 가장 좋은 구입 시기를 놓쳐버렸어), 아무튼 가을이 되면 물가가 꽤 오를 것이고, 내가 이미 한 번 여행을 해냈노라는 등등의 말을 전해주렴. 휴가 신청서를 보험공사에 직접 보내지 않았는데, 그 이유는 시간 여유를 갖고 대처할 수 있도록 빠른 회답을 받는 것이 내겐 중요하기 때문이야(회답을 받거든 '허락이 떨어졌음' 정도로 전보를 쳐다오). 고맙다. 잘 지내고 베르너 양에게 내 진심 어린 인사를 전해다오.

프란츠

기회가 있으면 트렘믈 박사[6]에게 안부를 전해주고 그곳에 혹시 내게 온 우편물이 있는지 확인해주렴.

Nr. 80

메란, 1920년 5월 8일

엽서

오틀라야, 아직도 몸이 불편하니? 여전히 소식이 없구나. 대체 무슨 일이 있는 거니? 난 여기에서 부단히 육식주의자들과 음주자들의 충고[7]에 맞서 싸우고 있어. 반박할 말이 전혀 생각나지 않아서 "고기를 먹지 않으면 나타나는 효과를 저는 외모로는 충분히 증명해 보이지 못할 겁니다(벌써 체중이 3.25킬로그램 늘었어). 하지만 제 여동생이 충분히 증명해 보이고 있지 않습니까" 하고 말했어. 넌 지금 병이 든 상태인 것 같은데 네 병에 대해 통 적어 보내지 않는구나. 나는 늘 국장을 찾아가는 방법을 모색하고 있단다. 그 일을 누가 해줄 수 있겠니? 오늘 클라인자이테에 있는 보로비 서점[8]에서 『크멘』[9] 제6호를 스무 권 사두겠니. 한 권당 가격이 겨우 육십 헬러[10]밖에 안 된단다. 나중에는 구하기 힘들 테니까 말이야. 저렴하지만 선물용으로 좋을 거야. 그 안에 밀레나 여사가 번역한[11]「화부」가 들어 있거든.

프란츠

Nr. 81

메란, 1920년 5월 중순

오틀라야, 편지 두 통과 전보를 보내주어 고맙구나. 네게 좀 더 일찍 답장을 보냈어야 했는데 말이야. 그런데 한동안 잠잠하던 불면증[12]이 얼마 전부터 다시 도졌어. 네 판단대로 역효과 날 게 분명하지만 불면증을 극복하기 위해 맥주도 마셔보고, 쥐오줌풀차도 마셔봤어. 오늘은 내 앞에 브롬을 갖다 두기까지 했단다. 이제 불면증은 사라질 거야(어쩌면 메란의 공기 때문에 불면증이 생겼을지도 몰라. 배데커가 그렇게 주장하거든). 그나저나 한동안 편지를 쓸 수 없을 거야.

내가 너에게 훈계를 담은 편지를 보내면서 혹시 네가 그 훈계 때문에 상처를 받을 수도 있다는 생각은 하지 않았어. 그런데 그 편지는 훈계라기보다는 질문에 지나지 않아.

네가 아프다고 해서 순간 가슴이 덜컹했다. 이유는 당시 네 편지를 읽고 난 직후 프뢰리히 씨를 만났는데, 과장해서 말한 것이 분명하지만, 프라하에 천연두가 돈다고 했기 때문이야. 난 자연에 순응하면서 사는 생활 방식이 천연두를 이겨낼 수 있는 방법이라고 확신해. 하지만 네가 그 방법을 증명하기 원치는 않아.

7월에 결혼[13]한다는 말에 정말 놀랐어. 6월 말쯤으로 생각하고 있었는데 말이야. 너는 결혼에 대해 말하는 것이 마치 네가 내게 부당한 짓을 하는 것처럼 말했지. 사실은 그 반대야. 우리 둘 다 결혼을 하지 않는다는 것은 끔찍한 일일 거야. 그런데 우리 둘 중에서 네가 결혼하기에 더 적합한 것은 확실해. 그러니 너와 나를 위해서라도 결혼해라. 결혼한다는 것이 쉬운 일이라는 것은 세상이 다 아는 일이야. 대신 난 우리 둘을 위해서 독신으로 남겠어.

6월에 갈지도 모르겠어. 그리고 불면증이 요양 효과를 해치면 휴가를 조금 줄일 거야. 최근에 몸무게가 3.50킬로그램 늘었어. 요즘 며

외삼촌 알프레드 뢰비. 독신남이며 프라하를 자주 방문해 카프카가 직업상의 문제들에 부딪힐 때 조언을 해주었고, 이탈리아계 일반 보험 회사에 일자리를 마련해주었다.

칠은 몸무게를 재지 않았어.

넌 너무 안정을 잘 되찾았구나. 나는 비교적 규칙적으로 편지를 쓰고 있어.[14] 물론 보내지 못할 때도 있지만 말이야.

부모님께서 사랑의 편지를 보내주신 데 대해 감사드린다. 곧 부모님께 답장을 드릴 거야. 그곳에 적혀 있는 주소로. 부모님은 언제 온천장에 가시니? 아니면 결혼식 때문에 연기하셨니? 알프레드 외삼촌[15]은 오셨니?

요즘 날씨는 너무 좋아. 예전에는 비가 내리지 않았으면 했는데 이제는 비가 좀 내렸으면 해. 때가 되면 내리겠지. 난 하루의 대부분을 벌거벗은 채 지내. 바로 옆의 발코니 두 곳에서 사람들이 가끔 우연히 내가 있는 쪽을 쳐다보지. 정말이지 너무 더워 도리가 없단다. 난 몇 주 동안 다른 곳으로 옮길지도 모르겠어.[16] 더위 때문은 아니고 불면증 때문이야. 이렇게 좋은 하숙집을 본 적이 없고 대접을 받아본 적이 없으니 옮긴다는 것은 정말 유감이야.

물론 엠마 호텔에서 그렇다고 생각했어. 아버지는 이렇게 말씀하실 거야. "맞지 않고 내쫓기면 훌륭한 하숙집이다." 아버지의 말씀도 옳지만 나도 옳아.
넌 벌써 오스카 집에 도착했니? 거듭 내 인사를 전하고 내가 아직 편지를 쓰지 않는 이유를 설명해주렴. 물론 넌 요즘 예비 공부 때문에 전혀 시간이 없을 테지. 펠리체에게는 편지 보냈니?
그 밖의 모든 사람들에게 특히 베르너 양에게 인사 전해다오. 우리 집엔 지금까지도 하녀가 없니?

프란츠

Nr. 82

메란, 1920년 5월 21일

엽서

오틀라야, 오늘 조그만 소포를 두 개 받았다. 하나는 『자위』 잡지이고(요즘 펠릭스도 내게 보내주기 시작했어), 다른 하나는 5월 16일 자 모든 종류의 체코 신문들이었어. 왜 이 신문들을 보냈니? 처음에는 그 안에 내가 읽고 싶었던 보험 제도와 관련 논문들이 들어 있는 것으로 생각했어. 하지만 그런 논문은 없더군. 아무튼 네가 이와 관련해 편지를 보낼 때까지 그 신문들을 보관할게. 마지막으로 네가 내가 보낸 최근의 엽서를 그렇게까지 오해했을까 하는 생각이 들었어. 하지만 불가능해. 난 분명히 클라인자이테에 있는 보로비 서점에서 잡지 『크멘』 제6호를 스무 권(열 권으로도 충분해) 사서 내게 보내지 말고 보관하고 있으라고 부탁했었어.
부모님과 모든 사람에게 진심으로 인사를 전하며.

프란츠

딸과 함께 포즈를 취한 로베르트 마르쉬너 박사
노동자재해보험공사 국장이다.

Nr. 83

메란, 1920년 5월 말

오틀라야, 넌 그 일을 훌륭하게 해냈어. 물론 내가 너였다면 피카르트 씨의 건강이 회복되기를 기다렸을 텐데 말이다. 왜냐하면 내가 피카르트 씨를 무시했다고 나쁘게 생각할지 모르기 때문이야. 그렇지만 조금 더 이곳에서 지낼 수 있게 되어 기뻐. 그 후엔 6월에 볼 일 때문에 며칠 동안 보헤미아 근방으로 떠날지도 몰라. 이곳의 날씨가 너무 더워서 그런 건 아니야. 물론 일을 하기에는 좀 덥지. 심지어 신문에는 때이른 더위를 불평하는 사람들의 목소리가 실려 있어. 오후에는 정원에서 정말 아무 일도 할 수 없어. 아침나절만 간신히 일할 수 있을 뿐이야(마구 자라난 잡초를 베는 일, 감자 주위의 흙을 돋우는 일, 장미를 자르는 일, 개똥지빠귀를 묻는 일 등등). 평균적으로 그곳의 날씨는 화창하지만 프라하보다 훨씬 추워. 그리고 높은 산에서 찬 공기를 휩쓸어 몰고 오는 파서 강가에는 벤치 하나가 비스듬히 놓여 있는데, 그곳에서는 정오의 불볕 더위에도 불구하고 한기를 느낄 정도로 바람이 세차게 불어.

국장이 너를 그다지 주목하지 않는다고 해서 너를 불쾌하게 생각하는 것은 아니야. 네게 미리 귀띔을 해주었어야 했는데. 오히려 수사학적 효과, 아니 좀 더 정확히 말하면 효과를 만끽하는 것을 포기한 거야. 뛰어난 웅변가나 스스로가 뛰어난 웅변가라고 생각하는 사람은 자의식 속에서 다른 사람의 얼굴에서 효과를 읽어내는 일을 포기하는 법이야. 오히려 국장은 어떤 것도 읽어낼 필요가 없어. 국장은 효과를 깊이 확신하고 이러한 외부의 자극을 필요로 하지 않아. 게다가 국장은 정말 보통 사람들과는 다르게 말을 잘해. 공식적인 경우에는 말을 잘하지 못할지도 모르겠구나.
추가로 많은 양의 신문을 보내주어 고맙다. 신문을 받던 날 난 충분히 자지 못했어. 그렇게 많은 신문 더미를 어떤 특정한 목적 없이 즐거움을 위해 읽을 수도 있다는 사실을 이해할 수 없었거든. 그렇지만 나중에 신문 더미에서 흥미로운 내용을 많이 찾아냈어. 신문 평론은 보관해다오. 이곳에서는 필요하지 않거든.
국장의 말에서 나를 퇴직시킬 준비가 되어 있다는 것을 알아차릴 수 있어. 계속 휴가를 내주어야 할 정도로 요양이 필요하다고 판단되는 나 같은 관리를 붙잡아두는 것은 어리석은 일이야. 그렇지 않다면 계속 세상이 망해간다는 징후가 아니겠니? 그들 중 가장 군납을 많이 한 군납 업자가 말하기를 자신은 전시 공채를 한 장도 사지 않았다는 거야. 그 경위를 이렇게 설명하더구나. 자기가 제시한 가격을 치르고는 무너지지 않을 국가가 없을 거라고 그 자리에서 말했다는 거야. 그렇게 해서 전시 공채를 사라는 문서에 서명하지 않았다는 거야. 세상에 대해 그렇게 당당하게 말할 수 있는 사람은 그리 많지 않겠지?
머릿속에서 현기증이 나냐고? 현기증이 사라진지 오래됐어. 머릿속이 다시 맑아졌어.
그 장군은—이 사람에 대해서는 이미 편지를 써 보냈잖니—오늘 야

발리(왼쪽)와 엘리(오른쪽)

외 맥주집(난 작은 맥주잔을 손가락 사이에 끼고 돌렸어)에서 내가 결혼할 것이라고 굳게 확신했고, 또 내 미래의 아내의 모습을 묘사하기까지 했어. 왜냐하면 그는 내 나이를 알지 못했고 나를 아주 어리게 보았기 때문이야. 그와 함께 있으면 기분이 좋아. 난 그를 좋아해. 그래서 내 나이를 그에게 말하지 않았어. 더욱이 장군은 훨씬 젊어 보여. 그렇다고 해서 내가 그 장군의 할아버지가 될 순 없을 테지만 말이야. 그는 예순세 살이나 됐지만 갸름한 얼굴에 탄력 있는 피부, 평정을 잃지 않는 자세에다 어스름한 야외 맥주집에서 짧은 외투에 한 손을 허리에 대고, 다른 한 손은 입에 문 담배를 잡고 있는 폼이 마치 옛날 오스트리아 시절 빈 출신의 젊은 육군 중위처럼 보였어.
모든 일이 잘 되길 바라며

프란츠

특별히 엘리와 발리에게 정식으로 인사를 전해다오. 베르너 양에게는 다른 어조로 인사를 전해다오. 오스카는? 펠리체는? 『어느 여성 사회주의자의 비망록』은? 수영 학교는?

Nr. 84

메란, 1920년 6월 11일 금요일

오틀라야, 침묵을 지키는 거니? 네가 그러는 이유를 잘 모르겠구나. 네가 그렇게 하는 것이 놀랍고 역겨워. 네 침묵을 해석하고 싶지 않아. 그냥 다음 편지를 기다릴게. 정말 쉬운 일은 하나도 없어. 행복도, 심지어 진정한 행복조차도—번개, 광선, 높은 곳에서의 명령—경악할 만한 짐이야. 아무튼 침묵은 편지에는 어울리지 않아. 너와 나의 비밀 회합 장소인 '욕실'에나 어울리지.

네가 오스카에게 가준다면 나로서는 정말 좋겠어. 난 오스카에게 아직 편지를 보내지 못했거든. 모든 편지가 공개된다면 어떻게 오스카에게 편지를 보내겠니. 그럴 기회가 있거든 이 사실을 이해시켜주렴. 아니면 차라리 하지 말든지. 하지만 오스카에게 꼭 가주었으면 좋겠구나. 가서 오스카와 오스카의 부인, 그리고 어린 아들에게 내 인사를 전해다오.

모자나 그 비슷한 것들이 필요하지는 않니?[17] 네 관심을 끌려고 한 질문이야. 나는 율리 보리첵에게 못할 짓을 했어. 있을 수 있는 일일지 모르지. 아마 마지막이 될 거야. 그렇게 생기 넘치는 사람과 지내고 있어. 프뢰리히 씨가 돌아가셨단다. 그저께 우연히 들었어. 너희들은 이미 오래전에 알았겠지만 말이야. 난 조의를 표하지 않을 거야. 실제로 프뢰리히 씨가 죽었다는 사실을 알 필요가 없었는데. 겉으로는 매우 행복해 보였던 프뢰리히 씨의 삶이 큰 고통 없이 끝을 맺었기를 바래. 자세한 내용은 잘 모르겠다.

부모님께서 프란츠 온천장으로 오시지 않으면—6월 6일에도 태연하게 카드 놀이를 한 것 같아(도대체 그날 저녁 어머니는 어디에 계셨니?)—6월 말에 내가 직접 프라하로 갈 거야. 날씨가 너무 좋아. 마음에 거슬리지 않으면 모든 일이 잘될 텐데.

오빠 프란츠

특별히 베르너 양에게 인사를 전해다오! 내가 베르너 양에게 줄 수 있는 게 무엇이겠니? 펠리체한테 편지는 보냈니? 한네[18]는? 수영 학교 회원권은? 『어느 여성 사회주의자의 비망록』은? 알프레드 외삼촌은?
베를린에서 발행한 다음의 잡지를 타우씨히 서점에 주문해다오. 『세계 무대』 제23호, 편집자 야콥손.

Nr. 85

메란, 1920년 6월 28일

엽서

오틀라야, 짐을 꾸리다가 출발하기 전에 급히 몇 자 적는다. 기쁜 소식을 전해주어 고맙고, 내가 (주말에) 가서 둘러본다고 긴장하지는 마라. 옷장 거울로 봤더니 여전히 옛날 그대로의 내 모습이야. 나는 적잖이 두려웠어. 쉘레젠에서 이 주일 정도면 율리 보리첵과 파혼할 거라고들 했어. 그런데 다른 일도 있었고 내 생각이긴 한데 현상황이 그렇게 나쁘지는 않아서 한 달 반을 보내고서야 그 일을 해냈어. 유감이었지만 도리가 없었어. 그러니까 긴장하지 마. 다시 볼 때까지 잘 있어라. 그건 그렇고, 너는 어쩌면 해야 할 일이 너무 많아서 내 얼굴을 볼 시간이 없을지도 모르겠구나. 게다가 집에는 아무도 없을 테고.[19]

오빠 프란츠

Nr. 86

프라하, 1920년 7월 25일

엽서

오틀라야, 내게 세 가지를 물었지. 내 일들, 트렘믈 씨 그리고 건강에 대해서. 가장 상태가 좋은 순서대로 적으면 트렘믈 씨, 나의 일, 건강이야. 그렇다고 해서 건강이 좋지 않다는 뜻은 아니야. 정말 전혀 아니야. 단지 트렘믈 씨의 상태가 비할 데 없이 좋다는 뜻일 뿐이야. 또 내가 잃은 것이 하나도 없다는 사실을 잘 알고 있어. 너는 결혼한 이후로 내 말을 귀담아듣지 않는구나. 귀담아듣는다면 너에게 말해도 되겠니? 그건 그렇고, 네 남편에게 이야기해줄 아주 흥미롭고 정치적인 사건들이 있어. 그렇다고 여행 기간을 줄일 필요는 없다(반대로, 어머니께서는 너희들이 살 집 때문에 여행을 며칠 연기하셨으면 해). 이 흥미롭고 정치적인 사건들은 내가 네 남편에게 때때로 말해주었던 옛날에 일어난 사건들과 구분할 수 없을 정도로 비슷해.

너희 부부의 모든 일이 잘 풀리기를 기원하면서

오빠 프란츠

스칼 양에게 안부 전하라고 해다오.

나와 아버지가 너희 부부에게 거듭 인사를 전한다.[20]

그뮌트(오틀라에게 보낸 그림엽서). 밀레나와 카프카는 1920년 8월 이곳에서 만났다.

Nr. 87

그뮌트, 1920년 8월 14일 또는 15일[21]

그림 엽서: 그뮌트

오틀라야, 난 여기에서 아주 잘 지내. 기침도 전혀 하지 않는단다. 내일 아침에 갈 거야. 이 모든 일들은 다 지시를 받고 하는 거야.

프란츠

그는 그것을 잘 해내지 못했어요. 당신에게 진심의 인사를 보냅니다.[22]

Nr. 88

마틀리아리, 1920년 12월 21일경

오틀라야, 그 보고 편지를 부모님께도 보내드리려고 해. 혹시 편지를 읽다가 불쾌한 생각이 들 내용이 있다면 네가 부모님께 편지를 전하면서 불쾌한 생각이 들지 않도록 잘 이야기해달라는 뜻에서 미리 네게 보낸다.

여행은 아주 단조로웠어. 타트라 롬니츠에 짐은 도착하지 않았지만 내일 올 거라고 말들 하더구나. 상당히 수긍이 가는 말이었어. 다음 날 정말이지 짐이 말짱한 상태로 도착했어. 마차가 나를 기다리고 있었어. 달빛 아래 눈 덮인 숲속을 여행하는 것은 멋진 일이란다. 우리는 호텔처럼 생긴 규모가 크고 불을 환히 밝힌 어느 건물 앞에 도착했지만 그곳에 머물지 않고 조금 더 가서 상당히 어둡고 수상쩍어 보이는 집에 이르렀어. 난 마차에서 내렸지. 추워서 그런지 현관에는(중앙 난방 장치는 어디에 있는 거야?) 아무도 없었어. 마부는 오랫동안 사람을 찾아 소리를 질러야 했어. 마침내 한 여종업원이 나와서는 이 층으로 안내했어. 방이 두 개가 준비되어 있었는데, 발코니가 있는 방이 내 방이고 그 옆방은 네가 사용할 방이야.

발코니가 있는 방으로 들어서다가 깜짝 놀랐단다. 방 안이 어땠는 줄 아니? 불을 피워놓아서 따뜻하긴 했지만 난로에서는 악취가 풍겼어. 그 밖에 또 무엇이 있었는지 아니? 시트도 없이 이불과 베개만 놓여 있는 철침대 하나가 덩그러니 있을 뿐이었어. 게다가 옷장 문은 부서져 있고 발코니로 통하는 문도 이중문이 아닌 그냥 홑창이었어. 그런데 그 문조차도 잘 고정되지 않아 삐걱거리는 거야. 그때 머릿속에 떠오른 것이 '틈새로 매섭게 찬 칼바람이 세차게 들어온다'는 문장이었어. 마중 나왔던 여종업원이 나를 위로하려 했지. 하지만 방만 생각하면 여종업원 얼굴도 보기 싫어. 위로라고 한다는 말이, "왜 이중 발코

요양원의 타트라 별장. 건물 긴 부분 앞의 아래 발코니는
카프카의 방에 딸린 것이며, 위 발코니는 친구 클롭슈톡에 딸린 것이다.

니 문이 필요하죠?"거나 "낮에는 야외에 누워 계시니 저녁에는 문을 열어놓고 주무셔도 괜찮잖아요?"야. 여종업원 말이 옳아. 차라리 그 문마저도 떼버리는 것이 좋을 듯싶구나. 난로 난방이 중앙 난방보다 훨씬 좋다고 그러더구나. 중앙 난방은 저 너머 지금은 손님으로 북적대는 본관 빌라에만 설치되어 있어. 그래서 "이 방에서 난로를 피운 적이 한 번도 없군요" 하고 항의했어. 오늘만 그랬던 것일지도 모르지. 여종업원은 계속해서 불필요한 변명을 늘어놓았어. 여종업원이 나를 위해 슈튀들 여인숙을 감쪽같이 안전하고 따뜻한 방으로 바꾸어놓을 능력이 없다는 사실을 잘 알고 있기에 변명이 불필요하다는 거야.

결국 따지고 보면 나를 실망시킨 것은 묵을 방 때문이었어. 그래서 더 화가 났던 거야. 그 집 여주인이 보낸 손님을 유혹하는 편지가 아직도 내 주머니 속에 들어 있는데 말이야. 지금 여주인이 나에게 인사하러 직접 왔어. 덩치가 큰 여자인데(유대인은 아니야) 검은색의 긴 벨벳 외투를 걸쳤고 귀에 거슬리는 헝가리식 독일어를 구사하더구나. 달콤하지만 거친 말투였지. 난 헝가리식 독일어를 정확하게 알지 못하지만 왠지 말투가 상스럽게 느껴졌어. 난 여주인을 잘 알지도 못하면서 무례하게 대했어. 당연하지. 그 방이 너무 역겨웠거든. 여주인은 지나칠 정도로 친절했지만 도와줄 마음이나 능력은 전혀 없어 보였어. 여기는 네 방인데 지금 난 여기에서 살고 있어. 크리스마스가 지나면 본관 빌라에 방이 나겠지. 나는 여주인의 말을 귀담아듣지 않았어. 여주인이 이야기한 식사도 편지에 쓰여 있는 것과는 달리 맛이 전혀 없었거든. 여주인에게 수하물 표를 맡긴 것을 후회할 정도로 그녀에 대한 감정이 나빴어. (여주인은 그 후 며칠 동안 내 짐이 도착했는지 역에 알아보더구나.) 관심을 끌 만한 유일한 것은 그곳에 의사가 살고 있다는 사실이야. 그것도 같은 복도에 겨우 몇 개 문을 지나 살고 있대. 물론 여주인의 말이 사실인지 믿을 수는 없지만.

아무튼 여주인은 갔고 나는 계획을 세웠어. 밤에는 자루 모양의 발덮개와 이불을 덮고 어떻게든 이곳에서 지내고 오전에는 스모코베츠[23]로 전화할 것(비상 사태[24]가 끝나서 전화 통화가 가능하면 좋겠어). 그리고 오후에 짐이 도착하면 달라는 대로 벌금을 지불할 것. 전차 말고 마차를 이용해 산과 계곡을 넘을 것 등이야. 내일 저녁이면 안도의 숨을 내쉬면서 스모코베츠 요양원의 부드러운 용수철 장치가 달린 소파에 몸을 던질 생각을 하니 그나마 위로가 됐어. 너도 이런 처참한 상황에 처하면 나처럼 몸서리칠 거야. 저녁이지만 당장 마차를 타고 오고 싶을 거야.

여종업원은 이 방이 그렇게 마음에 들지 않으면 (네가 묵을) 옆방이라도 보겠는지, 아니면 이 발코니에 누워 네 옆방에서 살겠는지 둘 중에서 하나를 선택하라는 기발한 제안을 했어. 아무 기대도 하지 않고 옆방으로 건너갔지. 더 이상 까다롭게 굴면 안 되겠다 싶어 그 방이 마음에 쏙 든다고 말했어. 실제로 그 방은 훨씬 좋았어. 크기도 컸고 난방이나 조명도 꽤 괜찮았어. 나무 침대도 품질이 좋고, 옷장도 새 것이며, 창문은 침대에서 멀찌감치 떨어져 있었지. 그래서 그 방에서 지내기로 했어.

이렇게 해서 상황은 호전되었어. (부분적으로는 네 덕분이야. 만약 네가 그 방을 신청하지 않았더라면, 그 방은 난방이 되어 있지도 않았을 것이고, 여종업원이 나를 그 방으로 데리고 갈 생각도 하지 못했을 거야.) 식사하러 본관 빌라로 갔어. 그곳도 아주 내 마음에 들었어. 소박하지만(새로 지은 큰 식당은 내일 문을 연대) 깨끗해. 식사는 훌륭했어. 식당에 모인 사람들은 헝가리인들뿐이었어(유대인은 눈에 띄지 않았어). 앞에 나서지 않는 것이 나을 듯싶었어. 다음날이 되자 모든 것이 좀 더 좋아 보였어. 내가 묵고 있는 빌라(이름이 타트라인데)는 정말 멋진 건물이야. 바람도 없고 갈라진 틈도 없었어. 발코니는 남향이야. 다음 주에 내게 본관 빌라에 있는 방을 제의하더라도 그 방에서 묵을 마음은 전혀 없어. 타트라가 본관 빌라에 비해 장점들이 많기 때문이야. 타트라에서는 식사하기 위해 억지로라도 세 번씩이나 건너가야 해(그럴 필요 없이 배달시켜도 돼). 또 하나, 같은 집에 살면서 식사하고 늘 이 층에서 일 층으로 성큼성큼 내려갔다가 다시 돌아오기만 하는 쉘레젠에서처럼 게으름을 피울 수도 없고 몸을 움직이지 않을 수도 없어. 게다가 확인해본 바로는 본관 빌라는 시끄러웠어. 끊임없이 초인종이 울려댔고, 부엌은 시끌벅적했으며, 건물 보수 공사로 인한 소음도 엄청났어. 바로 그 옆을 지나가는 차도, 썰매길, 모든 것이 소음을 일으켰어. 반면 내가 사는 곳은 조용하고, 내 기억으로는 한 번도 초인종이 울린 적이 없어(분명히 초인종이 울렸을 테지만 초인종 소리를 듣지 못했겠지). 게다가 본관 빌라에는 공동으로 사용하는 대기 안정 요법 요양실이 단 하나뿐이야. 그런데 그것마저도 내 발코니처럼 남향이 아니야. 끝으로 난로 난방이 훨씬 운치 있거든. 아침저녁으로 나무만을 사용해 두 번 난방해. 그래서 내가 머물고 싶은 만큼 난로 가까이에 다가앉아 있을 수 있어. 한 가지 예를 들면, 요즘 저녁에는 방 안이 더워서 옷을 입지 않고 반나체로 앉아 있어. 또 장점이 있다면 내 방이 있는 복도에 의사가 살고 있다는 사실이야. 그것도 불과 왼쪽으로 문 세 개만을 지나서 말이야.

여주인 포르베르거 부인도 다음 날에는 완전히 딴사람으로 변했어. 벨벳 외투와 함께(모피였나?) 부인은 악을 모두 벗어던졌어. 한층 태도가 부드러워졌고, 일을 하면서도 친절했어. 식사는 상상력을 충분히 발휘해서 만들어졌어. 내가 식사의 재료를 정확히 식별해내지 못할 정도로 말이야. 특별히 나를 위해 만든 식사도 있었어. 그런데도 서른 명 가량의 손님이 있었어. 의사도 식사를 만드는 데 여러 가지 충고를 해주었지. 처음에는 당연히 의사는 비소 치료를 시작할 생각이었어. 그때 난 일괄 계약을 맺으면서 의사를 달랬어. 계약에 따르면 의사는 매일 내게 오기로 돼 있었거든—올 때마다 육 크로네를 지불해야 돼. 우선은 매일 우유를 다섯 번, 생크림을 두 번 마셔야 해. 그러나 극도로 긴장했을 때만 우유는 두 번 반, 생크림은 한 번 마실 수 있어.

아무튼 치료가 잘될 수 있는 모든 외적 조건들은 갖추어져 있는 것 같아. 적은 오직 머릿속에 들어 있어.

아버지는 정말 오실 생각이시니? 아버지는 어머니가 함께 오셔야 아마 이곳에서, 그것도 며칠이 지나야 비로소 기분이 좋아지실 거야. 왜냐하면 이곳에는 아버지를 배려해줄 만한 신사를 찾기가 힘들고 온통 부인네들, 소녀들과 젊은이들뿐이거든. 그들 대부분은 독일어를 할 줄 알지만 헝가리어를 즐겨 사용해. (방과 부엌에서 일하는 하녀들, 마부 등등. 내 기억으로는 지금까지 단 한 번—물론 난 이등칸을 탔어—

기차 안에서 두 명의 어린 소녀들이 고급 슬로바키아어로 말하는 것을 들었을 뿐이야. 소녀들은 열심히 그리고 천진난만하게 이야기하고 있었어. 한 소녀가 다른 소녀에게 놀라운 소식을 전해주자 그 소녀는 오이오이오이! 하고 소리쳤어.) 이것이 아버지에게는 문제가 되지 않을지도 몰라. 그렇다면 지금 아버지가 마틀리아리에 오셔도 아무 문제 없을 거야. 오늘 새로 문을 연 홀들은(식당·당구장·음악당) 솔직히 '격이 높아.'
그런데 넌 뭘 하고 있니? 꿀을 손보니? 체조를 하니? 일어설 때 현기증이 나니? 나를 위해 신문을 읽니? 너와 네 남편(기차의 칸막이 객석칸에 좋은 자리를 마련해준 다비트에게 감사한다), 그리고 다른 모든 사람들, 특히 각 개인에게, 아래로는 벌레에 이르기까지 거듭 인사를 보낸다.
막스에게는 다녀왔니?

오빠 프란츠

부모님께 이 편지를 보여드리지 않아도 돼. 내가 부모님께 자주 편지를 드리거든.

1921년

Nr. 89

마틀리아리, 1921년 1월 셋째주

오틀라야, 시간을 절약하기 위해 갑판 의자에 앉아 편지를 쓴다. 우선 한 가지 청이 있어. '방법'은 없어. 너는 국장을 찾아가는 방법들을 이제 원하지 않겠지. 국장에게 보내는 편지 한 통이 중요해. 그것을 멋진 체코어로 번역해서 네가 국장에게 전달해주면 좋겠구나. 그 편지 내용을 요약해보마.

존경하는 국장님
제가 이곳에 온 지 벌써 한 달이 넘었습니다. 저는 상황을 어렴풋하게나마 파악하고 있습니다. 국장님, 저에 대해 간단히 소개합니다. 저는 (마틀리아리 타트라에 있는 타트라 빌라에서) 편히 지내고 있습니다. 물가가 메란보다 훨씬 비싼 것은 사실이지만 이곳 사정을 감안하면 적당합니다. 대체로 몸무게, 열, 기침 그리고 숨을 쉴 때 고통을 느끼기도 하고 고통이 줄어듦을 느끼기도 합니다. 얼굴 모습과 몸무게는 많이 좋아졌습니다. 지금까지 몸무게는 일 킬로그램도 늘지 않았습니다만, 앞으로는 좀 늘겠지요. 열이 나는 경우도 점점 줄어듭니다. 며칠 동안 열이 나지 않은 때도 있었고, 있다 해도 미열일 뿐입니다. 물론 저는 대체로 누워서 지내는 편이고 가능한 한 긴장하지 않으려고 합니다. 기침은 잦아들진 않지만 그리 심하지도 않습니다. 기침은 저를 흔들지 못합니다. 마지막으로 호흡도 아직 나아진 점이 없습니다. 의사는 진저리나는 일이라고 주장합니다. 저는 이곳에서 아주 건강해져야 합니다. 제가 건강해지면 사람들은 당연히 그런 주장들을 귀담아듣지 않을 겁니다.

전체적으로 저는 이곳이 메란보다 좋습니다. 또 좋은 결과들을 갖고 돌아가기를 희망합니다. 그건 그렇고, 저는 어쩌면 계속 이곳에 머물지 못할 겁니다. 연초가 다가올수록 이곳은 생기가 넘친다고들 말합니다. 사람들이 제게 말하듯이, 그리고 제게는 음식과 공기보다는 휴식이 더 필요하기 때문에 노비 스모코베츠에 있는 다른 요양원으로 옮겨야 할 것 같습니다.

존경하는 국장님, 제게 휴가를 허락해주신 친절에 다시 한번 감사드립니다. 진심으로 인사를 드리면서

삼가 올림

이것이 편지의 전문이야. 넌 이 편지를 제대로 이해해야 해. 이 편지는 대체적으로는 옳지만 의도적으로 약간 모호하게 작성했어. 그 문제를 철저하게 해결할 생각이라면 이곳에 좀 더 머물러야 한다는 사실을 알기 때문이야. 상황은 결코 다른 방향으로 흐르지는 않을 거야. 만약 그렇다면 난 프라하로 다시 돌아가야겠지. 메란에서 출발하는 것보다 낫지만 마음껏 인간다운 호흡을 할 수는 없을 거야. 따라서 편지는 국장이 조용히 이 점을 예상하도록 만들어야 해. (열에 관해서 말하자면, 프라하에서의 열과는 달라. 여기서는 혀 밑에 체온계를 넣고 체온을 재거든. 열 번 중에 서너 번은 체온이 높다고 나와. 이대로라면 내가 프라하에서 끊임없이 열에 시달렸을 테지만 여기서는 전혀 프라하에서의 열로 시달린 적이 없거든.) 또 스모코베츠와 관련하여 넌 내가 고집을 부리지 않는다는 점을 알겠지. 당분간은 여기에 있는 편이 훨씬 나아.

여러 가지 보고를 보면 여기서 나를 내쫓을 수도 있을 유일한 것은 소음임이 확실해. 마지막으로 편지는 또 다른 목적으로 쓰여졌어. 당연하지. 그 때문에 편지를 아주 자세히 기록했어. 이것이 편지를 아주 자세히 기록한 이유야. 중요한 내용이 적힌 피카르트 씨의 편지를 함께 넣어 보내마.

(벌써 점심 식사 시간을 알리는 종이 울리는구나! 하루는 너무 짧아. 체온을 일곱 번이나 재지만 그 결과를 종이에 적을 시간이 턱없이 부족해. 벌써 하루가 끝났어.)

네가 번역하기는 힘들 거야. 네 남편이 나를 생각해서라도 최소한 네가 한 번역을 검토해주었으면 좋겠구나. 여기서 지내면서 체코어를 다 잊어먹었어. 중요한 것은 내가 잊었다고 말하는 체코어란 고전 체코어라는 사실이야. 따라서 글자대로의 번역은 의미가 없어(번역하면서 무엇인가 네 머리에 떠오르면 끼워넣어도 괜찮아). 오직 번역의 고전적 완성미가 중요할 뿐이야.

네 편지에는 나에 대한 이야기는 많지만 너에 관한 이야기는 거의 없구나. 다음번에는 그 반대가 되게 해다오. 다만 이 점을 생각해주렴. 만약 내가 이곳에 좀 더 오랫동안 머문다면 난 그 어린것[1]이 눈을 뜨는 것을 보지 못할지도 몰라. 그에 대해서는 쓸 이야기가 상당히 많지만 다음으로 미루마. 네 남편에게 진심으로 인사를 보내고 특히 엘리와 발리에게도 안부를 전해다오. 물론 베르너 양에게도.

오빠 프란츠

Nr. 90

마틀리아리, 1921년 1월 넷째주

수신인 요제프 다비트[2]

매제, 자네는 그것을 너무 멋지게 해냈네. 지금 난 단지 몇몇 작은 실수들을 지적할 뿐이네. 그렇다고 어떤 실수들이 그 안에 들어 있다는 말은 아니네. 왜냐하면 용서해주리라 믿지만 우리 국장은 자네 편지뿐 아니라 다른 모든 편지에서도 실수들을 찾아내기 때문이야. 내가 지적하는 이유는 실수들이 그 안에 적당한 수만큼 들어 있게 하기 위함이지.

난 이곳에서 조용히 살기 위해 힘쓰고 있고 신문을 손에 들어본 적이 한 번도 없네. 『연단』[3]을 읽어본 적도 없고, 공산주의자들이 무슨 일을 하고 있는지도, 독일인들이 무슨 말을 하고 있는지도 모르네. 단지 헝가리인들이 말하는 내용만 듣고 있지만 이해하지는 못하네. 유감스럽게도 헝가리인들은 너무 말이 많아. 헝가리인들이 그처럼 말이 많지 않다면 난 행복할 텐데. 매제, 자네 말이지 무슨 의도로 시를 썼나? 괜히 헛수고하지 말게. 무슨 의도로 새로운 시를 썼나 이 말이네. 호라츠는 이미 여러 편의 아름다운 시를 썼지만 우리는 겨우 한 편 반밖에 읽지 못했네. 게다가 자네의 시 한 편을 난 벌써 갖고 있네. 이곳 근처에는 규모가 작은 군인 병원이 있거든. 저녁에는 이곳의 군인들이 도로를 따라 행진하네. 다름 아닌 이 '표범들'[4]이. 또한 늘 "이 표범들은 방향을 바꾸지." 그건 그렇고 체코 군인들은 결코 비열하지 않아. 썰매를 타고 웃고 어린아이들처럼 군인의 목소리로 소리를 지른다네. 체코 군인들 곁에는 헝가리 군인들이 몇 명 있어. 개중 한 군인이 이 '표범들'이라는 유행가에서 단어 다섯 개를 배웠어. 내 판단으로는 그 군인이 유행가를 전혀 이해하지 못하는 것 같아. 나타나는 곳마다 그 노래를 목이 터져라 부르니 말일세. 그리고 주변의 아름다운 산들과 숲들은 모두 마치 노래가 마음에 드는 양 그 노래를 향해 진지한 시선을 던지고 있네.
하지만 이 모든 것은 별로 나쁘지 않네. 이러한 상황은 매일 잠깐 동안만 지속되네. 이 점에서 집 안의 악마 같은 소음이 훨씬 기분이 나쁘이. 그러나 그것 역시 극복할 수 있지. 난 불평을 늘어놓고 싶지 않네. 이곳은 타트라이고 사빈느 지역의 산들은 다른 곳에도 있겠지만 달리 생각하면 아무데도 없을지 모르니까.

오틀라의 남편 요제프 다비트

자네 부모님과 내 여동생들에게 안부 전해주게. 국립 극장은 특별하던가?

프란츠

Nr. 91

마틀리아리, 1921년 2월 10일경

오틀라야, 오랜만에 좋은 날씨인데 그 첫 시간을 방해해서 미안하구나. 난 그렇게 잘 지내지 못했어. 부모님께 편지에 써 보낸 내용이 전부이긴 하지만(기억 속에 남아 있는 사소한 질병들은 제외하고) 체중이 느는 것이 신경이 쓰이는구나. 가끔 팔에 약간 살이 붙은 것을 갖고 「마왕」[5]의 아버지 같은 생각이 들었어. 위험은 그 작품처럼 크지 않을지도 모르지만 팔 역시 그렇게 단단하지 못하단다.
윱리 고모는 어떻게 지내시니? 어머니께서는 윱리 고모에 대해 한마

앞줄 왼쪽부터 카프카의 아버지와 지그문트 에어만. 벤치에 앉아 있는 사람들
왼쪽부터 미지의 여인, 안나 고모, 율리 고모, 오른쪽에 서 있는 사람이 카프카의 어머니

디도 없으셨고 나도 묻고 싶지 않았어. 그런데 이상하게도 고모가 머리에 떠오르는구나. 고모와 내가 이야기를 한마디도 나누지 않은 것 같은 생각이 들어. 물론 그랬을지도 모르지. 하지만 고모가 내게 의미가 없는 것은 아니야.

넌 내가 '평온을 얻는' 것이 어렵다고 말했지. 사실이야. 네가 인용한 이 구절이 나로 하여금 신경과민을 누그러뜨려주는 좋은 약을 생각나게 하는구나. 그 약은 펠릭스 벨취의 아버지의 것이고 '위그노파들'[6]한테 나왔어. 파리에서 모든 신교도들이 살해당한 그 끔찍한 바돌로매-밤[7]에 종이란 종은 다 울리고 도처에서 무장한 사람들의 소리가 들리는구나. 라오울은 창문을 열고 분노하면서 노래를 부르는구나(그 오페라가 생각나지 않아). "……도대체 파리에서는 평온을 얻을 수 없는가?" 강세는 평온에 있어. 펠릭스한테 너를 위해 노래부르라고 하려무나(아직 펠릭스에게 편지를 보내지 못했어. 나는 펠릭스가 아주 좋아. 오스카에게도 아직 편지를 보내지 못했단다). 아주 좋은 약이 될 거야. 예를 들어 아래에 나오는 치과 기공사[8]가 환자들과 함께 삼부 합창으로 노래를 부르기 시작한다면—난 과장하고 싶지 않아. 그런 일은 지금까지 단 한 번 있었을 뿐이야. 그는 노래를 부르고 많은 사람들은 휘파람을 불지. 그는 마치 새 같아. 태양은 결코 그의 부리를 건드리지 못해. 그는 노래하기 시작해. 아니 달밤에도, 아니 칠흑같이 어두운 밤에도. 더욱이 언제나 놀라게 하면서, 느닷없이, 그리곤 갑자기 중단하지. 요즘은 그가 내게 해를 끼치지 않아. 그의 친구이며 내게 아주 친절한 카샤우 출신의 젊은이[9]가 나를, 아니 옆방 친구를, 중환자를 많이 도와줬어. 그는 괴로운 삶을 더욱 괴롭게 만들고 있어. 그와 같은 일이 벌어지면 난간 위로 몸을 숙이고는 '이곳 파리에서도 평온을 얻을 수 없는가'라는 오페라 구절을 생각하지. 그러면 확실히 상황이 더 나빠지지는 않아.

넌 친구들에 대해서 물었지. 처음에는 난 정말 혼자 남아 있으려 했고 남아 있을 수 있었어. 그렇지만 나중에는 혼자 지내지 못했어. 네 충고에 따라[10] 여자들을 아주 멀리했지만 내겐 그렇게 힘든 일이 아니었고 여자들에게도 고통을 주는 일이 아니었어. 처음에는 체코 사람들도 있었어. 아주 불행한 구성이었지. 전혀 서로 마음이 맞지 않는 세 사람이었고. 중병에 걸린 중년의 신사, 중병에 걸린 아가씨, 그리고 그다지 아픈 것처럼 보이지 않는 소녀, 그렇게 셋이야. 그 밖에 요즘엔 실은 네 번째에 해당하는 체코 남자가 머물고 있어. 젊은 신사야. 꽤 친절하지. 특히 여자들에게는 사심 없는 충성과 희생을 바치는 타입이야. 이 사람은 중재의 명수야. 나를 필요 없게 만들지. 그 역시 어제 다시 이곳에 왔어. 하지만 그 신사는 여행을 떠나고 없었어. 그때 난 제각각 불행한 이 세 사람에 대해서 무조건적인 책임감을 느꼈어. 헝가리인들, 독일인들과 유대인들 사이에서 도움이 되지 못한다는 사실, 이 모든 사람들을 미워한다는 사실, 그 밖에도 예를 들면 그 아가씨처럼 중병에 걸려 있다는 사실 등은 대수롭지 않은 것이 아니야. 이곳에 인접한 임시 병원과 롬니츠에는 여러 명의 체코 장교들이 와 있어. 일반적으로 장교들은 헝가리 여자들과 유대 여자들을 더 좋아해. 그런데 한 어린 소녀가 이 멋진 장교들을 위해 그럴듯하게 치장했어. 난 그 소녀가 바람직한 사람이 될 수 없는 이유를 쓰고 싶지 않아. 실제로 소녀가 치장한다는 것이 그렇게 나쁜 것도 아니니까. 가끔 장교들은 그녀와도 대화를 하곤 해. 그녀는 벌써 한 장교한테 편지를 받았어. 그러나 어쩌면 그녀가 읽은 말리트[11]의 소설에서 매일 벌어지는 것에 비하면 보잘것없는 일이지.

—

어제 오후엔 글쓰기가 힘들 정도로 날씨가 매우 추웠어. 저녁때는 우울했는데 오늘은 다시 기분이 좋아졌어. 햇빛이 몹시 강렬해. 하지만 저녁에는 또다시 우울해졌어. 정어리를 먹었기 때문이야. 저녁 식탁은 잘 준비되어 있었어. 마요네즈·버터·감자죽. 그런데 정어리가 여러 마리 있었던 거야. 벌써 며칠째 고기를 탐하고 있었거든. 좋은 가르침이었지. 그때 난 하이에나처럼 슬프게 숲을 돌아다녔어(약간 기침을 한다는 것이 하이에나와는 구별되는 인간의 표시였어). 하이에나처럼 슬프게 밤을 보낸 거야. 난 하이에나가 대상隊商이 잃어버린 정어리 통조림을 발견하고 양철로 만든 관 위에 올라가 발을 구르고 시체들을 뜯어먹는 모습을 머릿속에 그려봤어. 이 경우에 하이에나는 아마 시체들은 원하지 않지만 그렇게 해야 한다는(그렇지 않다면 왜 시체들은 슬픔 때문에 두 눈을 언제나 반쯤 감고 있는 거야?) 사실 때문에 인간과 구별될지도 몰라. 반면에 우리 인간들은 그렇게 해서는 안 되지만 원하고 있어. 의사가 아침에 슬퍼하지 말라는 위로의 말을 건넸어. 그런데도 난 정어리를 먹었어. 정어리가 날 먹은 게 아니라.

—

자, 사람들에 대해 계속 이야기해볼까. 그러니까 그 어린 소녀가 날 약간 바쁘게 만들었어. 예컨대 저녁 식사 전에 그 아이는 홀에 두 명의 장교가 앉아 있는 걸 보더니 자기 방으로 곧장 달려가서 치장을 하고 머리를 매만지느라 저녁 식사에 꽤 늦게 나타났어. 그 사이에 마음씨 나쁜 장교들은 그 자리를 떠나고 말았지. 한껏 멋을 부려 옷을 차려입은 그 아이가 애쓴 보람도 없이 다시 잠자러 가야 한다는 말이니? 그건 안 되지. 최소한 소녀는 위로의 말이라도 듣고 싶어해. 게다가 중병에 걸린 아가씨가 있어. 불쌍한 여자야. 첫날 저녁에 그 아가씨에게 부당한 행동을 했어. 그 아가씨는 두 주 전에 왔는데, 새 이웃인 그녀에게 난 너무 놀랐어. 얼마나 놀랐는지 난 저녁이 되면 내 방에 있으면서도 고통스러운 기억에 몸을 부들부들 떨 정도야. 자세한 내용은 말하고 싶지 않구나.

—

나는 중병에 걸린 아가씨가 당시 나 아닌 그 친절한 신사에게 했던 말에 혹했어. 그녀가 애독하는 신문은 『벤코프』[12]인데, 사설 때문에 구독하는 거래. 그녀가 어떤 방법으로도 다시 담을 수 없는 말을 했을 때 내 의견을 피력하기로 결심했어(결코 한 번도 완벽하게 내 자신을 표현한 적이 없다는 것이 나의 불행이야). 그렇게 되면 난 그녀에게서 자유로워질 수 있어. 말하지 않은 부담스러운 세세한 것에 대한 내 첫인상이 도에 지나쳤음이, 그녀가 불쌍하고 다정한 사람임이, 아주 불행하지만(병은 그녀의 가족 안에서 급속히 번지고 있어) 명랑하다는 점이, 내 의견을 피력하고 난 이후에도 날 '제거하지' 않고, 그녀의 불행에 대해 듣고 난 뒤 나 역시 그녀에게 한 것처럼 그녀가 내게 어느 정도 더 친절하게 대했다는 점이 드러났어. 그녀가 고열로 일주일을 차디찬 북쪽 방에 누워 있었을 때(누구나 다 감히 햇볕이 잘 드는 내 방으로 들어오려 하진 않아) 그녀가 안됐다는 생각이 들었어.

[병을 좀 더 심각하게 생각한다는 것이 다른 환자들과 함께 지내는 데 따르는 이점이야. 병은 유전되는 것이 아니야. 나도 전염을 믿지 않아. 하지만 객관적 사실들에 비하면 독실한 신앙도 전혀 소용이 없어. 따라서 이 병을 앓으면서 특히 어린이들과 입맞춤을 한다든지, 같은 접시에 음식을 담아 먹는다든지 하는 것은 해서는 안 될 비열한 행동이야.] 또 중년 신사가 한 명 있는데, 그는 대화를 그리워해. 하지만 유감스럽게도 신사는 말할 때 무신경하게 아무 데나 기침을 하지. 도대체 신사는 여자 두 명과 함께 무엇을 시작하려고 하는지? 하지만 그 역시 혼자 지낼 수 없어. 그런데 요즘 예의 친절한 신사가 다시 왔어. 모든 것을 뛰어나게 해낸 사람이.

게다가 젊은이 두 명이 더 있어. 한 사람은 카샤우 출신이고 다른 사람은 부다페스트 출신[13]이야. 이 두 사람은 실제로 내 친구나 다름없어. 최근에 내가 사흘을 침대에 누워 있을 때 부다페스트 출신 젊은이—의대생이야—가 내게 (그 자체 불필요한) 냉찜질을 해주기 위해 저녁 아홉 시였는데도 본관 빌라에서 건너왔어. 그들은 내가 원하는 것을 가져다 주기도 하고, 마련해주기도 하고, 비치해주기도 했어. 그것도 모든 것을 정확하게, 그리고 즉시, 눈곱만큼도 부담을 주는 언동을 보이지 않으면서 말이야. 그들은 유대인이야. 시온주의자들은 아니지. 카샤우 출신 젊은이는 헝가리어 억양의 헝가리 사회주의자야. 예수와 도스토예프스키가 그 부다페스트 출신 젊은이를 이끌지. 상당히 문학적인 이 부다페스트 출신 젊은이를 기쁘게 해주고 싶어. 그에게 중요한 책들을 빌려주고 싶을 정도야. 내 책장에서 다음의 책들을 찾아 등기로 부쳐다오(먼저 두 권, 나중에 두 권, 아니면 네 마음대로). 키르케고르의 『공포와 전율』, 플라톤의 『향연』(카스너가 번역한), 호프만의 『도스토예프스키 전기』(내 기억에 이 책은 호프만이 쓴 것 같아. 그 책 알지), 브로트의 『죽은 자들에게 죽음을』. 당분간 『비평』[14]은 보내지 않아도 돼. 목록을 부쳐주어 고마웠어. 난 이렇게 생각했어. 어쩌면 요즘 엄청난 양의 일 탓에 목록을 부치는 것을 잊은 것이 틀림없다고. 그러나 넌 잊지 않았어.
국장을 찾아가는 방법? 넌 방법을 원하니? 농담은 아니겠지? 난 두세 개의 질레트 면도칼이 필요해. 그건 편지 속에 넣을 수 있을 거야. 그걸 구할 수 없으면 보통 면도칼로도 충분해. 그러나 아주 급하지는 않아. 『자위』에 동봉한 오십육 크로네 우편환을 보내줄 수 있겠지. 에버 서점[15]에 정말 엽서를 부쳤니?
그건 그렇고, 넌 물건을 참 잘 고르지. 네가 마지막으로 프로하스카 회사에서 내게 가져다 준 비누가—이 비누 때문에 난 얼굴을 찌푸렸지만—이곳에서는 평판이 좋단다. 내 방 안의 공기는 비누 냄새로 향기로워. 그 향기는 독특하고 신비할 정도야. 그래서 그런지 비품을 수납할 때 여자 관리인이 먼저 알아챘어. 다음에는 방 청소하는 아가씨가, 마지막으로는 사람들의 입에서 입으로 퍼졌어. 고기를 먹지 않아 내 방의 향기가 좋다고 설명하고 싶었지만 아무 소용이 없었어. 단지 비누 때문이었거든.
아직도 방법들을 원하니? 노동자재해보험공사에 들어가는 방법이 필요할지도 모르지. 난 아직 결심하지 못했어. 그건 그렇고 그 돈은 받았니? 너는 아무하고도 이야기를 나누지 않았지? 적은 액수긴 하지만 내게 약 백이십오 마르크의 돈[16]이 마르크화로 노동자재해보험공사로 들어와 있을 거야.
그런데 언제 돈이 들어왔니?
모든 일이 잘 풀리고 사랑과 아름다움으로 가득하기를 빌며

프란츠

그리고 엘리와 발리, 아이들에게 안부 전해다오. 베르너 양에게도. 타우씨히 서점에서 계산서가 오지 않았니?
민체 양에게서 딱 편지 한 통이 왔어. 민체 양은 믿을 수 없는 일들을 해냈지. 자급자족하고 있거든. 난 민체 양이 자랑스럽단다.

Nr. 92

타트란스케-마틀리아리, 1921년 3월 4일

그림 엽서: 크리반에서. 배경에는 립타우 알프스 산이 그려져 있음

수신인 요제프 다비트[17]

매제, 자네가 내게 주의를 주는 것은 당연하네. 하지만 너무 늦었네. 난 폴리안카에서 벌어진 대규모 스키 경주에 참가했다네—자네는 그에 관한 기사를 분명히 『연단』에서 읽었을 걸세. 그때 내 오른손 새끼손가락 손톱이 부러졌다네. 하지만 괜찮네. 그러고 나서 스키를 타

립타우 알프스 산을 배경으로 한 크리반

고 마틀리아리로 돌아갔네. 자네가 뒷면에서 보듯이 크리반에서 사진을 찍었네. 크리반에서 난 곰곰이 생각했지, ……

Nr. 93

마틀리아리, 1921년 3월 9일

오틀라야, 몇 자 적는다. 난 방금 돌아왔어. 실은 네게 보낼 편지를 상당히 오래전에 써놨단다. 편지가 낡아서 버리게 되었을 정도로 상당히 오래전에.

먼저 모든 일에 다시 한번 감사한다. 넌 모든 일을 아주 잘 해냈어—타우씨히 서점의 경우를 제외하고는. 조언자를 사기꾼이라고 부르는 것은 잘못이야!—마치 중요한 일에만 시간을 낼 수밖에 없는 귀부인처럼 너는 모든 일을 해냈지. 실제로 넌 작년부터 신분이 바뀌었지![18]

그 사진에는 체코 사람들이 있어. 내 옆은 열여덟 살의 아가씨, 그녀 옆에는 병든 아가씨, 아래는 친절한 신사야. 내가 왜 그렇게 구부정하게 서 있었는지 모르겠구나.

다른 사진에는 스키를 신고 똑바로 서 있는 사람이 있지. 그가 바로 카샤우 출신 젊은이야. 히브리어로 된 헌사는 그가 지은 거야. 내용은 이래. "내가 당신에 대해 품은 위대한 존경의 표시로서." 이것은 완전히 이해할 수는 없지만 좋은 감정임은 분명해. 그가 나를 위해 한 모든 일처럼. 대체적으로 이곳 사람들은 내게 놀라울 정도로 호의적이야.

사진 두 장을 더 보내마. 그중 하나는 열여덟 살 아가씨 거야. 내 모습이 그렇게 매혹적이고 강하게 보이지 않는 것은 유감스럽게도 내 책임이야.

의대생은 책을 보고 아주 기뻐했어. 내가 의대생에게 책을 주었을 때

"박사님!" 하고 부르며 책을 들고 달아나는 것으로 첫 번째 감사를 표시했어. 게다가 최근에 의대생은 나를 바쁘게 만들었어.

네가 노동자재해보험공사와 팔레스타인에 대해 말한 내용은 꿈같은 것들이지. 노동자재해보험공사는 내겐 깃털 이불 같은 존재야. 따뜻한 만큼 무겁지. 거기에서 기어나오는 즉시 난 감기에 걸릴 것 같아. 세상은 따뜻하지 않거든.

이곳을 떠나려고 하니 이별할 때마다 늘 그랬듯이 난 불안해졌어(오직 메란에서만 저 분지에서 벗어날 수 있는 가장 적당한 시간임을 알았어. 어느 면으로 보나 분지였어). 겨울을 견뎌낸 요즘 멋진 나날은 떠나지 말라고 날 유혹하고 있어(예전엔 전혀 그런 적이 없었지만 가끔 날씨가 내겐 고통이었어). 내가 떠난다고 하자 의사는 온갖 불길한 말로 날 협박했어. 그리고 가을까지 머문다면 친절하게 대해주겠다고 약속했단다. 그렇지만 난 휴가를 신청하는 일에 지쳤고, 휴가에 감사한다고 말하는 데 지쳤어. 의사가 이런 내용의 편지를 써줄 때만 난 그 제의를 기꺼이 받아들일 거야. "친애하는 콜레가 씨, 어젯밤 당신이 계획했던 것보다 훨씬 오랫동안 바깥에 계신 것은 아닌지요. 전 당신이 일 년 더 휴가를 받아들이실 것을 간절히 요청합니다. 제게 간단히 '예'라고 전보를 보내주십시오. 그것으로 당신은 휴가를 얻게 됩니다. 체코어로 신청서와 감사 편지를 작성하느라 고생하실 필요 없습니다. 그렇게 하면 당신은 당신의 여동생과 매제만 힘들게 할 뿐입니다. 긍정적인 답변을 기대하면서, 그리고 조만간 병이 낫길 소망하면서, 깊이 감사드립니다. 등등." 정말이지 이런 편지를 받기만 하면 난 기쁜 마음으로 머물 거야. 이곳 폐병 환자들이(그리고 다른, 그들과 그다지 동떨어져 있지 않은 훨씬 더 고약한 사람들) 옛날보다 훨씬 더 수상쩍기 때문에라도 난 기꺼이 머무를 거야. 그 밖에도 난 전염을 믿지 않게 되었어. 예를 들면 이곳 부엌에서 일하는 여자들은 환자들이 남긴 음식을 먹거든. 난 그런 환자들을 마주보고 앉는 것조차 꺼리는데 말이야. 그런데 그 여자들은 환자의 음식을 먹었다고 해서 병에 걸리는 법이 전혀 없고 오히려 얼굴이 예전보다 훨씬 좋아졌어. 또 이곳 부엌에 예쁜 어린아이(그 아이의 어머니는 그곳에서 일하고 있고, 아버지는 누군지 몰라)가 있는데 그 아이 역시 그런 음식 찌꺼기를 먹고 살지만 절대 병에 걸리지 않아. (또 이곳에는 그다지 단정치는 못하지만 명랑한 아이가 살고 있어. 아주 영리하지. 그러나 그 아이와 의사 소통을 할 수 없어. 아이가 헝가리어밖에 할 줄 모르거든. 아이가—그 아이는 겨우 다섯 살이야—썰매길 근처에서 놀다가 썰매에 치일 것 같아 누군가 아이더러 조심하라고 꾸짖었어. 그러자 그 사내아이는 "날 치어서는 안 되죠. 난 어린아이니까요" 하고 대꾸했어.) 그러니까 난 건강한 사람들이 병에 전염된다는 것을 믿지 않아. 도시에서는 어느 누구도 건강을 자신하지는 못하지. 아니면 적어도 감염될 수 있는 위험한 상황에서 견뎌낼 수 있을 정도로 강하진 못해. 난 이 감염 가능성을 이해하지 못하겠어(내가 이해하기로는 의사의 설명이 마음에 들지 않아). 하지만 이 가능성을 믿어. 그 때문에라도 집이라는 내 보금자리로 돌아가고 싶지 않아. 집에는 도처에서 어린아이들이 입을 벌리고 있지. 내가 골고루 나누어준 독을 마시기 위해.
난 며칠 내로는 가지 못할 것이 확실한 양 편지를 쓰고 있구나. 이제 국장은 일요일까지[19] 편지 쓸 시간이 있어. 너와 엘리와 발리를 만날 것을 생각하니 기쁘구나.
스칼 양이 안부 인사를 해줘 정말 고맙구나.[20] 네가 편지에 쓴 스칼 양의 이야기는 슬펐어. 그런데 (그녀가 아니라) 이 상황이 나빠.
율리 고모에 대해서는 너 역시 아무 말이 없구나. 아무튼 난 갈 거야.

오빠 프란츠

난 월요일 아니면 화요일[21]에 이곳을 떠날 것 같아. 이유는 롬니츠-라더 호가 3월 15일부터 5월 15일까지 운행하지 않거든. 또 전차는 너무 번거로워.

Nr. 94

마틀리아리, 1921년 3월 13일경

수신인 부모님

사랑하는 부모님, 제 편지들은 논리의 정연성이 부족합니다. 처음에는 떠나려 했다가 다음에는 머무르려 했고 그다음에는 또다시 떠나려 했지만 결국 떠나지 않았습니다. 그런데 이것은 전체적으로 보아 이곳이, 심지어 좋았던 지난 며칠이 제 마음에 쏙 든다는 사실, 그렇지만 다른 한편으로는 삼 개월이 긴 시간이라는 사실로 어느 정도 설명할 수 있습니다. 저는 이곳에 있는 것이 좋습니다. 음식도 괜찮습니다. 오틀라가 친절하게도 두 달간의 휴가를 얻어주었기 때문에—저는 전혀 이해가 안 됩니다. 의사의 소견서를 나중에 막스 브로트에게 보냈거든요—당분간 집에 머물 생각입니다. 다음 주에 전 폴리안카[22]로 갈 것입니다. 그곳 요양원의 주임 의사는—이곳은 물론 거의 스모코베츠만큼 값이 비쌉니다—지금 여행 중이어서 다음 주에나 돌아옵니다. 전 폴리안카에서 진찰을 받고 요양 치료와 치료 기간에 대해 그 의사의 말을 듣고자 합니다. 그 후 제가 받아들여지면—누구나 받아들여지는 것은 아닙니다. 그 요양원 역시 사람으로 가득 차 있습니다—요양원으로 옮길 예정입니다(제가 이곳에서 벗어날 수 있는 힘을 갖고 있다면). 외삼촌[23]의 제안—피서, 정원일—은 그 어떤 요양원보다 마음에 듭니다. 다만 요즘은 피서하기에는 아직 좀 이르고, 그곳이 어딘지 모릅니다. 부모님께서 그와 같은 것에 대해 들으셨다면 제게 편지를 보내주십시오.
만약 제가 계속 이곳에 머문다면 좀 더 가벼운 옷 등등을 포함해서 차츰 여러 가지 물건이 필요할 것입니다. 실은 이곳에서 옷 한 벌로 지내고 있습니다. 그 옷으로 삼 개월을 매일 이리저리 돌아다니고 눕기도 했습니다. 그 옷은 축제 때 입을 옷이 못 됩니다—축제 때 입을 옷을 제가 어떻게 구할 수 있겠습니까? 그러나 당장 급하지는 않습니다. 한 가지 더 생각할 것은 제가 겨울 내내 두들겨서 펴놓지도 않은—이곳 풍습은 다릅니다—겨울 옷가지들을 어떻게 처리해야 하는지입니다.
이번주에는 몸무게가 약간 늘었습니다. 63.50킬로그램이니까 6.10킬로그램이 늘었습니다.

진심으로 인사를 드리며
당신들의 아들 프란츠 올림

Nr. 95

마틀리아리, 1921년 3월 16일

오틀라야, 며칠 전에 내가 알고 지내는 어떤 남자가 내게 이곳에서 계속 머물 생각이냐고 물어왔단다. 난 그렇다고 대답했어. 좀 더 머물고 싶거든. 그래서 프라하에도 그런 내용의 편지를 보냈어. 하지만 장난 삼아 그런 편지를 보냈던 거야. 동시에 그 문제를 심각하게 생각할까 봐 출발 날짜를 노동자재해보험공사 쪽에서 무슨 일을 감행하지 못하도록 잡았어. 앞서의 남자는 그런 종류의 편지 쓰기가 어떤 의미를 갖는지 물었지. 그때 내 머리에 갑자기 하시디즘[24]의 이야기가 떠올랐어. 유감스럽게도 그 이야기를 완전히는 기억하지 못하지만 대충 이런 내용이야. 하시디즘의 한 랍비가 이야기했지. 어느 날

랍비는 술집에서 두 명의 술 취한 농부를 알게 되었대. 농부들은 서로 마주보고 앉아 있었는데, 그중 한 농부는 슬픈 표정이었고 다른 농부는 따뜻한 말로 상대방을 위로하고 있었대. 마침내 슬픈 표정의 농부가 냅다 소리를 질렀대. "어떻게 자네가 나를 사랑한다고 말할 수 있나. 자넨 내가 필요로 하는 것이 무엇인지 전혀 모르잖아." 취중에 한 말이었어. 슬픈 표정의 농부는 슬픈 이유를 전혀 몰랐던 거야.

난 네가 아무 일도 하지 않으리라는 확신이 들었어. 네가 아무 일도 할 수 없기 때문이지. 그래서 이틀 뒤에 막스에게 편지를 보냈어. 나는 너를 그렇게 다루고 싶지 않아. 그리고 너는 그렇게 처신하지 않았지.

여러 가지 이유로 휴가를 신청하는 일은 힘들어. 넌 그 이유들을 대부분 알잖니. 누구나 국장 앞에 서서 그가 또 그렇게 자주 휴가를 승인한다는 말을 듣게 되면 그를 천사로 보게 되고 자신도 모르게 그 앞에서 고개를 숙이게 되지. 놀랍기도 하지만 한편으로는 역겨워. 단순하게 말해 어쩌면 우리들은 드넓은 벌판에 나타난 천사[25]는 견뎌낼 수 있겠지. 하지만 그게 사무실에서 가능할까? 사무실에서 나는 당연하다는 듯이, 그것도 입으로는 차마 말할 수 없을 정도로 거칠게 책망을 들어왔어. 내가 가장 바라는 것은 엘리의 오빠로서 국장의 승낙을 귀를 꽉 막고 견뎌내는 거야. 심지어 네가 편지로 보낸 보고에 대해서도 비슷한 입장이야. 내게 약간 위로가 되는 것은 남아프리카 계획[26]이야. 국장은 이렇게 말했어. "멀리 떨어져 있는 아름다운 나라로 휴가를 떠날 것을 허락합니다." 그러나 무식한 말이야. 국장은 믿을 수 없을 정도로 친절해. 그 이유를 이해하지 못하겠어. 단순히 내가 객관적으로 정말 없어도 된다는 사실일까. 그렇다고 이것이 유일한 이유는 아닐 거야.

—

내 이야기는 잠시 접어두고 다른 이야기를 할게. 지금처럼 나는 자주 그러거든. 내가 말한 불행한 의대생에 대한 이야기인데, 지금까지 그런 끔찍한 광경을 본 적이 없어. 그 안에서 영향력을 행사하고 있는 것이 선한 세력인지 악한 세력인지 우리는 알지 못하지만 아무튼 그것은 무지막지하게 힘이 세. 중세였다면 아마 귀신들린 사람으로 취급당했을 거야. 의대생은 스물한 살의 젊은이야. 키가 크고 어깨가 떡 벌어져 힘이 세고, 혈색도 좋으며, 아주 영리하면서도 사심이 없는 상냥한 젊은이지. 좀 더 자세한 내용은 나중에 아이들이 잠든 조용한 시간에 욕실에서 말해줄게.

물론 헤츠 섬[27]이 위쪽의 슬픔에 젖은 골목길[28]보다 아름답지. 그러나 너를 유혹하는 것은 사실 가난이야. 돈이 있고 가난하지 않을 때만 그렇지. 겉으로 보기에 유독 행복하고 중요한 예외적인 경우에 가난하게 되면 가난 대신에 발견하게 되는 것은 재앙뿐이지. 이것은 부수적인 이야기야. 하지만 난 온 힘을 다해 머릿속에서 그 섬을 경계할 거야.

의사가 친구라면 그래도 괜찮아. 그러나 그 밖의 경우에는 그들과의 의사 소통은 불가능해. 내겐 세 명의 의사가 있어. 이곳의 의사, 크랄 박사[29] 그리고 외삼촌.[30] 그들이 서로 다른 충고를 하는 게 이상하지 않을지도 몰라. 그것도 뭐 그런대로 괜찮아(크랄 박사는 주사를 찬성하지만, 외삼촌은 반대하셔). 그러나 그들이 서로 모순되는 말을 하는 것은 이해하기 힘들어. 예를 들면 크랄 박사는 고산의 태양 때문에 날 이곳으로 보냈어. 그는 고산의 태양을 중요시하지. 요즈음 고산의 태양이 빛을 내기 시작하자 내게 저지대인 플레시를 권했어. 점입가경인 것은 헝가리 요양원과 체코 요양원이 독일 요양원에 미치지 못한다는 사실에 나더러 동의하라는 거야. 그러면서 다시 플레시를 권했어. 난 사실 고집불통이 아니야(단지 육류를 먹어야 하는 고통을 피하고 싶을 뿐이야. 지금도 육류를 먹어야 하는 고통에 노출되어 있어). 나도 플레시로 갈 거야. 여기서 떠나기 전에 다만 네가 날 위해 멋지게 마련해준 휴가를 여러 주일 동안 프라하에서 허비하지 않기 위해서 어딘가에 안전한 장소를 갖고 싶을 따름이야. 그건 그렇고 며칠 뒤에 스모코베츠와 폴리안카에 갈 거야. 진찰을 받을 예정이거든. 크랄 박사는 그 소견서를 읽었을까? 아직도 그에게 보낸 것으로 기억하는 사본을 갖고 있는데.

여행을 한다고? 난 모르겠어. 그것도 바이에른으로? 어떤 의사도 내게 그렇게 하라고 권하지 않았어(언젠가는 그런 의사를 찾게 되겠지). 그곳 사람들은 이방인을 아주 못마땅하게 여기고,[31] 오직 때려죽이기 위해서만[32] 유대인들을 받아들이지. 그것은 문제가 안 돼.

너한테 소견서가 있지? 병가 신청서를 네게 보내마. 의사한테 소견서를 또 요구하고 싶지 않구나. 여기에 체코인이라고는 열여덟 살 된 소녀 한 명밖에 없어. 소녀의 체코어 지식이 의심스러워. 소녀가 오히려 내 체코어 실력에 놀라지 않았겠니. 그 편지는 아마 독일어로 쓰게 될 것 같아.

그런데 넌 그 중요한 일[33] 이외의 다른 것에도 시간과 관심이 있니? 정말 그래?

오빠 프란츠

엘리, 발리에게 인사 전해주렴. 그리고 베르너 양에게도.

—

진료 소견서 사본을 동봉한다. 원본보다 일목요연하게 배열했어. 이 사본은 경우에 따라서는 크랄 박사와 외삼촌에게 필요한 거야. 청원을 하기 위해서는 당연히 진료 소견서 원본을 동봉해야 해. 난 진료 소견서로 장난하고 있어. 마치 값비싼 바이올린의 내부에 대한 감정서인 양. 바스락거리는 소리와 탁 하는 소리와 그 비슷한 소리밖에 들리지 않아.

Nr. 96

마틀리아리, 1921년 4월

편지의 두서: 한 장의 타트란스케-마틀리아리 엽서. 요양하기에 좋은 고지 요양원

사랑하는 오틀라와 베루시카[34](? 어머니는 이름을 그렇게 쓰셨어. 이게 도대체 이름이니? 코팔 부인 딸의 이름처럼 베라 아니면 비에라는 어때? 이름을 지을 때 뭘 고려했지?), 그러니까 방법을 가르쳐주렴! 포르베르거 부인에게는 우표 수집가인 그녀의 남동생에게 줄 다음과 같은 것들이 필요해.

이 헬러짜리 속달 우표 백 장
후스[35]의 사진이 들어 있는 팔십 헬러짜리 우표 백 장
후스의 사진이 들어 있는 구십 헬러짜리 우표 백 장

돈은 내 돈으로 지불하렴. 내가 그들한테 우표값을 받으면 되니까. 이 우표들은 5월 말에는 효력이 없어질 테니 즉시 구입해야 해. 그리고 들리는 얘기로는 프라하에서만 구할 수 있다는구나. 너희 두 사람에게 그 방법이 너무 어렵다면(유모차를 끌고 어떻게 중앙 우체국에 올라갈 수 있겠니? 넌 멋진 유모차를 갖고 있니? 벨취 부인은 좀 질투심이 많지?) 아마 매제가 도움이 될지도 모르겠다(그는 정말 파리로 떠나지 않는다니?). 그때 넌 비평해달라고 그에게 동봉한 『브뤼너 리도베 노비니』 신문의 문예란을 제시할 수도 있어. 그가 문예란에 실린 기사를 호의적으로 생각한다면 당연히 크랄 박사와도 이야기를 나누어야

할 것이고, 그 또한 요양원 배에 자리를 얻을 수 있는지와 전체 비용은 얼마나 되는지를 물어볼 수도 있을 거야. 유감스럽게도 동봉한 신문의 문예란이 4월 1일 자에 실려 있다고 네가 그에게 말할 필요는 없어. 신문 문예란의 내용은 진지했어. 한 불쌍한 환자가 희망에 부풀어 평을 해달라고 신문 문예란을 의사에게 가져왔어. 의사는 다시 내게 가져왔지. 의사는 체코어를 몰라. 신문의 문예란을 처음부터 끝까지 읽어야 했어. 당시 나는 장 카타르로 인해 한두 시간 정도밖에 읽을 수 없을 정도로 쇠약한 상태였단다.
이상이 외적인 이유들이야. 그건 그렇고, 이미 오래전부터 너에게 편지를 보내려 했어. 그런데 난 너무 지쳤거나 너무 게을렀거나 너무 힘들었어. 어떤 것이 맞는지는 잘 모르겠어. 또한 늘 사소하지만 신경 쓸 일들이 생겨. 예를 들면 요즘은 고약한 종기에 시달리고 있어. 너희 두 사람이 아주 발빠르다는 사실이 난 기뻐. 그렇다고 너무 발빠르게 행동해서도 안 돼. 이곳에 젊은 농부의 아내가 살고 있는데, 병세는 그저 그래. 그녀는 쾌활하고 사랑스러워. 이리저리 나부끼는 검은색 발레리나 치마를 걸친 모습은 아리땁지. 그녀의 시어머니는 그녀에게 일을 하라고 늘 심하게 다그쳐왔어. 의사가 이렇게 주의를 주었는데도 말이야.

젊은 여인들은 조심스럽게 다루어야 합니다
황금빛 레몬처럼

이런 사실을 완전히 이해할 수는 없지만 내가 새로운 방법들을 생각해내기 주저하는 이유를 분명하게 밝혀주지.
아무튼 국장을 찾아가는 방법이 꼭 필요하긴 할 거야. 국장을 찾아가는 것은 입술을 깨무는 결심이 필요한 일이야. 5월 20일에 휴가가 시

구시가 순환 도로의 얀 후스 동상 앞에 서 있는 오틀라

작돼(국장이 정말 휴가 허가를 네게 통고해주었니?). 그때 뭘 하지? 내가 그때 어디로 떠나야 할지, 6월 말까지도 이곳에 머물러야 할지는 그다지 중요하지 않아. (고기 때문에 장 카타르에 걸린 것 같은데, 앓고 난 뒤부터 부엌에 하녀를 두었어. 아마도 하녀는 어떤 음식을 만들까 고민하는 데 대부분의 시간을 보내는 것 같아. 아침 식사 때 이미 내게 점심 식사에 대한 여러 가지 제안을 내놓으니 말이다. 간식 때는 저녁 식사와 관련해서 제안을 하기도 하지. 최근에는 창가에서 꿈을 꾸며 시간을 보내. 고향 부다페스트를 생각하는 것 같아. 언젠가 하녀는 느닷없이 이렇게 말했어. "제가 밤에 드린 샐러드 야채가 입맛에 맞는지 걱정스러웠어요.") 무슨 낯으로 또 휴가를 요구하겠니? 그런데 그 끝은 어딜까? 아주 어려운 문제야. 봉급을 반만 받고 휴가를 요구할까? 그런 조건으로 휴가를 얻는 것이 좀 더 쉽겠지? 만약 내가 내 자신과 다른 사람들에게 병이 사무실 때문에 생

긴 것이라거나 악화된 것이라고 말하면 휴가를 요구하기가 쉬울 거야. 사실은 정반대야. 사무실은 병을 막아주었어. 어렵지만 휴가를 요구해야 할 거야. 물론 의사의 소견서를 제출해야겠지. 그건 아주 간단해. 네 생각은 어떠니?

이곳 사람들이 늘 그런 생각만 하며 지낸다고 생각해서는 결코 안 돼. 예를 들면 어제 난 분명히 오후의 절반을 웃으면서 지냈어. 폭소가 아니라 가슴 뭉클한 사랑이 넘치는 웃음이었지. 유감스럽게도 윤곽만 그릴 수 있을 뿐 그때의 상황 전체를 전달하기 힘들어. 이곳에는 참모부 대위가 머물고 있어. 임시 병원이 그에게 할당되었거든. 그러나 다른 장교들처럼 이곳 아래에서 살고 있어. 위쪽의 임시 병원은 너무 더럽거든. 식사는 위에서 배달해 먹고. 눈이 많이 내리면 그는 스키 여행을 많이 해. 거의 산꼭대기까지. 그것도 혼자서 말이야. 거의 만용에 가까워. 요즘 그는 두 가지 일에 푹 빠져 있어. 하나는 스케치와 수채화를 그리는 일이고, 다른 하나는 피리를 부는 일이야. 매일 일정한 시간에 그는 야외에서 수채화를 그리고 스케치를 해. 또 매일 일정한 시간에 자신의 작은 방에서 피리를 불지. 그는 노골적으로 늘 혼자 있고 싶다고 말하곤 해(그가 스케치할 때만 사람들이 구경하는 것을 그나마 참아). 난 물론 그의 말을 매우 존중해주지. 그래서 지금까지 겨우 다섯 번밖에 이야기를 하지 못했어. 그것도 그가 나를 멀리서 부르거나, 예기치 않게 어딘가에서 마주칠 때만 말이야. 스케치를 하고 있을 때 만나면 그에게 몇 마디 듣기 좋은 말을 해주곤 해. 사실 그의 작품들은 그렇게 졸작은 아니야. 아마추어치고는 훌륭하지. 정말 훌륭해. 이것이 내가 본 전부일 거야. 지금까지도 특별한 것은 없어. 나는 전체의 본질을 전달하기란 불가능하다는 사실에 수긍하고, 그렇다는 것을 알고 있어. 그의 외모를 묘사해보면, 시골길을 산책할 때 늘 몸을 꼿꼿이 세우고, 두 눈은 늘 저 멀리 롬니츠 산 정상을 향한 채, 외투를 바람에 휘날리며 천천히 편안하게, 성큼성큼 걷는 모습은 마치 실러처럼 보이기도 해. 가까이서 바라보면 여위고 주름진(부분적으로는 피리를 불어서 주름이 졌지만) 그의 얼굴은 창백한 나무색을 띠고 있고, 목과 몸 전체는 마치 마른 나무 같아. 그런 그의 모습은 마치 무덤에서 튀어나온 시체 같아(시뇨렐리의 그림[36]에 등장하는 인물처럼. 난 그 그림을 명작이라고 생각해). 그는 또 실러와 세 번째로 비슷한 점이 있는데, 그 역시 환상적인 생각에 빠져 있다는 거야. 사령부에 그가 그린 그림들로……

—

그가 마음속에 품고 있는 환상은 지나치게 커. 간단히 말해 그러니까 그는 전시회를 계획하고 있었어. 의대생은 헝가리어 신문에 비평을 썼는데, 나는 독일어 신문에 비평을 썼지. 모든 일이 비밀리에 진행되었어. 번역을 부탁하기 위해 대위는 헝가리어 신문을 들고 급사장에게 갔어. 의대생이 신문을 가장 잘 번역해낼 것이라고 생각한 급사장은 순진하게도 대위를 의대생에게 데리고 갔어. 그때 의대생은 미열로 침대에 누워 있었지. 내가 그를 찾아갔어. 시작은 그랬어. 하지만 그것으로 그만이었어. 이야기하지 않는다면서 무엇 때문에 내가 그 일에 대해 이야기하는지 모르겠구나.
그건 그렇고 앞의 이야기로 돌아가서, 넌 사람들이 늘 웃는다고 생각해서는 안 돼. 실제로는 잘 웃지 않아.
타우씨히 서점의 계산서와 신문에서 오려낸 엘리에게 줄 기사를 동봉한다. 그리고 펠릭스와 관련된 것[37]도 함께. 십 년 뒤에는 네 딸한테도 이렇게 할 수 있겠지. 십 년은 그렇게 긴 세월이 아니야. 갑판 의자에 누워 왼쪽에서 오른쪽으로 한 번 몸을 돌리고 시계를 보면 십 년이라는 세월이 훌쩍 지나가는 법이거든. 내가 움직이면 시간이 더 걸려. 특별히 엘리와 발리에게 안부를 전했어. 어떻게 생각하니? 나는 누이동생들에게 안부를 전했어. 안부를 전하기는 쉽거든. 누이동생들한테 편지를 보내지는 않았어. 편지 쓰기가 어렵기 때문일까? 전혀 그렇지 않아. 그들이 나의 사랑하는 누이동생들이니까 안부를 전한 거야. 그렇지만 편지를 보내지는 않아. 왜냐하면 너에게 편지를 보내니까. 결국 너는 편지 쓰기가 어렵다고 나더러 네 딸에게 안부를 전하라고 말할 테지. 사실 편지 쓰기는 다른 어떤 일보다도 어렵지는 않아. 오히려 약간 쉬운 편이지. 안녕.

오빠 프란츠

베르너 양에게도 안부 전해주렴.

Nr. 97

마틀리아리, 1921년 5월 6일

그러니까 나의 가련하고 귀여운 누이동생이 성숙한 자기 딸 베라의 요구에 못 이겨 나를 아프릴쉐르츠[38] 요양원 배에 태워 산꼭대기 호수로 가게 만들었단 말이지. 네게 솔직하게 말하는데, 나는 전혀 그럴 생각이 없었어. 신문의 문예란은 4월 1일 자라는 내용의 편지를 보냈잖아. 아마 편지의 이 부분쯤에서 베라가 울었을 거야. 칭얼댔겠지.

여름 휴가가 가장 멋져. 나는 오늘처럼 그 당시에도 여름 휴가를 갈 수 없다고 생각했어. 오직 그 이유로 그때 답장을 보내지 못했어. 여름 휴가 때문에 프라하에서 불쾌했던 일을 생각하면 기분이 좋지 않아(내가 모욕을 느낀 것은 여름 휴가를 추천한 경솔함이 아니라 불쾌함, 참을 수 없는 불쾌함 때문이야). 그러나 모든 접촉을 조심하면 베라에게 위험한 일은 없을 거야. 의사가 그 사실을 입증해줄 거고. 하지만 머릿속에는 위험이 늘 남아 있어. 내 머릿속뿐 아니라 다른 사람들의 머릿속에도. 그 때문에 우린 함께 떠날 수 없지 않을까.

—

오늘 또 배 때문에 어머니가 다정다감한 편지를 보내셨어. 아프릴쉐르츠 호에서 넘어졌을 때 너희들은 정말 고집불통이었지. 그때 난 오직 매제만을 노렸어. 그런데 너희들은 그를 혼자 있게 내버려 두지 않았지. 다만 너희들이 늘 나를 갖고 노는 것이 아닌지 미심쩍을 뿐이야.

—

베라 때문에 너무 걱정하지 마. 하지만 나를 포함해서 어른들이 새로운 것에 적응한다는 것이 무척 어렵다는 점을 염두에 두렴. 비록 그들이 기존의 것을 지키기 위해 본질적이지 않은 것을 끌어다 댈 수는 있지만. 넌 식탁 위의 아욱에 대해 말하면서 두려움 섞인 희망을 말하는구나. 나 역시 늘 두려움 섞인 희망을 품어. 이제 베라가 천상의 식탁을 떠나 네 팔에 안겨 지상의 식탁을 내려다보고 있어. 지상의 식탁이 마음에 들지 않나 봐. 만족감을 표현하지 않는 것을 보니 말이야. 베라는 지상의 식탁에 적응해야 해. 분명히 그것은 끔찍하고 우리로서는 도저히 상상할 수 없는 작업이야. 기운을 차리려면 베라는 아주 많이 '먹어야' 해. 어쩌면 잠시 고통을 잊기 위해서인지도 모르지. 가끔 베라는 "세상은 정말 견딜 수 없어", "그러니 배불리 먹는 수밖에 없어" 하고 혼자말을 하지. 그러고 나서 베라는 먹어대고 너는 울지. 최근에 난 유감스럽게도 옆방으로 옮겨야 했단다. 그 방의 발코니에 넉 달 동안 누워 있었고 거의 모든 내 가구들을 함께 옮겼지만 적응하기가 어려워. 하지만 몇 시간이 지난 뒤에 커다란 발코니 문에 많은 양의 공기와 햇빛이 들이치는 이 방이 이전 방보다 훨씬 좋다는 사실을 깨달았어. 베라 역시 그렇게 살게 될 거야. 너는 또 베라에게는 음식이 거대한 세상에서 가장 분명한 부분인 동시에 가장 쉽게 정복할 수 있는 부분이라는 점을 염두에 두어야 해. 결국 베라는 너를 이용하고 너는 그것을 감수해야 해.

—

의사의 소견서를 동봉한다. 그러니까 어려운 방법을 택하렴. 제발 빨리. 지금 당장이라도 봉급의 반만을 요청하는 데 난 찬성해. 그 돈만으로도 그럭저럭 꾸려나갈 거야. 그 사실을 받아들이는 것이 나로서는 부담이 좀 덜할 테지.

—

최근에 울화 섞인 말을 했지만 엘리와 발리에게도 인사 전해주렴. 많은 날이 늘 그래. 베르너 양에게도 인사 전해주렴.

오빠

매제의 여행이 성공하기를 빈다.

Nr. 98

타트란스케-마틀리아리, 1921년 5월 21일

편지의 두서: 타트란스케-마틀리아리, 요양하기에 좋은 고지 요양원

오틀라야, 그러니까 네가 또 그 일을 해냈단 말이지. 몇 번이나 더 그 일을 할 작정이니? 온순한 국장조차도 결국 "됐어요! 나가세요! 더 이상 말하지 마세요!" 하고 소리칠 때까지 그렇게 자주 할 작정이니? 그런데 사실 독특한 상황이라는 것이 있어. 왜 독특하다고 하는가 하면, 첫째는 평상시에는 공존하기 어려운 두 가지가 공존하기 때문이야. 좀 더 정확히 말하면 국장은 관리로서는 전혀 쓸모가 없는데 일은 탁월하게 처리해. 둘째는 내가 지금 그렇게 능력이 없지 않다면 결코 좋은 대접을 받을 수 없을지도 몰라. 이젠 거의 내가 요구하지 않아도 휴가가 허락돼. 그럼으로써 국장은 자신의 품위를 높이는 거야. 하지만 동냥에 지나지 않아. 그리고 동냥을 받아들인다는 것이

내게는 치욕이야. 그렇다고 해서 휴가 동안 특별히 마음이 상했다고 말하려는 것은 아니야. 실은 내가 휴가를 요구하고 승낙받을 때만 그래. 그런데 이번 경우는 내가 원했다고 하기보다는 승낙이 떨어졌어. 유감스럽게도 난 국장에게 체코어로 감사를 표시할 수 없어 독일어로만 감사를 표시했단다. 그런데 그것조차도 힘들어.

—

피카르트 씨가 작아졌다는 말을 난 정말 믿을 수 없구나. 하지만 엄마인 넌 몰라볼 정도로 컸을 거야. 그 때문에 네게는 모든 것이 작아진 것처럼 보이는 거야(넌 상대성 이론과 그 배들을 알고 있잖아). 오직 베라만 점점 크고 시야(와 자신)를 가득 채우지. 도대체 그 아이는 어떤 모습이니? 또 그 아이의 이마에는 무어라고 쓰여 있니? 물론 넌 표면에 떠오르는 글자에 결코 만족해서는 안 돼. 그곳에는 당연히 "난 먹고 싶다"고 쓰여 있겠지.

그 아이 때문에 네가 이리로 오지 못하는 게 유감이야. 하지만 아마 내년 초에는 가능할지도 모르겠구나. 네가 나를 데리러 오지 않으면 난 이곳에서 벗어날 수 있을까. 나는 햇볕을 쬐면서 숲속에 누워 있거나, 발코니에 누워 있거나, 아침 일찍 햇살 드는 숲을 이리저리 돌아다니며 웃거나 지루해하거나 슬퍼하거나 심지어 때로는 즐거워하기까지 하지. 매일 두 번 음식 문제로 울기도 해(어제 점심 식사 때 나도 모르게 화가 나서 욕을 했어. 그리고 나중에야 비로소 내가 그랬다는 걸 깨달았어). 몸무게가 약간 늘었어. 벌써 8킬로그램째야. 간단히 말해 이곳은 그 자체로 잘 짜여진 세계야. 나는 이곳 시민이지. 천사가 지상의 시민인 나를 데려갈 때 비로소 지상의 세계에서 벗어나게 되듯이 이곳의 내 사정도 마찬가지야. 내년 초에 올 거지?

그렇게 힘들지 않으면 떠나기 전에 크래치히 씨—넌 결코 그가 작아졌다고 말해서는 안 돼!—(그는 고참에게 더 많은 외경심을 요구하거든)

와 트렘믈 씨에게 가줄 수 있겠니? 그곳에 모르긴 몰라도 우체국이 있을 거야.
다음번에는 엘리, 발리 그리고 아이들에 대해 몇 자 적어 보내렴.

오빠

네 남편에게 인사를 전해주렴.
베르너 양에게도 인사 전해주고!!
소포를 아직 부치지 않았으면 품질이 좋고 촉감이 좋은 셔츠를 세 벌쯤 더 넣어 보내다오.

Nr. 99

마틀리아리, 1921년 6월 초순·중순

수신인 오틀라와 요제프 다비트

오틀라야, 네게 오랫동안 편지 보내지 못했구나. 숲속의 쥐죽은듯한 정적 속에서 새들과 개울, 바람과 함께 조용하게 잘 지내면 주위가 조용해지고, 빌라에서, 발코니에서, 소음으로 파괴된 숲속에서 절망하면 편지를 쓸 수 없어. 편지를 쓰지 못하는 이유는 부모님께서도 내 편지를 읽으시기 때문이야. 유감스럽게도 후자의 이유가 훨씬 더 커. 하지만 전자의 이유도 간혹 있어. 지난 이틀 오후가 그랬어. 오늘은 전혀 그렇지 못해. 하지만 난 그것을 이상하게 생각하지 않아. 내가 필요로 하는 만큼의 휴식이 이 세상에는 존재하지 않거든. 이로부터 내가 필요로 하는 만큼의 휴식을 필요로 하지 않는다는, 가끔 여기서 그만큼의 휴식을 누릴 수 있다는 결론이 나와. 그렇지만 이곳은 이미 모든 것이 과잉 상태고 초하루부터 그 과잉 상태가 어쩌면 또다시 과잉 상태로 변하게 될지도 모르는데도(수영장 탈의실에서, 사방을 판자로 막은 방에서 사람들이 살아. 난 발코니가 딸린 방을 갖고 있어). 가끔씩이긴 하지만 우리들이 휴식을 취할 수 있다는 사실에 난 매우 감사해. 다른 이유들 때문이기도 하지만 무엇보다도 바로 그 이유 때문에 난 지금까지 꿈쩍도 하지 않아. 예를 들면 요즘 나는 저녁 일곱 시가 되면 벽이 세 개인 오두막의 가장자리에서 모피 이불 두 채와 베개를 갖고 갑판 의자에 누워 있어. 오두막 앞에는 초원이 펼쳐져 있지. 면적은 취라우 순환 광장의 약 삼 분의 일 크기야. 초원은 이름이 있거나 이름을 알 수 없는 갖가지 꽃들로 온통 노란색·흰색·연보라색 천지야. 주위에는 가문비나무 숲이 있고 오두막 뒤에는 개울이 흘러. 이곳에 누워 있은 지 벌써 다섯 시간이나 됐어. 오늘은 약간 방해를 받았지만 어제와 그저께는 옆에 우윳병만을 둔 채 내내 혼자였어. 이것에 대해 난 감사해야겠지. 그렇지만 오늘은 감사해할 필요가 없는 것들을 의식적으로 말하지 않았어. 매일 오후 세상이 나를 이곳에 이렇게 내버려 둔다면 사람들이 나를 갑판 의자째 운반해갈 때까지 난 이곳에 계속 있을 거야. 그 사이에 넌 한 번은 날 찾아오겠지?

타우스[39]와 관련해서는 다음 시구에 따르면 약간 불안한 생각이 들어. "네 손이 닿는 풍성한 인간의 삶 속에 손을 뻗쳐봐. 그러면 그곳에서 넌 열 가지 불안한 생각을 붙잡게 돼."[40] 감독관은 이 시구에 별 반응을 보이지 않은 채 신랄한 말 한마디를 내뱉었어. 첫째, 그곳 보헤미아 숲의 북쪽 언덕은 날씨가 매우 사나워(나는 정말 어린아이로 퇴보했어. 그러나 베라 같은 어린아이로는 아니야). 둘째, 숲속에서는 모르지만 그곳에서는 충분히 휴식을 취할 수가 없어. 또 갑판 의자를 들고 갈 수 있을 정도로 가깝지도 않아. 셋째, 그곳은 슈피차크와 너무 가까워(누군가 나를 멀리하기 위해서 타트라가 아닌 슈피차크로 떠났는데 이제는 나더러 그곳으로 가란 말이니?). 넷째, 온천장 사무실에서 내가 7월 1일 이후에 이곳에 머물 수 있을지(7월·8월에는 방들이 다 달이 배정되니까) 화급하게 물었어. 이 질문에 나는 머물겠다고 대답했어. 사실이야. 다섯째, 내가 프라하를 경유한다면 반드시 노동자재해보험공사에 들러야 해. 아주 고통스러운 의식이 될 테지. 노동자재해보험공사는 (보험공사의 돈을 제외하고는) 달보다 더 멀리 떨어져 있지만 나에게 위협적이고 비난으로 가득 차 있기 때문이야. 네 번째와 다섯 번째, 그리고 부분적으로 세 번째 불안한 생각은 내 스스로 떨쳐버려야 해. 그러나 처음 두 가지 불안한 생각에 대해서는 네가 그곳에서 살아보면 무어라고 나에게 말할 수 있을 거야. 그 때문에 방세를 내면서 그때까지 기다리는 게 가장 좋겠지. 그렇지 않겠니?
트렘믈 씨와 크래치히 씨를 방문한 데 대해서는 분명히 중요한 사건이었는데도 넌 아무런 이야기가 없구나. 두 사람이 감정이 상해 나에 대해 기분 나쁜 말이라도 했니? 그곳에는 우체국이 없니? 그 밖에 기분 좋지 않은 일이라도 있니?
네가 내 외모에 대해 공연히 과장해서 생각하지 않는다니 기분이 좋구나. 난 몸무게가 8킬로그램이나 늘었어(계속 그렇게 되지는 않고 오히려 줄어들 테지). 신열도 거의 없지만 평상시에는 취라우가 더 좋았다고 말하고 싶을 정도야. 이곳으로 오기 전에는 잘 몰랐지만 내겐 취라우가 더 좋았어. 물론 겨울에는 취라우가 지금보다 훨씬 나빴지만.
내가 이런 이야기를 하는 이유는 단지 도착하기 전의 상황이 어떨까 내 스스로 상상하기 위해서, 또 하나는 메란에서 돌아왔을 때처럼 내가 도착하기도 전에 미리 팬케이크를 만들지 않도록 하기 위해서야.
이젠 내게 화내지 말고 베라한테 가렴. 베라에게 먹을 것을 주기 전에 여러 번 입맞춤해주렴. 나한테도 한 번 해주고.

오빠

매제, 자넨 솔직했네. 자네가 파리의 그림 엽서들로 나를 흥분시켰던 일을 기억하나? 파리에 대해 계속 내게 말해주게. 외삼촌과 외숙모[41]에 대해서도. 자넨 외숙모에게 아버지의 인사를 하나도 빠뜨리지 않고 모두 다 전해주었나? 베라를 볼 걸 생각하니 기쁘이. 베라는 분명히 재능이 많아. 편지에 써 보낸 대로 베라는 정말 히브리어를 할 줄 아는군. 하암Haam은 히브리어로 '민족'을 의미하지. 그러나 베라는 그 단어를 좀 틀리게 발음하네. 하암-이 아니고 하-암[42]이라고 발음해야 하네. 교정해주기 바라네. 유년 시절에 그런 실수가 몸에 배면 평생 지속되는 법이거든.
자네 부모님과 누이동생들[43]에게 진심으로 인사 전하네.

처남 프란츠[44]

오틀라야, 흔들리던 이는 어떻게 됐니? 빠졌니?
발리의 주소는?

Nr. 100

마틀리아리, 1921년 6월

그림 엽서: 환자들과 직원들 가운데 앉아 있는 마틀리아리에서의 카프카

수신인 부모님

사랑하는 부모님, 사진에서 보시듯이 제가 상당히 살이 찐 것은 분명합니다. 적어도 오른쪽 뺨이 말입니다. 어머니, 아버지께서는 글라우버 씨를 아마 알아보실 테지요. 그 밖에 제가 보내드린 편지들을 통해 두건을 쓴 갈곤 부인도(모자를 수선하는 그 여자!) 알고 계시겠지요.
유감스럽게도 사진에서는 정확한 모습을 보실 수 없습니다.
외삼촌과 외숙모께도 진심으로 인사를 드립니다.

당신들의 아들 프란츠

두 분은 프란츠 온천장에서 사진도 찍지 않으셨습니까?

Nr. 101

타트란스카-롬니체, 1921년 7월 28일

엽서

오틀라야, 넌 물론 이미 도마슈리츠에 적응했겠지. 별수 없잖니. 그러나 그곳은 도시고, 사람은 시골에서보다 도시에서 더 고독한 법이야. 게다가 넌 그 사실을 알고 있다고 편지에 썼더구나. 바빌론[45]이라는 곳에 대해 말했었지.—내가 그곳에 갈 수 있으리라고는 생각할 수 없어. 이곳 역시 내가 걱정했던 것만큼 시끄럽지는 않아. 아이들의 소음은 어른들의 소음보다 듣기 좋아. 그 이유는 아이들의 소음은 없어서는 안 되고, 아이들이 있음으로써 소음에 대해 보상을 받기 때문이지. 아마 베라의 경우도 마찬가지일 거야. 무엇보다 휴가가 시작되는 8월 20일에 프라하에 머물고 싶어. 영원히 구걸할 수만도 없고 대리 청원자인 너도 프라하에 없고, 의사는 병이 차도가 없을 거라고 여기기 때문이야. 어쨌든 의사는 가끔 그렇게 말하고, 사실이 그럴지도 몰라.—순간적으로 고약한 종기 때문에 목뼈가 화끈거리는구나. 종기는 이곳에서 생겼어. 좀 눕고 싶구나.

오빠

도마슈리츠에는 보제나 넴초바[46]에 대한 기억이 많아!

타트란스케-마틀리아리에 소재한 요양원 손님들과 함께 사진을 찍은 카프카
앉은 사람 왼쪽부터 카프카의 친구가 된 헝가리 출신의 의대생 로베르트 클롭슈톡, 그 옆에는 치과 기공사 글라우버 그리고 카프카. 첫째줄 왼쪽부터 이레네 부크쉬, 젊은 농부의 아내 갈곤, 미지의 여인, 마르가르테 부크쉬. 위 세 명 중 오른쪽의 일론카 로트만 알려져 있고 나머지 두 여인은 요양원 직원인 것 같다.

1921년 8월 8일 여행 중에 오틀라에게 보낸 그림엽서

Nr. 102

미상, 1921년 8월 8일

그림 엽서: 호에 타트라

베라는 금방 알아볼 수 있었는데, 널 알아보는 게 더 힘들었어. 하지만 네 자존심만은 금방 눈치챘지. 아마 내 자존심이 훨씬 강할걸? 엽서로는 나타나지 않겠지만 말이야. 베라는 정직하고 천진난만한 표정이더구나. 나는 이 세상 최고의 덕목은 정직함, 솔직함 그리고 신뢰성이라고 믿는단다.

오빠

안니 니트만

일레나 로트

Nr. 103

마틀리아리, 1921년 8월 22일 또는 23일

수신인 요제프 다비트[47]

매제, 용서해주게, 용서해줘. 처음에 대퇴부 근육이 문제더니 요즘 또 그렇다네. 자네도 알 걸세. 고열에 여러 날 밤 기침이 그치지 않아 상당히 기분이 나빴네. 또 아침 일찍 국장에게 편지를 쓰기 시작했을 때 난 정말 기분이 좋지 않았다네. 그러니 용서해주게. 그건 그렇고, 자네가 이 문제를 해결해야 하다니, 오틀라가 집에 없었나? 자넨 물론 그 일을 훌륭하게 해냈네. 별명이 충고 씨[48]인 내 상관은 아주 예민한 분이네. 자네는 그와 진지하게 토의해야 할 걸세. 불가피한 일이기도 하다네. 왜냐하면 마치 어린아이가 감히 부모와 사귀려는 용기를 내지 못하듯이 내가 노동자재해보험공사와 사귀지 않기 때문이라네. 간단히 말해서 난 의사의 소견서를 몸에 지니고 있을거네. 지금 이렇게 오랫동안 누워있게 말일세. 그것으로 충분하다네.

휴가를 달라고 난 청하지 않을 생각이네. 의미가 없는 일이거든. 나는 좀 더 오랫동안 치료를 받아야 할 것 같으이. 곧 내 건강이 나아질 것이라는 희망이 있네. 물론 의사들이 판단할 테지만 말이야. 그렇게 되면 짧은 휴가는 별 소용이 없게 되고 또 난 휴가가 필요하지 않다네. 간단히 말해서 난 의사의 소견서를 몸에 지니고 있을 거네. 지금 이렇게 오랫동안 누워있게 말일세. 그것으로 충분하다네.

매제, 나를 데려가겠다는 자네의 제안에 거듭 감사하네. 하지만 단지 나 때문이라면 전혀 쓸데없는 일일세. 자네에게는 좋은 일이겠지만. 가을처럼 싸늘하면서도 따뜻한 날씨가 오락가락하는 요즘 이곳은 멋진 도보 여행을 할 수 있다는 면에서나 날씨 면에서 알프스보다 더 나은 것 같네. 가장 높은 봉우리도 안내인 없이 쉽게 오를 수 있으니 말이야. 자네가 오면 지금처럼 산에 자주 가진 않을 거야. 아침에 자네는 행선지를 내게 말해줄 테지. 저녁에는 자네가 머무는 곳을 내게 말해줄 거고.
휴가라면서 자넨 왜 아직도 프라하에 있나?
아마 난 금요일에 도착할 것 같네. 잘 지내게, 매제, 오틀라와 베라에게도 인사 전해주게나.

처남 프란츠

Milý Pepíčku, odpusť, odpusť,
nejdřív to s těma kalkotama
a teď zase to. Víš bylo to
dost nepříjemné, velká horečka,
celé noce kašel a když jsem
se pak do toho psaní na
ředitele pustil nebyl jsem ovšem
v nejlepší náladě. Tak odpusť
tedy. Ostatně nebyla Otla doma,
že jsi ti vše musel vyří-
dit? Udělal jsi to ovšem
výborně. Pan rada je velmi
citlivý pán, je velmi dobře,
že jsi tak vážně s ním jednal
je to ovšem také třeba, neboť
já zacházím už s tím jistým
jako dítě s rodiči by se
zacházeti neodvážilo.

친필 편지 103번

1923년

Nr. 104

베를린-슈테크리츠, 1923년 9월 26일

엽서

흉금을 털어놓는 편지는 당분간 쓰지 않아도 된단다. 그 편지 역시 심각한 내용은 아니었을 거야. 단지 충고나 그 비슷한 것을 요구한 것에 불과해. 사실은 여행하는 동안 내가 한 일을 적어놓은 거야. 물론 나 또한 약간 생기가 없었어. 이유는 전날 밤[1]이 최악의 밤들 중 하나였거든. 대략 세 가지야. 처음에는 내가 이제껏 느껴왔던 온갖 불안이 한꺼번에 엄습해왔어. 세계사에 등장하는 어떤 군대도 이 불안만큼 무섭지는 않을 거야. 그래서 잠자리에서 일어나 가련하고 마음씨 좋은 그 아가씨를 깨우고(그녀는 전차 궤도를 부설하는 일 때문에 내 방에서 잤어. 번거롭게 짐을 꾸리고 난 뒤였기 때문에 끔찍할 정도로 피곤했어), 음식을 가져와서는 게걸스럽게 먹었어. 십오 분 간 밝아지는 것 같더니 이내 어두워졌어. 남은 밤 시간을 베를린의 집주인에게 보낼 해약 전보를 구상하느라, 또 해약 전보를 구상한 것에 대해 실망하느라 정신없이

도라 디아만트

보냈어. 그러나 이른 아침에 일어나(아침 일찍 일어난 것은 너와 쉘레젠 덕분이지) 나는 결심을 바꾸지 않았어. 도라 디아만트의 위로를 받으면서, 네 남편 때문에 불안해하면서,[2] 아버지한테 애정이 담긴 잔소리를 들으면서, 어머니의 슬픈 시선을 느끼면서 나는 떠났어.
엘라 프로흐[3] 양은 잘 지내니?
베르즈코비츠[4]에서 너와 아이들[5] 그리고 피니가 역에 나오지 않아서 화가 났었어.

Nr. 105

베를린-슈테크리츠, 1923년 9월 26일

엽서

오틀라야, 몇 자 더 적는다. 이곳에서는 버터를 먹고 싶은 만큼 구할 수 있어. 단지 내가 버터를 먹을 수 없을 뿐이지. 가끔 네가 나에게 버터 견본을 보내려 했다면, 그 일은 잘못된 일이 아니라 오히려 좋은 일이야. 왜냐하면 버터 때문에 약간 살이 쪘거든. 또 쉘레젠[6]에서 찐 살의 일부분은 출발하기 전날 밤에 빠졌어(만약 빠질 만큼 살이 찌지 않았더라면 난 결코 떠날 수 없었을 테지). 그러니 버터를 보내주겠니? 그 다음에 버터값을 계산하기로 하자꾸나. 소포값은 오 크로네일 거야. 난 이미 한번 시험 삼아 이곳으로 버터를 보내본 적이 있는데 제대로 도착했어. 그 소녀가 말하기를 자기는 지금까지 이곳 버터가 품질이 아주 좋은 줄 알았대. 소포를 받고 나서야 비로소 그녀는 이 세상에는 품질이 더 좋은 버터가 얼마든지 있다는 사실을 알았을 거야. 너, 매제, 아이들, 피니 모두 다 모든 일이 잘 풀리기를 바라면서.

프란츠

Nr. 106

베를린-슈테크리츠, 1923년 10월 2일

엽서

오틀라야, 방금 네 사랑스러운 편지를 받고 난 뒤 멋진 소식을 전해 들었어. 셋집 여주인[7]이 나를 만족스러워한다는구나. 하지만 유감스럽게도 방값은 더 이상 이십 크로네가 아니고 9월에는 약 칠십 크로네, 그리고 10월에는 적어도 백팔십 크로네까지 치솟았어. 물가가 다락같이 올랐단다. 어제는 그 때문에 현기증이 일 정도였어. 또 도심지의 방값도 천정부지로 치솟았어. 그 밖에도 도심지는 내겐 지긋지긋해. 그러나 평상시에는 이곳 외곽 지역은 일시적이지만 평화롭고 아름다워. 공기가 부드러운 이런 저녁에 집에서 걸어나오면 오래된 울창한 정원들에서 뿜어나오는 향기가 나를 향해 불어오지. 그렇게 부드럽고 짙은 향기를 다른 어느 곳에서도 맡아본 기억이 없어. 쉘레젠에서도, 메란에서도, 마리엔바트에서도. 그 외 모든 것은 지금까지와 똑같아. 취라우에 온 건 정말 잘한 일이야. 물론 겨우 여드레밖에 지나지 않았지만. 네가 일과 시간 배당에 대해 물으면 난 아직은 전혀 말할 수 없는 입장이야. 좀 더 자세한 내용을 기술하기는 어려워. 부모님께는 그렇게 해보려고 애쓰고 있어. 그건 그렇고, **넌 이곳을 구경하고 싶지 않니**? 난 네가 교회 계단에 몸을 길게 뻗은 채 아이들 속에 끼여 있는 내 모습을 발견하지 않기를 바래.—화요일인 오늘까지도 버터가 오지 않았어. 버터 보내는 것을 중단시켜야 할 것 같아. 겨우 참고 먹을 만한 버터와 우유를 얻었어.

사랑하는 매제는 무얼 하고 있니? 이런, 정말 많은 축구 시합[8]을 제대로 보지 못했어. 아이들과 피니에게 안부 전해주렴.

넌 엘라 프로하스카에 대해서는 일언반구도 없구나.

Nr. 107

베를린-슈테크리츠, 1923년 10월 3일

엽서

수신인 요제프 다비트[9]

매제, 집안에 무슨 특별한 일이 생기면 내게 몇 줄이나마 편지를 보내는 친절을 베풀어주게. 지금은 수요일 저녁이라네. 내가 이곳에 온 지도 열흘이 됐지. 난 집에서 두 건의 소식을 들었어. 그 정도는 완벽에 가까울 정도로 충분할지도 모르지. 하지만 유감스러운 것은 그것이 적절하게 배분되지 않았다는 사실이야. 곧 그 두 건의 소식이 서로 간격을 두지 않고 연달아 전해졌다네. 그러니까 무슨 일이 일어나면 자넨 내게 편지를 보낼 테지, 그렇지 않은가? 자네는 베를린에 대해 다른 사람은 불안하게 만들지 않으면서 어떻게 나는 불안하게 만드나? 매제, 자네가 나를 불안하게 만드는 것은 쓸데없는 일이네. 이곳은 정말 지긋지긋해. 도심지에서 사는 일, 생필품을 얻으려고 투쟁하는 일, 신문을 읽는 일 등등 모든 게 지긋지긋해. 물론 이 모든 일들을 하지 않았는데도 반나절도 참고 지낼 수 없을 정도야. 하지만 이곳 외곽 지역은 멋있어. 단지 가끔 한 가지 소식이, 어떤 막연한 불안이 나를 엄습해오지. 그러면 난 그것들과 싸워야 해. 하지만 프라하라고 상황이 다를까? 그곳에서는 매일 수많은 위험들이 불안에 떠는 한 사람의 가슴을 위협하고 있네. 그 밖에 이곳의 생활은 건강에 매우 좋다네. 이곳에 있으면서 나는 쉘레젠에서보다 기침과 체온의 상태가 좋아졌네—이십 크로네를 한 어린이집에 기부했다네. 이 일에 대해서는 나중에 자세히 이야기해줌세. 베를린의 상황에 대한 보고서를 갖고 싶다면 편지를 주게. 베를린의 물가에 대해서도! 소중한 보고서가 될 걸세. 그건 그렇고 『자위』지 최근호를 읽어보게나. 포겔 교수가 축구에 반대하는 글을 또 썼더군. 아마 요즘은 축구 경기가 중단됐을 거네.
부모님과 형제 자매, 스보이식 씨[10]에게 인사 전해주게.
지금 막 엘리가 보낸 편지 한 통이 도착했네. 그래서 만사가 순조로워졌다네.

Nr. 108

베를린-슈테크리츠, 1923년 10월 8일

오틀라야, '내밀한 편지'는 아니야. 단지 그런 편지를 쓰기 위한 시작에 불과해. 또 지금은 약간 불안한 밤을 보내고 난 뒤야.
네가 나를 방해했는지는 서로 이야기할 필요가 없지 않니. 이 세상 모든 것이 내게 방해가 된다 할지라도—현재는 거의 그런 형편이지만—넌 그렇지 않아. 너를 이곳에서 만난다는 기쁨 외에도 네가 온다면 어쩌면 여행을 하지 않아도 될 것 같구나.
넌 나에게 그런 존재야. 하지만 난 너 이외의 것을 말해야 한다는 것이 아주 두려웠어. 그러기에는 너무 때가 이르고 이곳에서 충분할 정도로 확고하게 자리를 잡지 못했고, 또 밤만 되면 너무 불안해져. 넌 이 상황을 정확하게 이해할 수 있을 테지. 그것은 좋아한다는 것, 환영받는다는 것과는 아무 상관이 없어. 그 이유는 오는 사람에게 있지 않고 맞이하는 사람에게 있어. 베를린에서의 이 모든 일은 세심한 주의가 필요해. 따라서 애를 써야만 겨우 파악할 수 있지. 그러니까 베를린 일은 좀 민감하다고 할 수 있어. 아버지의 영향을 받은 것이 분명해. 사람들이 가끔 내 문제에 대해 어떤 말투로 이야기하는지 넌 알잖니. 거기에는 악의는 전혀 없고 오히려 동정 · 이해 · 교육 철학 등이 깃들어 있어. 사실 악의는 전혀 없어. 하지만 내가 사랑하면서 동시에 두려워하기도 하는 것은 바로 프라하야. 그 같은 평판이 제아무

베를린-슈테크리츠 그루네발트 거리 13번지에 위치한 카프카의 집. 카프카는 1923년 11월부터 1924년 1월까지 이곳에서 도라 디아만트와 동거했다.

리 선량하고 우호적이라 할지라도 그것을 직접 보고 듣는 것은 내겐 프라하를 이곳 베를린으로 통째로 옮겨놓는 것과 다르지 않아서 나를 고통스럽게 만들고 밤마다 불안하게 하지. 네가 이 상황을 그 미묘한 슬픈 뉘앙스까지 자세히 이해하고 있다고 내게 말해주렴.

그렇지만 네가 올 수 있을지 모르겠구나. 아니 내가 며칠 프라하에 갈지도 모르겠구나. 결정해서 말해다오. 가능하기만 하다면 어떻게든 겨울을 날 때까지는 베를린에 머물고 싶어. 날씨가 아직 견딜 만해 어쩌면 지금쯤 미리 프라하로 부모님을 찾아뵙고 정식으로 작별인사를 드리고 내 방을 세놓으라고 말씀드려야 하지 않을까 싶어. 게다가 여러 가지 겨우살이 물건들(외투, 옷, 약간의 속옷, 잠옷, 무릎 아래를 덮는 담요가 필요할지 몰라)을 가져와야 할 것 같은데 우편으로 부치거나 누군가가 가져온다는 것은 굉장히 번거로운 일일 거야. 마지막으로 결국 내 자신이 국장과 면담해야 할 것 같구나. 만약 네가 국장과 면담하겠다고 나선다면 미련 없이 네게 일임하마. 아무튼 나는 떠나면 20일 무렵에는 다시 이곳으로 돌아올 계획이었어.
그런데 이제 보니 내 걱정거리들을 네게 떠넘기고 있었구나. 아마 그 때문에 오늘도 어제처럼 자유스럽고 기분 좋게 피곤할 거야. 어제는 여느 날처럼 일곱 시가 지나서 일어나기는 했지만 아홉 시쯤 되자 너무 피곤해서 참지 못하고 침대에 다시 누웠어. 열은 없었고. 그러고는 헬레네처럼 반쯤 잠에 취해서 천천히 음식을 씹으며 늦은 아침 식사 겸 점심 식사를 마쳤어. 다섯 시쯤에 손님이 온다고 하기에 간신히 일어났어. 그 후 네 엽서와 함께 어머니의 엽서가 도착했지. 어머니의 엽서에는 가난하고 사랑스러우며 불행한(현재 다시 아주 불행해진) 클롭슈톡이 사전에 내게 편지로 알리지도 않고 오늘 불쑥 이곳에 올지도 모른다는 내용이 들어 있어. 그렇지만 안 올지도 몰라. 우리가 클롭슈톡을 단지 외형적으로나마 약간이라도 도와줄 수 있다면 좋을 텐데. 그는 방이 없고, 무료 식사조차 못할지도 모르고, 손을 다친 데다 어려운 시험을 앞두고 있어. 아마 돈도 한푼 없을 거야. 이 모든 것 때문에 클롭슈톡은 베를린을 방문하는 거야. 두고 볼 일이지만 아마 그는 오지 않을 거야. 물론 프라하 역시 그에게 좋지는 않아. 하지만 그에게는 베를린에서 공부할 수 있는 가능성이 그곳보다 훨씬 힘들어. 위대한 어머니로서 네가 이 문제에 대해 조언을 해주렴.—잘 있어라. 네 남편, 아이들 그리고 피니에게 안부 전해다오. 베라는 말을 잘하니? 헬레네는 잘 크고?
이제 보니 어려운 일들을 생각하느라 버터를 보내줘 고맙다는 말도 못했구나. 버터는 수요일에 도착했단다. 아마 일차분이겠지? 품질이 정말 좋더구나.

Nr. 109

베를린-슈테크리츠, 1923년 10월 13일

엽서

오틀라야, 넌 벌써 프라하에 도착했겠지. 하지만 난 쉘레젠으로 엽서를 한 장 보내[11] 그 일을 되도록 빨리 매듭지으려 해. 그러고 나서 프라하에 있는 네게 좀 더 자세한 내용의 편지를 보내마. 내가 잘못 계산하지 않았다면 지금까지 네게서 소포 세 꾸러미를 받은 것 같구나.
세 번째 소포는 목요일에 받았단다. 계산 때문에라도 우리는 숫자를 확인해야 해. 난 베라의 시종이 빵에 바른 버터를 다 먹어치우지 않기를 바래(그런데도 그는 분명히 자신이 먹을 버터를 많이 준비해둘 거야).
그 사이에 어머니한테도 소포 한 꾸러미를 받았어. 이제 나는 필요한 게 더 없어. 정말이지 더 보내지 않아도 돼. 여행과 관련한 네 편지에 대해서는 나중에 좀 더 자세하게 편지 쓰마. 오늘은 다만 너와 전적으로 의견이 같다는 사실과 떠나지 않을 거라는 사실, 또 네 남편의 걱정거리들에 대해서 그와 생각이 같다는 사실만을 적어 보낸다.
이곳 외곽 지역은 지금까지는 깊은 평화에 젖어 있어. 내 생각에 네가 내 거처에서 잠을 잘 수도 있을 것 같구나. 하지만 도시에서는 늘 그렇듯이 매 순간 사건이 발생하고, 역 주변은 아이가 있는 어머니에게는 위험할 수 있어. 자세한 것은 편지로 써서 보내마. 그러니까 우선은 프란츠가 안부 인사를 전하며 건강하다는 소식만 전한다. 네 남편, 아이들 그리고 피니에게도 안부 전해주렴.

Nr. 110

베를린-슈테크리츠, 1923년 10월 14일

엽서

오틀라야, 넌 벌써 프라하에 도착했니? 아직 15일이 되지 않았는데도. 이 때문이니? 그는 어떻게 지내니? 내가 무조건 낙관하는 몇 안 되는 것들이 있는데 그중 하나가 네 이야. 아무튼 아직 날씨는 견딜 만한데, 네가 벌써 프라하에 와 있다니 이상하구나.—소포는 모두 도착했어. 1번이라는 번호가 매겨진 소포와 오늘(일요일) 프라하에서 온 번호가 매겨지지 않은 소포 그리고 그 사이에 어머니한테 온 두 번째 소포도 도착했어. 나는 정말 대접을 잘 받고 있어.—너의 여행. 창밖을 내다보면 푸른 하늘과 드넓은 초원, 그러고 나서 방 안으로 되돌아오면 과일, 온갖 꽃, 버터와 발효유, 그다음 계속 생각해보면 멋진 시설들, 식물원, 녹음이 우거진 숲, 또 엄청나게 비싼 연극 공연(아직 가보지 못했어), 케르스텐[12]과 티토이어의 제본 전시품 관람(우리가 가진 돈으로는 그 이상을 할 수 없어) 등, 또는 이런 일들을 전혀 하지 않고 단지 이틀 내지 사흘 동안 낯선 도시에서 함께 지내는 것인데, 아마 사람들은 나더러 당장 그렇게 하라고 충고해주고 싶겠지. 위험이 따르는 것은 물론이지. 그에 대해서는 나중에 편지할게. 아무튼 나만 책임을 지는 여행은 결코 하지 않을 거야. 네 남편, 아이들 그리고 피니에게 안부 전해주렴.

Nr. 111

베를린-슈테크리츠, 1923년 10월 16일

엽서

오틀라야, 제발 내게 돈을 부치도록 어머니를 설득해주렴. 가진 돈이 별로 없어. 당시에 어머니는 돈이 한푼도 없으셔서 내게 10월분 생활비를 미리 주시지 못했어. 실은 나 역시 내가 얼마나 머물지 몰랐거든. 그런데 어머니는 내게 10월 1일부터 비교적 적은 액수지만 돈을 보내주시겠다고 약속하셨어. 그동안 이미 여러 번 돈을 보내달라고 했는데도 아직 오지 않았단다. 오늘이 16일인데 이번 달에 내가 받은 돈은 통틀어 겨우 칠십 크로네야. 노동자재해보험공사에서 돈이 안 왔는지, 아니면 현금 봉투가 분실된 건지. 그것도 아니라면 이런 방법을 써서 돈을 벌도록 나를 교육시킬 셈인지. 정말 만약 그렇다면 그렇게 많은 시간을 내가 낭비하지 않도록 했어야 했어. 어제는 가구 포장하는 사람들[13]이 내 방에서 전에 세들었던 사람의 대형 피아노 한 대를 내갔어. 만약 모든 사람을 가구를 포장하는 사람으로 만들 수 있는 가구 포장사 학교가 있다면 난 기꺼이 그 학교에 입학할 거야. 하지만 현재까지 그런 학교를 찾지 못했어. 버터는 제대로 도착했어. 오늘은 클롭슈톡이 전해준 대형 소포도 도착했어. 그러나 사람이란 다른 것도 필요한 법이지. 지금 내 처지에 무리일지도 모르지만 석유 램프를 하나 사고 싶어.[14] 내 방에는 그다지 맘에 들지 않는 가스등과 아주 작은 석유 램프 하나뿐이야.

Nr. 112

베를린-슈테크리츠, 1923년 10월 17일

엽서

수신인 부모님

사랑하는 부모님, 제가 잘못 계산하지 않았다면 어머니, 아버지의 소식을 듣지 못한 지가 벌써 열흘이나 됩니다. 상당히 오랜 시간입니다. 대체로 편지에는 저에 대한 이야기가 늘 언급되지만 저는 어머니, 아버지께도 매일 일어나고 있을 수많은 (심각한 특이 상황들이 일어나기를 바라지는 않습니다만) 상황들에 관해서는 전혀 알 수가 없습니다. 이것은 옳지 않다고 생각합니다. 저는 여전히 잘 지냅니다. 저와 관련된 '특이 상황'을 이제까지 하나도 빼놓지 않고 말씀드려 왔기 때문에 이번에도 첫 번째 아침 식사에 최상품의 꿀을 추가했다고 저의 식단을 수정해서 다시 보고드립니다. 물론 돈이 드는, 그것도 적지 않은 돈이 드는 일이긴 합니다. 케이크는 대단히 인기 있었으며 안주인은 케이크 만드는 방법을 가르쳐달라고 졸랐습니다. 물론 저는 도라 디아만트 양의 손맛이 없이는 요리법만으로는 그다지 도움이 되지 않을 거라고 말했습니다. 클롭슈톡이 전해준 소포가 어제 화요일에 더할 나위 없이 좋은 상태로 도착했습니다. 대단히 고맙습니다.

당신들과 모든 사람들에게 진심으로 인사를 드리면서

프란츠 올림

노동자재해보험공사에서 돈이 왔는지요? 현금 봉투라고 지금까지 제가 받은 것은 단지 1호뿐입니다.

Liebste Eltern, ich habe wenn ich
nicht irre, schon 10 Tage keine
Nachricht von Euch, das ist recht
lange, und überhaupt ist es so,
dass in der Korrespondenz immer-
fort von mir die Rede ist und
ich von den vielen kleinen Merk-
würdigkeiten (hoffentlich geschehen
keine grossen) die doch jeden
Tag auch bei Euch geschehen, gar
nichts erfahre. Das ist doch
nicht richtig. Mir geht es weiter
gut. Da sich keine „Merkwür-
digkeit" mich betreffend [illegible],
ergänze ich die Speisezettel-Mit-
teilungen dahin, dass das erste
Frühstück mit einem ausgezeich-
neten Honig bereichert worden

친필 편지 112번의 부분

Nr. 113

베를린-슈테크리츠, 1923년 10월 넷째주

오틀라야, 이번 28일[15]에 프라하에 가지 못해 유감이구나. 내게 멋진 계획들이 있었어. 예전처럼 얇은 종이 상자나 그와 비슷한 하찮은 것이 아니라, 말하자면 「유럽이 수군댄다」라는 현재 인기 절정인 시사 풍자극 같은 아주 중요한 거야. 베를린 취향인 것만은 분명해. 네가 아주 기뻐한 쉘레젠 욕실과 똑같아야 할 텐데. 간단히 내 방을 치우고 그곳에 큰 저수통을 설치한 다음에 발효유를 가득 채우고 싶었어. 그러면 인공 저수조가 됐을 테고. 우유 위에 네 나이만큼의 오이 조각을 뿌리고 싶었어. 네 나이 숫자에 맞춰(네 나이를 기억할 수가 없구나. 내게는 네가 나이를 먹는 것 같지 않아서 말이야) 사방에 초콜릿 포장용 금박 종이들로 조립한 탈의실을 설치하고 싶었어(생일 선물을 받을 때 대개 네 남편이 옆에 있었기 때문에 이를 통해서 옛날에 내가 네 남편에게 진 초콜릿 빚을 갚고 싶었어. 그전에 그럴 기회가 없다면 말이지). 방들을 '리페르트'[16]의 가장 좋은 물건들로 가득 채우고 싶었어. 각 방마다 색다르게 말이야. 위 천장 구석에 발효유 치즈로 조립한 엄청나게 큰 태양을 걸고 싶었지. 아마 너무 매혹적이어서 그 광경을 오랫동안 보고 견뎌낼 수 있는 사람은 아무도 없을 거야. 그리고 방을 꾸미면서 멋진 착상들을 디아만트와 나누고 싶었어.

그런데 지금 형편으로는 불가능할 것 같구나. 이 모든 화려한 계획은 단 한 번의 생일 입맞춤으로 대신해야겠구나. 대신 생일 입맞춤은 한층 뜨거울 거야. 평상시 프라하에서 받은 입맞춤 이상이지.

네 여행과 관련해서 그것이 여러 가지 점에서 힘든 결정이라고 생각할 수 있어. 『프라하 일보』에 실린 그 제목들을 생각하기만 하면! 그 당시 내가 떠나지 않았더라면 영영 못 떠났을 거야. 정말 도대체 내가 떠나기나 한 거야? 슈테크리츠 시청 광장에서 신문사 지국에 게시된 신문들의 첫 장을 대강 읽어보았을 때 그 제목들 때문에 얼마나 전율했는지, 그리고 지금까지도 거의 매일[17] 얼마나 전율하고 있는지 몰라(난 지방 주민의 자격으로 일요일에만 신문을 구입한단다). 그런데 일반적으로는 신문에 실린 모든 것이 글자대로는 옳아. 특수한 경우에는 그렇지 않지. 바로 그 점이 문제야. 현재의 상황이 그렇다 할지라도 그것 역시 갑자기 돌변할 수 있어. 이 넓은 세상 그 어디에서 그렇지 않겠니?
막스가 내게 겨우살이 용품들을 가져다 주기로 했어. 가족들을 방해하지 않고 여행할 수 있다면 넌 아무 생각 말고 편한 마음으로 여행 날짜를 결정하도록 하려무나.
필요할지도 모르는 물품 목록을 이 편지와 함께 보낸다. 어머니와 베르너 양에게 꼭 전해주렴. 난 그 목록을 부모님께 직접 보내고 싶지 않아. 아마 아버지께서는 목록을 보시고 못마땅하게 생각하실 거야.
목록의 내용은, 촉감이 좋은 속옷 세 벌, 긴 팬티 두 장, 평범한 양말 세 켤레, 따뜻한 양말 한 속, 테리천 타월 한 장, 얇은 수건 두 장, 침대 시트 한 장(지금 내가 갖고 있는 그런 가벼운 시트면 충분해), 이불 커버 두 장, 베갯잇 한 장, 잠옷 두 벌 등이야.
이것들은 빨랫감들이지. 옷으로는 두꺼운 외투와 신사복 한 벌(작아서 몸에 맞지 않는 검정색 양복이 한 벌 있기는 있어), 그리고 집에서 입을 수 있는 바지도 한 벌 보내다오. 잠옷, 그 밖에도 낡은 하늘색 라글란 외투가 필요할지 모르겠는데, 집에서 편히 입을 수 있는 웃옷으로 고쳐 입을까 해서 말이야(사실 이 외투는 팔리지 않아. 집에 있으면서 늘 외출복을 입고 있는 게 불편해서 말이지). 나중에 창문을 열어놓고 소파에 눕게 되거나—절대 그런 일은 없겠지만—이곳에서 지금까지 마음대로 사용하는 발코니에 눕게 된다면, 무릎 밑을 덮는 담요와 토시, 그리고 모자를 보내주어야 할 거야. 이 물건들을 보내기로 결정하더라도 좀 **나중에** 보내다오.

동해의 뮈리츠. 1923년 7월 카프카는 누이동생 엘리와 함께 이곳에서 휴가를 보냈다.

소포의 부피가 엄청나겠구나. 그날 쓸 장갑도 함께 보내주겠니? 그리고 신사복을 걸 옷걸이 한 개와 외투를 걸 옷걸이 두 개도 함께 말이야.

이상이 목록에 들어 있는 전부야. 엄청난 양이지. 도대체 어떤 가방에 그것들을 다 담을 수 있을까?

그것말고도 특별히 무거운 짐이 하나 더 있어. 국장을 방문하는 일이야. 넌 정말 국장을 찾아갈 생각이니? 국장을 방문하는 문제는 계속 내 머릿속에서 떠나지 않아. 아마 너 역시 그 문제에 대해 여러 가지 생각을 하겠지. 난 오늘 초안을 하나 잡았을 뿐이야(노동자재해보험공사에서 돈은 왔니? 어머니께서는 그에 대한 답장이 없으셔). 나는 지난 가을과 겨울에 폐열과 위경련, 장경련을 앓아서 거의 매일 누워 지내서 몸이 아주 쇠약해졌어. 연초쯤 폐의 상태는 좋아졌지만 전체적인 상황은 훨씬 악화됐어. 왜냐하면 낮에는 머리가 아파서 정신이 없고, 밤에는 정말 견딜 수 없을 정도로 불면의 고통에 자주 시달리기 때문이야. 상황이 이러니 난 아무 일도 할 수 없었고 노동자재해보험공사도 방문하지 못했어. 만약 어떻게든 계속 살고 싶으면 획기적인 조치를 취해야 한다는 사실을 깨닫고는 팔레스타인으로 떠날 계획을 세웠어. 사실은 내게 그럴 능력이 없었던 것이 확실해. 또한 나는 히브리인의 관점과 다른 관점에서 전혀 준비가 되어 있지 않아. 하지만 그 어떤 희망을 만들어내지 않으면 안 됐어. (팔레스타인과 관련해서 덧붙일 수 있는 말은 폐 때문이지만 그곳의 비교적 싼 생활비 때문에도 팔레스타인을 택했어. 그곳에 가면 난 친구들 집에서 살 수 있을 거야. 자주 하는 이야기지만 정말 물가와 생활비가 싸.) 그 후에 여동생의 도움으로 뮈리츠가 떠올랐고, 중간 기착지로 베를린에 대한 기대가 생겼고, 팔레스타인으로의 이주를 준비할 수 있는 가능성을 마련했어. 나는 베를린에 눌러앉으려고 노력했어(이곳에서도 친구와 생활비가 문제지). 우선은 그럭저럭 지내고 있어. 도에 지나칠 정도로는 칭찬하지 말아다오! 요즘은 만약 내가 계속 이곳에 머문다면 천 크로네가 공제되지 않을까 하는 두려움이 생기는구나. 그렇게 되면 내게서 베를린의 가능성은 사라지고 말 거야(동시에 모든 가능성이). 그 이유는 이곳의 물가고는 상당한 수준에 이르렀고 많은 점에서 프라하보다 물가고가 훨씬 심각한 반면, 질병 때문에 난 다른 사람보다 더 많은 것을 필요로 하기 때문이야. 내게는 연금[18] 없이 살겠다는 목표가 있어. 하지만 당분간은 연금에 전적으로 매달리겠지(그런데 이것은 위험한 화제야. 그 속에는 내가 되돌아가지 않을 것이라는 사실이 담겨 있어. 신중하게 그것도 단지 잠깐 언급할 수 있을 뿐이야). 감사와 우정의 이유를 당연히 설명해야 하는 일을 포함해서 모든 일을 당장 처리해야 할 것 같아. 오틀라야, 네게 주어진 일들이 힘겹겠지만 두 아이의 어머니로서 네가 그 일들을 잘 해결해낼 수 있을 것으로 믿는다. (이곳에서의 내 일에 대해서 아마 어느 정도 호의적으로 이야기할 수 있을 테지. 난 이 점을 깊이 생각할 거야. 너 역시 그것에 대해 아는 것이 하나도 없다고 말하겠지.)

마지막으로 베라와 헬레네(베라가 나를 잊지는 않았겠지? 잊었을까?)에 대해 짧게 몇 마디 하고 싶어. 그다음으로 가족, 특히 도라 디아만트 양에 대해서도. 하지만 물론 너의 지난번 편지에서처럼 한밤중은 아니야. 비록 요즘 내 처지가 거의 그렇게 변해버렸지만. 잘 있거라!

프란츠

또 네 남편에게 안부 전해주렴!

Nr. 114

베를린-슈테크리츠, 1923년 11월 17일

엽서

오틀라야, 새로 이사한 집에서 네게 처음으로 편지를 보내는구나. 네가 분명히 새로 이사한 집에 올 것이기 때문이야. 새 집이 네 마음에 들 거라고 믿어. 이사하는 데 그다지 힘든 것은 없었어. 예를 들면 열한 시 반 정각에 옛날 집에서 나와 시내에 있는 유대 문화 전문 학교에 갔었어. 그 후 곧장 슈테크리츠로 가서 잠시 이사하는 것을 거든 뒤 식사하러 갈 생각이었지. 그런데 프리드리히 거리에서 갑자기 전화를 받았어. 뢰비 박사였어(우리 가족 중 뮈리츠에서 온 사람들[19]은 그를 알고 있어). 그를 베를린에서 아직 만나지 못했거든. 뢰비 박사는 상냥하고 친절해서 당장 자기 부모님 집에서 점심 식사를 하자며 나를 초대했어. 그는 얼마 전부터 자기 부모님 집에 가 있었거든. 점심 식사 초대라는 엄청나게 큰 선물 앞에서 난 머뭇거렸어. 슈테크리츠로 가고 싶었지만 결국 난 초대에 응했어. 난 부유한 가정의 평화와 온기 속으로 걸어 들어갔어. 슈테크리츠의 정원 문에 달린 초인종을 눌렀을 때 이미 여섯 시였어. 이사는 완전히 끝났어. 엽서에 여백이 남아 있지 않다는 사실을 까맣게 잊었구나. 하지만 한 가지 부탁이 있어. 세심하게 배려해주시는 어머니가 바로 이 순간에 이곳에서는 전혀 구할 수 없는 달걀을 나에게 보내주겠다고 하시는구나.
올 때 네가 쓸 침대 시트를 가지고 오렴. 이곳에 남겨두고 갈 수 있을 만한 것으로. 네가 이곳에서 사용할 침대는 아주 근사하단다.
무릎 밑을 덮는 담요도 가끔은 정말 필요할 거야.
며칠 전에 9호가 도착했어.

Nr. 115

베를린-슈테크리츠, 1923년 12월 중순

수신인 오틀라와 요제프 다비트

오틀라야, 너도 알다시피 늦기도 해서 국장을 찾아가지 못했어. 한 편의 멋진 연극이었지. 네가 고마울 뿐이야. 네가 편지에 쓴 대로 일이 순조롭게 진행됐다니 믿을 수가 없구나. 나한테 숨기는 것은 없지? 그런데 생각해보면 그것보다 너희 부부가 내게 보내는 그 경이로운 소포와 두려움을 갖게 만들었던 십오 킬로그램짜리 견본 소포가 더 환상적이었어. 아무튼 난 아버님께 감사의 말씀을 아뢰고 싶지 않아. 또 어머님께도 여기 편지에서 감사의 말씀을 아뢸 뿐이야. 그러나 십오 킬로그램은 수요의 측면에서 본다 할지라도 내겐 너무 양이 많은 것 같구나. 소포 안에 온갖 물건을 다 집어넣은 것은 아니니? 심지어 네 집에 있는 물건들까지? 네 집에 무엇이 있었는지 기억을 되살리고 싶을 정도야. 그렇게 물건이 많았던 것 같지 않은데. 물론 가끔 아버지께서 너를 방문하는 오전에 네 집 방에는 많은 종류의 물건들이 있긴 하지만 그중에서 갖고 갈 만한 쓸모가 있는 것은 하나도 없었어. 그런데 행주와 식탁보가 이상하게도 도라 디아만트에게 강

Liebste Ottla, siehst Du ich vergesse mich auch und habe
keine solche Tat hinter mir, wie den Weg zum Direktor.
Es war ein starkes Stück, ich danke Dir vielemal. Daß
es ganz so glatt ging wie Du es beschreibst, kann ich kaum
glauben. Verschweigst Du mir nichts? Nun im letzten Grunde
ist es nicht phantastischer, als das wunderbare Paket, das
Ihr mir geschickt habt und die Ankündigung gar
eines 15 Kg Paketes, vor dem ich mich fast fürchte.
Jedenfalls dem Vater den Dank zu unterbreiten, wage
ich gar nicht mehr. Und der Mutter kann ich auch
hier innerhalb Deines Briefes danken. Aber 15 Kg scheint
mir auch von der Seite des Bedarfs gesehn zu viel, was
kann darin nur alles sein? Und aus Deinem Haushalt
gar? Ich durchsuche in der Erinnerung Deinen Besitz.
Du hast doch gar nicht soviel. Manchmal freilich Vor
mittag, wenn der Vater zu Dir zu Besuch kam, hattest
Du im Zimmer vielerlei Besitz, aber davon taugte
kaum etwas zum Wegschicken. Den größten Eindruck
machten übrigens auf D. merkwürdiger Weise die
Abwisch- und Tischtücher, sie sagte, sie möchte am
liebsten heulen und sie tat wirklich fast etwas derarti-
ges. – In der Beilage schicke ich das Briefkonzept, das Begehrte,
bitte zu übersetzen so gut wie möglich. Aber lies und
redigiere es bitte vorher, es muss sich ja decken mit allen

도라 디아만트와 오틀라에게 보내는 안부 인사가 들어 있는 115번의 부분

렬한 인상을 심어주었나 봐. 그녀는 울부짖고 싶어 못 견디겠다고 말했고 실제로 거의 그와 비슷한 행동을 했어. 편지의 초안을 함께 보낸다. 네 남편이 체코어로 잘 번역할 거라고 생각되니 그에게 번역을 맡겨주렴. 그전에 네가 초안을 읽고 편집을 해다오. 그 초안은 국장에게 가서 말했던 내용이나 어조와도 일치해야 해. 예컨대 너는 팔레스타인에 대해서, 내 베를린의 일에 대해서도 한마디 말도 하지 않았던 것 같더구나. 그 편지에서 그 일에 대한 말을 하지 않은 것은 잘된 일이야. 국장한테 개인적으로 편지를 써야 했을까? 아니면 노동자재해보험공사에 써야 했을까? 노동자재해보험공사에 편지를 보내려면 어느 정도 미세한 차이의 표현을 사용해야 할 거야. 그러나 실제로 국장에게 편지를 보내는 것으로 충분할지도 몰라. 그런데 공식적인 편지말고도 개인적인 감사의 편지를(독일어로 쓸 가능성이 많은) 국장에게 보내야 할까? 그럴 필요가 있는지는 너의 국장에 대한 인상에 달려 있는 것 같구나.
네가 이번 달에 그렇게 잘 지내는 이유가 뭐니? 인형들을 팔아 큰 이익을 낸 게로구나. 한편 베라가 네 곁에 있으면서도 편지 쓰는 것을 방해하지 않는 것을 보면 모르긴 몰라도 베라가 정신이 팔려서 그곳에서 소리가 들리는 것처럼 귀를 인형의 배 위에 대고 있을 거야. 아무튼 인형을 통해 다름 아닌 베를린에 대한 베라의 생각을 얻게 된다면, 앞으로 인형은 결정적인 영향력을 발휘하게 될 거야. 네가 갚아야 할 돈에 대해 늘 말하는데 그러지 마라. 난 며칠을 네 것을 먹고 살았어(내 생각으로는 히브리인의 표현법에 따라 말하면 거의 네 지방질을 먹고 살았던 것 같아). 글을 쓸 때 사용한 종이와 펜도 네 거야. 누군가 특별히 비용이 많이 드는 방법으로 베를린 여행을 하려고 하면 내 손님으로 오게 하렴. 모든 일이 잘 풀리길 바라면서! 또 나 때문에 너희 부부가 파산하는 일이 없기를. 그리고 카이저 박사 일로 걱정하지 마

라. 그도 자기 재산을 가지고 있으니까.

프란츠

클롭슈톡한테 안부 전해다오! 그에게 먹을 것이 남아 있니? 또 건강은 어떠니?
발언할 기회를 얻기 위해서라도 제가 비집고 들어가야겠습니다.[20] *저는 교양 있게 말할 줄 모릅니다. 저는 베라의 베를린에 대한 생각이 어떤지 정말 듣고 싶습니다. 거듭 진심으로 인사를 드리면서. 도라. 벌써부터 편지가 기다려집니다.*

존경하는 국장님! 제가 오랫동안 베를린 근교의 슈테크리츠에 체류하고 싶은 사실을 짧게나마 설명할 수 있도록 허락해주십시오. 지난 가을과 겨울에 제 폐의 상태는 아주 좋지 않았고, 정확한 원인은 밝혀지지 않았지만 지난 육 개월 동안 몇 번 심한 발작을 일으켰던 고통스러운 위경련과 장경련 때문에 더욱 악화됐습니다. 폐열과 경련으로 말미암아 저는 몇 개월 동안 침대를 떠나지 못했습니다. 연초쯤 이러한 고통들이 좀 나아지긴 했지만 극도의 불면증으로 대체됐습니다. 불면증은 폐병의 전조이자 이에 따른 부수 현상입니다. 저는 벌써 여러 해 전부터 불면증에 시달리고 있습니다. 하지만 일시적인 현상이며 그렇게 심하지도 않습니다. 다른 때는 특정한 원인들이 있었습니다. 그런데 이번 경우에는 특정한 원인도 없이 불면증이 찾아왔고 수면제도 전혀 도움이 되지 못했습니다. 제 건강 상태는 여러 달 동안 거의 참을 수 없는 정도에 이르렀고 폐는 더욱 악화됐습니다. 여름에는 누이동생의 도움으로 동해에 있는 뮈리츠로 떠났습니다. 저 스스로는 결심할 수도 실행에 옮길 수도 없었습니다. 그곳에서도 제 건강 상태는 근본적으로 더 좋아지지 않았습니다. 그러나 그곳에는 제가 가을에 슈테크리츠로 떠날 수 있다는 가능성이 있었습니다. 슈테크리츠에는 저를 돌봐줄 친구들이 있습니다. 이것은 그 당시 힘든 베를린의 상황에 비하면 제가 여행을 떠나기 위한 무조건적인 전제 조건이었습니다. 왜냐하면 제가 이런 상태에서 혼자서는 도저히 낯선 도시에서 살 수 없기 때문입니다.
다음과 같은 또 다른 이유들 때문에 슈테크리츠에서의 일시적인 생활이 제게 희망을 주는 것처럼 보입니다.
첫째, 주변 환경 그리고 그것과 관련된 모든 것을 완전히 바꾸어보면 제 신경 쇠약에 좋은 영향을 주리라 기대합니다. 폐병은 부수적인 문제입니다. 이유는 신경 쇠약 치료가 훨씬 절박하기 때문입니다.
둘째, 이곳은 우연히 선택한 장소가 아닙니다. 슈테크리츠는 프라하의 제 주치의가 이미 말했듯이 폐병을 치료하기에도 좋은 곳입니다. 슈테크리츠는 시골이면서도 전원 도시 비슷한 베를린의 교외입니다. 저는 정원과 유리 베란다가 달린 작은 빌라에서 살고 있습니다. 정원 사이로 난 길을 따라 삼십 분 정도 걸으면 푸른 숲에 이릅니다. 대형 식물원은 십 분 정도 거리에 있구요. 다른 공원 시설물들도 근처에 있고, 제가 사는 거리에서 모든 거리가 정원으로 통합니다.
셋째, 마지막으로 독일에서 하숙집에 살면서 프라하에서보다 더 손쉽게 생계를 꾸려나갈 수 있을 것이라는 희망이 저의 결심을 부추겼습니다. 물론 이러한 희망은 실현되지 못했습니다. 지난 이 년 동안 그랬을 겁니다. 그런데 바로 요즘 가을에 이곳의 물가는 국제 시장 가격에 도달했고 수배나 뛰었습니다. 그러니 저는 근근이 살아가는 형편입니다. 이것도 오직 친구들이 도와주고 아직까지 의사의 치료를 받지 않기 때문에 가능했습니다.
전체적으로 봐서 슈테크리츠에 있는 것이 지금까지 제 건강에 좋은 영향을 끼쳤다고 보고드릴 수 있습니다. 그 때문에 저는 앞으로도 당분간 이곳에 머물고 싶습니다. 물론 물가고 때문에 제가 원치 않는데도 예상보다 빨리 돌아가게 되는 일이 일어나지 않는다는 전제 조건이 있습니다만.

이제 저는 존경하는 국장님께 노동자재해보험공사 쪽에서 제가 이곳에 머무는 것을 허락해주시기를 정중하게 요청합니다. 덧붙여 저를 위해 종전처럼 앞으로도 계속 연금을 제 부모님 주소로 이체해주시기를 간곡히 부탁드립니다. 마지막 부탁을 드린 이유는 다른 종류의 모든 이체가 경제적으로 손해를 입히고, 생필품 부족을 겪고 있는 저로서는 그 손해가 고통스럽기 때문입니다. 다른 종류의 모든 이체는 마르크 아니면(그렇게 되면 환차손을 입고 비용을 지불해야 합니다) 크로네로 되기(그렇게 되면 훨씬 많은 비용을 지불하게 됩니다) 때문에 제겐 손해입니다. 반면 부모님께서는 방금 독일로 떠난 지인을 통해 경우에 따라서는 당장 두 달 동안 쓸 돈을 비용을 들이지 않고 제게 보내주실 수 있는 가능성을 언제라도 찾으실 수 있습니다. 부모님께 이체했다고 해서 제가 어쩌면 꼭 필요할지도 모르는 생활 증명서[21]를 늘 제때에 이곳에서 직접 노동자재해보험공사로 보내지 못하는 것은 아닙니다. 다시 한번 제게 아주 중요한 이 모든 간청을 호의적으로 받아주시기를 요청하면서 삼가 올립니다.

매제, 일이 많다고 해서 화내지 말게. 하지만 하코아흐가 슬라비아에게 또 진 것[22]이 자네에게 보상이 되지 않겠나. 자네 부모님과 여동생들에게 인사 전해주게나. 그리고 오틀라에게 부모님께 내가 요즘 일주일에 겨우 한두 번 편지를 보내드릴 수 있다고 설명해드리라고 말도 좀 전해주고. 우편 요금이 이미 우리 나라 우편 요금만큼 비싸졌네. 약간이나마 자네 부부를 재정적으로 도와주기 위해서 체코 우표들[23]을 동봉하네.[24]

1924년

Nr. 116

베를린-슈테크리츠, 1924년 1월 첫째주

오틀라야, 아름다운 사진이구나. 베라는 옛날의 순진무구하고 평온한 표정 그대로더구나. 그건 그렇고, 네가 옳아. 난 베라를 보자마자 내 모습을 다시 보는 것 같았어. 얼굴이 약간 갸름하지 않니? 갸름한 인상을 풍기는 것이 짧은 머리카락 때문은 아니니? 헬레네가 세상에 자신의 욕구를 알리는 방법은 인상적이야(독일어는 생소한 비유들을 주저 없이 받아들여). 그리고 도라 디아만트는 피니를 처음 힐끗 쳐다보더니 네 모습을 전혀 찾아볼 수 없다고 말했어.—그 잼은 정말 네가 만든 거니? 이 질문은 본심은 아니야. 아첨이지. 좋은 뜻으로 이해해다오. 그러나 솔직히 말해 넌 린츠 케이크를 만들 수 없어. 그건 그렇고, 쓸데없는 질문이다만 자두는 왜 빠졌니? 단지 함께 농사를 지었기 때문에 질문하는 거야.—게다가 훨씬 우울한 질문이 하나 가슴속에 담겨 있는데, 우리 집 가정 교사 베르너 양의 크리스마스 이브 이야기는 왜 빠졌니? (글씨가 나도 모르게 작아지는구나, 기어들어가고 있어) 작년에는 베르너 양이 애원조로 받으라면서 자기가 받은 크리스마스 선물의 반을 강제로 내게 떠넘기기도 했어. 물론 받았지. 그런데 올해는 선물이 전혀 없구나. 치욕적인 일이야. 내가 네 덕분으로 생각하는 노동자재해보험공사의 편지는 호의적이고 전혀 이해하기 어렵지 않아. 두 군데의 짧은 문장을 체코어로 번역해야 해. 다

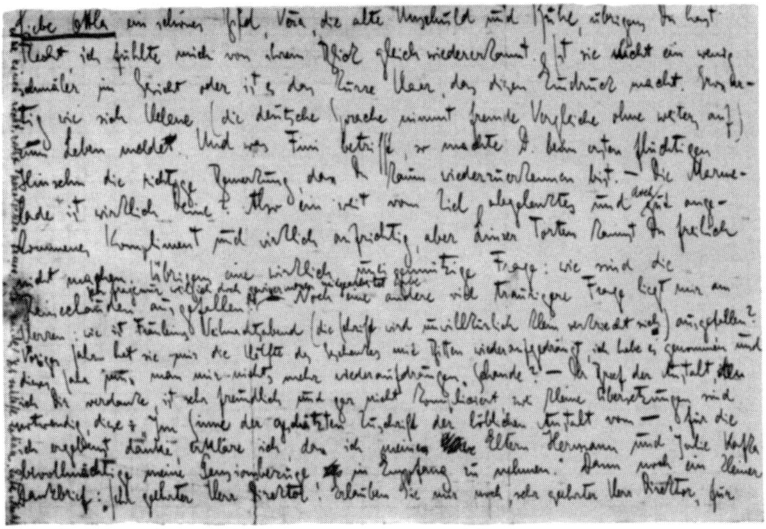

친필 편지 116번의 부분

음의 문장이야. “훌륭한 노동자재해보험공사에서 보내주신 몇 월 몇 일자 존경스러운 편지에 대해 정중하게 감사를 드리면서 부모님이신 헤르만 카프카와 율리 카프카에게 제 연금을 수령할 전권을 위임한다는 입장을 표명하는 바입니다.” 그리고 짧은 감사의 편지. “존경하는 국장님! 다시 한번 제 간청을 호의적으로, 또 친절하게 들어주신 데 대해, 특히 제 누이동생을 다정하게 맞아주신 데 대해, 그리고 외적으로는 어쩌면 약간 특별하고 내적으로는 너무 진실했던 작년의 일을 호의적으로 평가해주신 데 대해 진심으로 감사드립니다.

삼가 올림”

이것이 번역해야 할 부분이야. 분량이 그리 많지는 않지? (지난번 작업은 끔찍했지? 미사여구의 체코어로 아무도 믿을 것 같지 않은 거짓말을 이미 세상 사람들에게 했으니 가련한 사내—나뿐 아니라 네 남편도 그래—

인 나는 이제 어떻게 해야 하니?) 분량이 많지 않으니 곧 받아볼 수 있겠지? 사례로 '나의 아름다운 목표'[1]에 관한 신문 기사를 오려서 동봉한다.—클롭슈톡은 무얼 하고 있니? 아마 잘 지내고 있지 못할 테지. 이렇게 추운 날씨에 불안정한 돈벌이를 하러 떠돌아다니는 것은 영웅들이나 할 수 있는 일이지. 게다가 그는 넉넉지 않으면서도 늘 베라에게 장난감을 사주거나—이번 경우에는—베를린으로 오겠다는 일종의 환상적인 사치에 대한 욕구가 있어. 이해할 수 있어. 도라는 이틀 동안 묵을 숙소를 어딘가에 무료로 마련해주는 일이 어렵진 않을 거라고 말하더구나. 또 식사도 쉽게 제공할 수 있을 거래. 이틀 동안이야. 여행하면서 엄청난 경비를 지출하도록(비록 보덴바흐[2]까지 할인 가격으로 온다 할지라도) 그를 내몰아야겠니? 아니 난 그렇게 하지 못할 거야.—네가 물어본 내 생활비는 계속해서 조달 가능성이 밝고 다양해(집에서 엄청나게 보조해주었는데도 이번 달에는 천 크로네라는 수입의 기적이 반복될 것 같진 않아). 그 밖에 장애물은 없어. 요리는 식은 죽 먹기야. 선달 그믐날에 술이 떨어졌어. 술을 마시지 않았지만 밥을 먹다가 하마터면 데일 뻔했어. 타다 남은 양초들로 방 안은 따뜻했고.

프란츠

모든 일이 잘 풀리길 바라면서

정말 진심으로 인사를 전한다. 피곤하구나! 벌써 졸음이 와. 잘 자거라.

키어링의 호프만 박사 요양원. 이곳에서 카프카는
도라 디아만트와 로베르트 클롭슈톡의 간호를 받다가 1924년 6월 3일 사망한다.

Nr. 117

키어링, 1924년 4월 말

엽서

수신인 부모님[3]

사랑하는 부모님, 이곳으로 오는 우편 마차 도로가 상당히 긴 것 같습니다. 여기에서 출발하는 우편 마차 도로도 마찬가지입니다. 그렇다고 해서 낙담하지 마십시오. 당분간 치료는 아주 기분 좋게 붕대로 감고 숨을 들이마시는 것뿐입니다. 하지만 열 때문에 아무것도 할 수가 없습니다.[4] 저는 비소 주사 맞기를 거부했습니다. 어제 외삼촌이 베니스에서 부친, 오랫동안 정처 없이 헤맨 엽서 한 장을 받았습니다. 그러나 그 엽서에는 매일 내리는 비에 대해서 한마디도 적혀 있지 않았습니다. 오히려 그 반대입니다. 제가 열이 있다고 해서 너무 걱정하지 마십시오. 오늘 아침에는 삼십칠도였습니다.

진심으로 인사를 올리면서, 프란츠

Nr. 118

키어링, 1924년 5월 5일

엽서

수신인 부모님[5]

저는 요즘 편지 쓰기가 싫습니다. 도라 디아만트 양이 이미 모두 말씀드렸을 것입니다.

진심으로 인사를 올리며, 프란츠

Nr. 119

키어링, 1924년 5월 19일경

수신인 부모님

사랑하는 부모님, 어머니, 아버지께서 가끔 편지에서 말씀하시는 방문에 대해 말씀드리려 합니다. 그것을 저는 매일 곰곰이 생각합니다. 제게는 매우 중요한 일입니다. 저와 당신들이 이미 오랫동안 떨어져 있었으니 그렇게 되면 정말 좋겠습니다. 프라하에서 같이 지낸 것을 전 계산에 넣지 않습니다. 일종의 주거 방해였지요. 그러나 평화롭게 어느 아름다운 지방에서 며칠 동안 함께 지낸다면 좋겠습니다. 하지만 우리가 도대체 언제 그런 적이 있었는지 도무지 기억이 나지 않습니다. 언젠가 프란츠 온천장에서 몇 시간을 함께 보낸 적이 있긴 합니다만. 어머니, 아버지께서 편지에 쓰셨듯이 '질 좋은 맥주 한 잔'을 함께 마셨으면 좋겠습니다. 편지 내용으로 아버지께서 햇포도주를 그다지 좋아하시지 않는다는 걸 알았습니다. 이 점에서 저 역시 맥주와 관련해서는 아버지의 의견에 찬성합니다. 게다가 불볕 더위가 한창인 요즘 제가 자주 회상합니다만 우리들은 이미 규칙적으로 함께 맥주를 마신 적이 있었습니다. 여러 해 전 아버지께서 사설 수영 교

프란츠 온천장에서 찍은 가족사진
왼쪽부터 발리, 어머니, 손자 펠릭스와 함께 서 있는 아버지, 오른쪽 맨끝은 엘리

실에 저를 데리고 다니시던 때였지요.
이상의 것과 다른 많은 것 때문에라도 방문해주셨으면 합니다만 너무나 많은 것이 방문을 가로막고 있군요. 첫째로 아버지께서는 아마 여권 문제로 오실 수 없을 것입니다. 방문의 의미를 상당히 퇴색시키는 셈입니다. 그러나 누가 어머니를 모시고 오든지 그로 인해 어머니는 부담스러울 정도로 저만 바라보시고 제게 의존하시게 될 텐데, 전 아직 그다지 기분이 좋지 않고 봐줄 수 없을 정도입니다. 이곳과 빈에서 처음 제가 겪었던 어려움들을 어머니, 아버지께서도 알고 계시겠지만 이 때문에 어느 정도 제 건강은 타격을 입었습니다. 제 몸을 계속 약화시키는 열이 빨리 내려가지 않는 것도 이 때문입니다. 후두 결핵에 뒤따르는 충격이 실제의 후두 결핵보다 더 몸을 약화시켰습니다.

요즘에 들어와서야 이역만리에서 전혀 생각조차 할 수 없었던 도라와 로베르트의 도움으로(그들이 없다면 저는 어떻게 될까요!) 비로소 이 모든 연약함에서 벗어나려 합니다. 요즘도 불편한 점은 있습니다. 며칠 전에 발병했다가 아직 완쾌되지 않은 장 카타르가 그렇습니다. 이 모든 것이 복합적으로 작용한 결과 훌륭한 조력자가 있고 좋은 공기와 좋은 식사 그리고 매일 공기욕을 하는데도 아직까지도 제대로 병이 낫지 않고 있고, 실은 전체적으로 볼 때 지난번 프라하에서의 상태만큼도 못 된답니다. 게다가 제가 요즘 말이라고 하긴 하지만 남들이 알아듣지 못한다는 사실과 이런 말조차 너무 자주 해서는 안 된다는 사실을 감안하신다면 어머니, 아버지께서도 방문을 연기하고 싶으실 겁니다. 모든 일이 저에게 긍정적인 조짐을 보이기 시작합니다. 최근에는 어떤 의대 교수 한 분이 저의 후두 상태가 근본적으로 좋아졌다고 자신 있게 말씀해주셨습니다. 그분은 매주 한 차례 차를 타고 오시는데, 그 대가로 아무것도 요구하시지 않는 대단히 친절하고 사심 없는 분입니다. 그분의 말은 정말 제게 큰 위로가 되었습니다. 말씀드린 대로 모든 일이 저에게 긍정적인 조짐을 보이기 시작합니다만 눈에 띌 정도는 아닙니다. 왜냐하면 손님에게—손님도 손님나름이지 부모님 같은 손님에게—뚜렷하고, 부인하기 어렵고, 보통 사람의 눈으로도 알아챌 수 있는 병의 차도를 보여줄 수 없을 바에는 차라리 손님을 받지 않는 게 나을 겁니다. 그러니 사랑하는 부모님, 당분간 손님을 받지 말까요?
이곳에 오셔서 혹시나 제가 받는 치료를 개선하거나 충실하게 할 수 있을 거라고는 생각하지 마십시오. 이 요양원의 주인은 늙고 병든 사람으로 많은 시간을 요양원 일에 바칠 수 없는 형편입니다. 치료에 도움을 받기 위해서라기보다는 인간 도리상 마음에 들지 않는 인턴 의사와 접촉하고 있습니다. 가끔 찾아오는 전문의들말고도 로베르트라는 의사가 있는데, 그는 자신의 시험 걱정은 하지 않고 저를 정성껏 돌봐주고 있습니다. 그 밖에도 제가 깊은 신뢰를 보내는 젊은 의사가 있는데(제가 그와 위에 말씀드린 교수를 알게 된 것은 건축 기사 에어만 교수 덕분입니다) 그는 겸손하게도 자동차가 아니라 기차와 버스로 일주일에 세 번 왕진합니다.

Nr. 120

빈, 1924년 5월 26일

엽서

수신인 부모님[6]

사랑하는 부모님, 한 가지만 바로잡겠습니다. 물(우리 집에서는 늘 맥주를 마시고 난 뒤 물이 담긴 큰 유리잔들이 식탁 위에 오르지요!)과 과일에 대한 동경이 맥주에 대한 동경보다 덜하지는 않습니다. 단지 더딜 뿐입니다. 진심으로 인사를 올리면서.

| 원주 |

1909년

1) 이탤릭체로 된 부분은 카프카 이외의 해당자들이 가필한 것이다.

2) 이날 오후 오틀라는 일이 없어서 오빠를 역에서 데려올 수 있었다.

3) 현재의 프라하 중앙역.

4) 오틀라를 말한다.

5) 894년부터 마기아렌의 대영주로 907년에 사망했다. 아르파트 왕조의 창건자이자 헝가리의 국민적 영웅으로 사법 행정을 체계화했다. 아르파트는 카프카 자신에 대한 표현이다.

1911년

1) 프란츠 그릴파르처의 1831년 작품.

2) 카프카는 일기에 그릴파르처의 드라마 공연에 대해 이렇게 써 놓았다. "헤로와 레안더가 눈을 서로에게서 떼지 못한 1막의 끝에서 나는 여러 번 눈물을 흘렸다."

3) 막스 브로트의 친필이다.

1912년

1) 마리 베르너. 체코어밖에 할 줄 모르는 유대인으로 카프카의 아버지에게 순종적이었다. 카프카 아버지가 결혼한 직후 카프카의 집에 가정부로 들어왔다. 카프카 누이동생들의 가정 교사 역할도 했다.

1913년

1) 카프카와 오틀라 남매가 수시로 만나던 집 안의 장소.

2) 1786년 9월 14일의 글에서 괴테는 이런 일화를 소개했다. 괴테가 반쯤 쇠락한 13~14세기에 지어진 스칼리어부르크를 스케치하고 있을 때였다. 괴테는 그곳에 모여 있던 군중들한테 오스트리아 첩자로 의심을 받았다. 그러나 지위가 높은 사람들 앞에서 구구한 변명을 늘어놓아 위험한 상황에서 겨우 벗어날 수 있었다.

1914년

1) 카프카는 1914년 7월 11일 자신의 의견을 개진하러 베를린으로 펠리체를 찾아갔다. 그다음 날 호텔 '아스카니셔 호프'에서 펠리체와 파혼했다.

2) 펠리체 바우어의 동생. 카프카는 마리리스트에서 프라하로 돌아가던 중 베를린에서 에르나를 만났다. 카프카와 에르나는 서로의 입장을 잘 이해했다.

1915년

1) 이르마 슈타인. 카프카 아버지의 조카딸로, 오틀라와 절친한 친구 사이였다. 이르마는 제1차 세계 대전이 끝난 뒤 카프카

아버지 가게에서 일했다. 그러나 카프카 가족과 함께 살지는 않았다.

1916년

1) 채식 위주로 식사하는 카프카 자신에 대한 풍자다.

1917년

1) 이르마와 루젠카를 염두에 두고 한 말이다.
2) 진보적이고 자유주의적인 성향의 신문으로 프라하 유일의 조간 신문이다.
3) 루드비히 뷜너 박사의 강연은 1917년 1월 7일 프라하의 '신극장'에서 개최되었으며 호머 낭독에서 절정에 달했다. 1917년 1월 8일 자 『프라하 일보』에는 이 공연 기사가 실려 있다. "일리아드의 마지막 노래, 트로야의 영웅 헥토르의 장례식이 불멸의 작품만이 지닌 엄청난 힘으로 청중들을 사로잡았다. 뷜너는 정말 환상적인 호머 전문 가수다. 뷜너의 모든 것이 고전적 완성미를 더해준다. 멋지고 균형 잡힌 외모, 희끗희끗한 머리카락에 시원한 이마, 품위 있는 동작이 그렇다. 주고받는 대화, 청중을 편하게 해주는 낭독, 물밀듯이 사방으로 퍼져 나가는 비탄이 형태를 얻더니 그에게 와서는 경이로운 예술 작품으로 승화됐다."
4) 오틀라가 떠난 뒤 카프카 가족의 두 집 살림을 떠맡았던 키가 작고 곱사등의 체코 출신의 꽃 파는 아가씨. 오틀라는 루젠카에게 정신적인 힘이 되어주려고 애썼다.
5) 연금술사 골목에 있는 손바닥만 한 집들의 낮은 문에 대한 풍자다. 오틀라는 반항적인 태도로 부모에게 근심을 끼친 것 때문에 괴로워했다.

6) 1916년 11월 이전 약 이 년 동안 카프카는 거의 작품을 쓰지 못했다. 반면 연금술사 골목에서 보낸 몇 달은 카프카에게 문학적으로 가장 생산적인 시기 중 하나였다. 1916년 12월부터 1917년 4월까지 수많은 산문과 미완성 단편이 만들어졌다. 그 가운데 거의 모든 단편은 단편집 『시골 의사』에 실려 있다.

7) 자아츠에서 정육점을 하는 카프카의 친척 요제프 테취로 고아였다. 본문에 언급한 군인은 테취일 가능성이 높다. 평소 사회의 하층 계급에 관심과 지지를 아끼지 않았던 오틀라는 오빠를 생각해서 오빠가 짓는 힘들지 않은 농사일에 테취를 동원했을 것이다.

8) 취라우 출신의 상이 군인으로 카프카의 도움으로 국가로부터 재정 지원을 받았다.

9) 노동자재해보험공사에 근무하는 카프카의 여비서.

10) 오스트리아 알프스 지방.

11) 이 시기의 아버지에 대한 자신의 입장을 오틀라는 1917년 11월 14일 다비트에게 이렇게 말했다. "아버지가 저를 이제는 비난하지 않으세요. 그렇게 보이는지도 모르죠. 아버지가 욕을 하지 않으시면 제게는 그렇게 보이는 것이 훨씬 좋아요. 제가 아버지 가게에서 일했다는 것을 아버지는 까맣게 잊으신 모양이에요. 정말 아버지는 저를 잊으셨어요. 저는 아버지가 저를 더 많이 주목해주시기를 바라거든요. 어떤 식으로든 변함없이 말이죠. 어머니가 저희에게 편지를 보내시는데 글씨를 잘 쓰셨어요. 어머니는 마음씨 착하고, 사랑스럽고, 많은 사랑을 받을 만한 분이세요." 오틀라는 당시를 이렇게 회상한다. "아버지는 제가 아버지 가게를 그만둔 것을 비난하셨어요. 그것도 제가 아버지를 찾아간 그 순간에 말이죠. 저녁에 아버지는 당신

의 자식들 특히 오빠와 나에 대해서 아주 불만족스럽다고 말씀하셨어요."

12) 카프카는 쇤보른 궁의 방을 해약하고 다시 구시가 순환 도로에 위치한 부모의 집으로 거처를 옮겼다. 그곳에는 당연히 카프카의 방이 없었다. 그래서 욕실 옆의 오틀라 방을 사용했다. 오틀라는 1918년과 1919년에 프라하에 없었고, 1920년 7월에는 결혼하면서 자기 집을 갖게 됐다. 생의 말년에 카프카는 자주 오틀라의 방 침대에서 누워 지냈다.

13) 당시 카프카는 쇤보른 궁의 방과 연금술사 골목의 방을 더 사용하지 못하게 되자 다른 방을 구하고 있었다.

14) 카프카가 이 표현을 사용할 때 늘 그렇듯이 상관은 감독관 오이겐 폴이다. 오이겐 폴은 1910년에 보험기술부서, 기업파산부서와 감독부서의 통합으로 생겨난 노동자재해보험공사 신설부서의 장長으로 카프카의 가장 중요한 동료이자 카프카가 자리에 없을 때는 평소처럼 카프카를 대신했다.

15) 리하르트 바그너의 〈뉘른베르크의 최고 가수들〉의 2막 4장에서 그녀에게 일어난 최근의 사건들에 대해 캐물으려 했으나 헛수고를 한 한스 작스에게 에바가 던진 말이다. 전문은 다음과 같다.

"당신은 정말 아무것도 모르세요?
당신은 정말 아무 말도 안 하세요? 설마, 내 사랑 작스,
이제 정말 전 깨달았어요, 역청은 밀랍이 아님을.
전 당신을 멋지다고 생각해왔거든요."

16) 고트프리트 픽(1867~1926) 교수. 프라하 의과 대학 내과 교수이자 후두학 연구소 소장이었다. 당시 브로트는 픽 교수를 만난 상황을 이렇게 적고 있다. "9월 4일 오후에 카프카와 고트

프리트 픽 교수한테 갔다. 진찰하는 데 상당한 시간이 걸렸다. 결국 폐첨카타르라는 진단이 내려졌다. 삼 개월의 요양이 필요하단다. 폐결핵일 위험이 있고."

17) 바른스도르프의 제조업자이자 자연 요법주의 의사다. 슈니처는 카프카의 질문에 답장을 보내지 않았다. 그런데도 카프카는 계속 슈니처 학설의 신봉자로 남았다. 1917년 10월 카프카는 펠릭스 벨취에게 보낸 편지에서 슈니처에 대해 이렇게 말했다. "사람들은 이런 사람을 쉽게 무시하지. 그는 전혀 꾸밈이 없는 사람이야. 상당히 솔직해. 그 사람은 연사, 작가, 자칭 사상가일 뿐이야. 복잡하지 않은 사람이지. 말하자면 우둔하다고나 할까. 한번 그 사람 앞에 앉아서 쳐다봐 봐. 아니면 그를 훑어봐 봐. 그가 주는 감동까지도. 잠시 그의 시선의 방향을 좇아가 봐. 결코 쉽게 무시할 수 있는 사람이 아니야."

18) 헤르만 카프카가 무척 사랑한 외손자로 엘리 부부의 아들이다.

19) 엘리 부부의 딸.

20) 카프카와 절친했던 문학 동료 가운데 한 사람으로, 장님이다.

21) 카프카가 1918년 4월 취라우에서 만난 요제프 다비트의 여동생 엘라를 지칭한다. 엘라는 체코어밖에 할 줄 몰랐다.

22) 오틀라와 불화를 겪은 농장의 감독. 1917년 11월 8일 다비트에게 보낸 편지에서 오틀라는 농장 감독에 대해 이렇게 적고 있다. "나이 든 사람의 습관을 바꾼다는 것은 어려운 일이에요. 저는 헤르만 씨와 타협했어요. 옛날보다는 좋아졌죠. 하지만 아직도 사이 좋게 지내지는 못해요."

23) 오틀라를 돕는 하녀 마르젠카.

24) 당시 농장에서 일한 오틀라를 돕는 또 한 명의 여자.

25) 카프카의 예쁘고 우아하며 사려 깊고 겸손한 외사촌 여동생.

26) 로베르트 카프카 박사. 카프카의 사촌으로 변호사며 프라하에 산다. 카프카가 사망하기 수년 전에 비장 질환으로 사망했다.

27) 카프카는 부모에게 휴가를 얻은 진짜 이유를 비밀로 하고 있었다. 1917년 11월 22일에야 아버지에게 그 이유를 설명했다.

1918년

1) 카프카는 설명하기 힘든 미래 때문에 상당히 긴 시간 프라하에 체류해야 하는 경우에 대비해 오틀라에게 프라하에 가서 비밀리에 눈먼 작가 오스카 바움을 취라우로 데려오라고 부탁한다.

2) 오틀라가 취라우에서 했던 농사일을 그만두고 원예 학교에 다닐 계획이었기 때문에 카프카는 원예 교육에 대한 정보를 얻으려고 애썼다.

3) 카프카의 사무실 동료.

4) 취라우의 농부 뤼프트너 씨는 농사일을 소홀히 했지만 열정적인 사냥꾼이었다.

5) 채식 위주의 생활은 전후의 식량 사정 때문에 힘들었는데도 오틀라는 오빠의 영향을 받아 채식주의자가 되었다.

6) 금요일의 프리트란트는 경찰이 통제할 수 없을 정도로 고삐가 풀린 군중들이 끔찍한 폭력을 휘두른 현장이었다.

7) 플라이쉬만 양은 오틀라를 제외하고 겨울 학교의 유일한 여학생이었다. 오틀라는 1919년 초 플라이쉬만 양이 프리트란트로 돌아올 수 없었을 때 다비트에게 편지를 보낸다. "저는 혼자 남게 되었다는 것이 기뻐요. 이 자유를 행복으로 여기고 있거든요. 플라이쉬만 양은 제게 솔직했고 잘 대해줬어요. 누구나 그럴 수 있겠지요. 그렇지만 저에 대한 플라이쉬만 양의 태도를 늘 고맙게 생각해왔어요. 아주 짧은 시간에 제게 완전한

우정을 보여주었으니까요. 그러나 플라이쉬만 양과 조금 틀어져 있었을 때는 그만큼 더 제게서 자유를 빼앗아갔죠. 플라이쉬만 양이 지금 온다면 우리는 이전과는 다르게 지낼 거예요. 그리고 학교 밖에서 한 시간 동안 플라이쉬만 양과 지내고 싶어요. 저는 혼자 있을 때 공부가 더 잘돼요. 제가 자유로울 때는 혼자이거나 저와 아주 친한, 제가 아는 사람으로는 이르마와 오빠 같은 사람들과 있을 때뿐이에요."

1919년

1) 1919년 2월 16일 오틀라는 남편 다비트에게 "저는 두 주일 뒤에 학교에서 강연을 하기로 했는데 아마 오후에 시작할 것 같아요"라는 내용의 편지를 보낸다.

2) 1909년 베를린에서 간행한 프리드리히 빌헬름 푀르스터의 『청소년론: 부모·교사·성직자를 위한 책』을 말한다. 카프카는 베를린의 유대인 공공 수용 시설에서 펠리체가 봉사 활동을 하고 있을 때 이 책을 접했다. 그러나 이 책에서 옹호하는 교육 원칙에 대해 상당한 거리를 두었다. 카프카가 제안한 주제들은 이 책의 영향을 받았다.

3) 1902년 예나에서 간행한 아돌프 다마쉬케의 『사회적 빈곤을 인식하고 극복하기 위한 근본적인 것과 역사적인 것』은 당시 중판을 거듭하면서 널리 읽혔다.

4) 오틀라가 봉투의 뒷면에 다비트에게 보낸 편지에 번호를 기록한 것을 두고 한 말이다.

5) 프리트란트의 겨울 학교는 주변의 농부들을 대상으로 여러 강연을 개최했다. 오틀라도 이 강연을 들었다.

6) 카프카는 오틀라의 편지 스타일인 allerdings를 '그러나'라는

동일한 의미를 지닌 aber로 고쳐주었다.

7) 카프카의 어머니는 프란츠와 오틀라에게 편지를 보낼 때 가게 일로 바쁜 나머지 연필로 편지를 써서 보낸 적이 있다.

8) D씨는 요제프 다비트의 아버지를 가리킨다. 체코어 표현법 na přáelské noze stojí 독일어로 auf freundschaftli-chem Fuß steht(친분 관계가 있다)이다. 카프카는 이 독일어 표현법이 체코어로 번역될 때 잘못되었다고 생각한다. 이유는 조잡한 독일어의 차용이기 때문이다.

9) 쉘레젠의 독일 농부들이 사투리를 쓰지 않는 도시인인 카프카가 알아들을 수 없는 사투리로 말한 것이 분명하다. 이 농부들의 대화에 보인 아버지의 관심을 카프카가 언급한 데는 반어적 의도가 담겨 있다. 헤르만 카프카는 소박한 사람들에게 전혀 관심을 보이지 않았다.

10) 카프카는 1919년 초 쉘레젠에서 율리 보리첵을 알게 되었고 그해 가을 결혼할 예정이었다.

11) 같은 의미에서 어머니는 1918년 12월 1일에 다비트에 관해 이렇게 말했다. "다비트는 우리에게 좋은 인상을 주었어. 그렇지만 우리에게 아주 낯설게 느껴져서 우리가 그와의 교제에 익숙해져야만 한다는 사실을 부인할 수 없단다. 다비트는 분명히 성실하고 지적인 사람이지. 하지만 아버지는 여러 걱정을 하신단다. 적은 봉급과 종교 문제로 말이야. 아무튼 모든 것이 잘되기 바란다. 우리가 원하는 것은 단지 오틀라야, 행복한 모습을 보는 것이다." 제1차 세계 대전이 끝난 뒤에 민족주의자 체코인 다비트가 야기한 반유대주의적 모욕으로 말미암아 상황은 복잡하게 얽힌다. 예를 들면 다비트에게 보낸 1918년 10월 14일 오틀라의 편지에는 이런 내용이 들어 있다. "유대인

들의 상당수가 그들이 해서는 안 될 일들을 지금 하고 있어요. 그러나 분명한 것은 우리가 모든 유대인에 대해 그렇게 말할 순 없지요. 당신도 이 점을 알고 계시죠. 제가 만족하지 못할까 봐 저만을 예외로 하시는 걸 전 원치 않아요."

12) 프라하에 있는 구도시 시청탑의 달력 원판과 시계 원판으로 구성된 천문용 시계 윗부분에는 두 개의 작은 창구멍이 있는데, 정각 열두 시가 되면 열두 명의 사도가 등장한다.

13) '고집 센'이라는 뜻.

14) 올가 슈튀들 양은 쉘레젠에서 여인숙을 경영하고 있었다. 카프카는 이 당시와 1919년 11월, 이곳에서 휴식을 취했다.

15) 카프카가 도스토예프스키의 소설 『죄와 벌』의 주인공 라스꼴리니코프와 자신을 비교한 이유는 그 소설에서 라스꼴리니코프 역시 누이동생과 심각한 위기에 처해 있었기 때문이다.

16) 1919년 11월 카프카는 처음으로 막스 브로트와 다시 쉘레젠으로 간다. 이때 오틀라는 프라하의 부모님 집에 살고 있었다.

17) 취라우에서와 마찬가지로 오스카 바움이 쉘레젠에서도 며칠 동안 카프카의 손님으로 지냈다는 소문이 있다. 정말 그러했는지는 밝혀지지 않았다.

18) 이 유명한 기록은 쉘레젠에서 작성되기 시작했으며, 1919년 11월 하순에야 비로소 프라하에서 완성된 것 같다.

19) 스트란스키와 코피드란스키를 가리킨다.

20) 북보헤미아 지방의 휴양지. 초기 역사 시대 이후 알려진 온천들은 마비·신경통·관절염·상처에 효험이 있다고 한다. 그 수원들 옆에 테플리츠라는 이름(테플리츠의 어원은 '따뜻한'이라는 뜻)의 주거지가 형성되었다.

21) 카프카는 그 후 몇 년 동안 민체 아이스너 양과 편지를 교환하

고 농사 계획을 세울 때 조언을 해주었다. 1921년 가을에는 아이스너 양이 프라하로 카프카를 방문하기도 했다.

22) 율리 보리첵을 가리키는 듯하다. 그러나 율리 보리첵의 여동생일 가능성이 더 크다. 1919년 11월 24일에 카프카는 이 여인에게 비교적 긴 편지를 보냈다.

1920년

1) 시온주의 성향의 주간지.

2) 독일 체조 협회에 맞서 1862년 미로슬라프 티르시가 세운 최초의 체코 체조 협회를 말한다. 이 협회는 신체 단련뿐 아니라 민족 의식의 고취가 주요 목표였다. 오틀라의 남편 요제프 다비트는 이 협회의 체조 시범자라는 것을 자랑스럽게 여겼다.

3) 릴리 브라운의 비망록은 처음에 두 권으로 1910·1911년 뮌헨의 알베르트 랑엔 출판사에서 나왔다. 카프카는 이 책을 펠리체에게 보내면서 이 책과 관련해 편지를 보냈다. "이 비망록을 얼마 전에 막스에게 보냈습니다. 다음에는 오틀라에게, 계속해서 보낼 생각입니다. 제가 아는 한 이 책은 시기적으로 현실적이고 구체적이며 생동감 넘치는 훈계입니다."

4) 체코 농업 정당의 지도적 일간 신문. 수준 높은 문예란 때문에 지식층 독자가 많았다.

5) 브로트는 자신의 단막극 「감정의 정점」의 초연을 보기 위해 뮌헨에 간 것이다.

6) 카프카의 사무실 동료.

7) 육식이 정신 노동에 필수적이라는 골자의 충고였다.

8) 1912년 프란티셰크가 설립한 프라하 구도시에 있는 출판사로 산하에 일반 서점과 고서점을 거느리고 있었다. 클라인자이테

에 지점이 있었다.

9) 체코의 작가(공산주의자) 스타니슬라프 K. 노이만이 발행한 잡지.

10) 삼십 페니히에 해당하는 금액.

11) 카프카 단편소설들에 흥미를 느낀 밀레나는 카프카를 알게 된다.

12) 밀레나와의 편지 왕래 때문이었다.

13) 오틀라는 7월 15일에 요제프 다비트와 결혼했다.

14) 율리 보리첵에게 보내는 편지.

15) 마드리드에서 역장을 하던 외삼촌 알프레드 뢰비. 알프레드 뢰비는 7월 7일에 프라하에 도착했다.

16) 카프카가 염두에 두던 곳은 보젠 근처의 클로벤슈타인이었다.

17) 모자 가게를 개업한 율리 보리첵을 염두에 두고 한 말이다.

18) 얼마 전에 태어난 엘리 헤르만의 셋째 아이.

19) 카프카의 부모는 7월 7일이 돼서야 비로소 프란츠 온천장에서 돌아온다.

20) 이 문장은 카프카의 어머니가 직접 손으로 쓴 것이다.

21) 밀레나에게 보낸 카프카의 편지들 가운데 다양한 진술에 비추어볼 때 카프카와 밀레나와의 만남이 1920년 8월 14일과 15일에 그뮌트에서 이루어졌다고 유추할 수 있다. 밀레나는 처음에는 자신이 작성한 추신에 서명을 했지만 나중에는 서명을 다시 삭제했다. 반면 카프카는 이러한 예방 조치에(밀레나는 결혼한 몸이었다) 늘 지나치다 싶을 정도로 철저했다. 따라서 카프카가 봉함 엽서를 프라하로 보낸 것이 분명하다(이 엽서에는 우표도 붙어 있지 않고 소인도 찍혀 있지 않다).

22) 밀레나가 쓴 것이다.

23) 한 시간 정도의 거리에 위치한 노비 스모코베츠에는 카프카를 진찰했던 폰 촌타크스 박사의 요양원이 있다.

24) 12월 둘째주에 프라하에서 노동자들의 파업과 작업장 점거를 야기한 정치적 불안 때문에 내린 조치다.

1921년

1) 오틀라의 딸 베라를 가리킨다. 이 아이는 1921년 3월 27일에 태어났다.

2) 원래 이 편지는 체코어로 작성되었다.

3) 1919년에 창간한 자유주의적이며 진보적인 경향을 띤 체코-유대인 신문으로 현대 독일 문학에 특별한 관심을 보였다. 다비트가 이 신문에 호감을 갖지 않은 것은 당연한 일이다. 다비트는『나로드니 리스티』를 구독해서 읽었다. 이 신문은 오랫동안 가장 규모가 크고, 발행 부수가 많으며, 영향력이 큰 일간 신문이었다. 1918년 후에는 체코 민족민주주의 정당의 기관지로 변했다. 다비트는 체코 민족 민주주의당을 지지했다.

4) 당시 대중에게 인기 있었던 유행가에서 발췌한 것이다. 첫 소절을 옮겨보면 이렇다. "표범들아 빙글빙글 돌아라/빙글빙글 돌아라, 재주껏/사랑처럼 뜨겁게 놀아라/자, 풍악을 울려라!" 그 당시 표범은 '비행 청소년' 내지는 '여자를 잘 호리는 사내'를 뜻했다.

5) 오틀라는 괴테의 시를 많이 암송했다.

6) 말을 타고 왕궁으로 돌아가는 도중에 전쟁의 두 당사자들을 만난 여왕 마르가레테 폰 나바라는 마이어베어G. Meyerbeer의 오페라에서 이렇게 노래부른다. "도대체 어떻게 된 일인가?/이곳 파리에서도 평온을 얻을 수 없는가?"

7) 예수의 열두 제자 중 한 사람으로 전설에 따르면 인도와 아르메니아에서 전도 활동을 하다가 그곳에서 순교했다고 한다.

8) 1921년 6월 편지에서 언급되는 글라우버 씨와 동일 인물이다.

9) 이 남자는 로베르트 클롭슈톡에게 보낸 카프카의 편지들에서 여러 번 언급되는 스치아니일 것이다. 카프카가 브로트에게 말했듯이 그는 어머니가 아이를 대하듯 카프카에게 사려 깊게 대했다. 브로트에게 보낸 다른 편지에는 이 사람에 대해 좀 더 자세히 기록되어 있다. "스물다섯 살이고, 이빨이 성치 못하고, 시력이 나빠서 대체로 눈을 감고 있고, 위는 망가졌고, 신경질적이며, 헝가리 말만 하다가 이곳에서 비로소 독일어를 배웠고 슬로바키아 사람이라는 흔적은 전혀 없지만 그래도 매혹적인 젊은이야. 동부 유대인이라는 의미에서 매력적이지. 아이러니로 가득 차 있고, 불안하고 변덕스럽고 침착하고 물질적인 도움이 필요하기도 하지."

10) 카프카 자신의 확신이기도 하다. 카프카는 1919년 11월 쉘레젠으로 가는 기차 여행에서 브로트에게 크누트 함순의 소설 『지상의 축복』에 나오는 다음 구절을 예로 들면서 자세히 설명한다. "부분적으로는, 심지어 작가의 의사와는 달리 모든 악은 여자들에게서 나오죠."

11) 으제니 말리트Eugenie Marlitt는 아른슈타트에서 태어났으며, 처음에는 가수였다가 나중에는 대중적인 오락 소설이나 사회 소설을 썼다.

12) 체코 대지주들의 정당 기관지로 반유대주의적인 논조로 유명하다.

13) 죽을 때까지 카프카와 우정을 나눴던 의사 로베르트 클롭슈톡이다.

14) 카프카가 대학 시절부터 정기적으로 읽었던 『신비평』을 가리킨다.

15) 베를린에 있다.

16) 라이프치히의 쿠르트 볼프 출판사에서 보낸 사례비다.

17) 원래 이 편지는 체코어로 작성되었다.

18) 1920년 7월에 오틀라는 다비트와 결혼했기 때문이다.

19) 1921년 3월 19일이다. 카프카는 세 달간의 병가를 얻었는데 이날이 마지막날이었다.

20) 이 뒤에 한 줄이 더 이어지는데 판독하기가 힘들다.

21) 카프카는 출발을 앞당긴 진짜 이유를 1921년 3월 16일 자 편지에서 언급했다.

22) 해발 천백 미터에 자리잡고 있는 구어 박사의 요양원이 있는 곳. 그러나 카프카는 8월 말까지 마틀리아리에 머물렀다.

23) 카프카가 좋아했던 트리쉬의 시골 의사였던 지그프리트 뢰비 외삼촌을 가리킨다. 카프카는 가벼운 일을 하면서 지낼 수 있는 시골에서의 삶을 최상의 삶으로 여겼다.

24) 하시디즘은 동유럽 국가들에서의 유대교 종교 운동으로 탈무드의 가르침이나 경전에 대한 믿음과는 반대로 신의 계시에 담긴 현재적 의미를 강조한다.

25) 「누가복음」 2장의 크리스마스 사건에 대한 풍자다. 카프카는 브로트에게 1920년 12월 18일부터 그 후 처음 몇 주일 동안 호에 타트라에서 성경을 많이 읽었다고 말했다.

26) 국장이 오틀라에게 카프카를 남아프리카로 보내라고 제안한 것이 분명하다. 당시 남쪽의 건조한 나라에 머무는 것이 폐결핵을 퇴치하는 주요 수단들 가운데 하나였다.

27) 프라하 신도시와 카를린 북쪽에 위치한 몰다우 강의 섬. 카프

카가 살아 있을 때도 이곳에서 난장이 열렸다.

28) 몰다우 강 맞은편 높은 지대의 노동자들이 살고 있는 도시 구역 지즈코프를 가리키는데 남편 다비트와의 편지 왕래에서 알 수 있듯이 오틀라는 가끔 이곳을 산책했다.

29) 카프카 가족의 주치의로 카프카는 가끔 크랄 박사에게 불편한 심기를 드러냈다.

30) 트리쉬의 시골 의사 지그프리트 뢰비 외삼촌을 가리킨다.

31) 카프카는 원래 메란보다는 바이에른 어딘가에서 요양할 계획이었다. 그러나 1920년 초에 입국 허가를 받지 못한다.

32) 1919년 바이에른 주의 뮌헨에서 이 주 천하로 끝난 인민 공화국에 대한 암시이자 1919년 5월 2일의 구스타프 란다우어의 살해 사건을 빗댄 말이다.

33) 닷새 뒤에 오틀라의 딸 베라가 태어났다.

34) 3월 21일에 태어난 오틀라의 딸 베라의 애칭이다.

35) 얀 후스Jan Hus. 체코의 교회 개혁가. 위클리프로부터 급진적인 예정설을 받아들이고 성직자와 교회의 토지 소유와 세속화에 반대하는 투쟁을 배웠다. 후스의 고유한 업적은 체코 교회의 독립과 민족의 독립이며, 통일적인 문어文語를 만들고 체코 문학의 토대를 만든 일이었다. 그는 저작이 문제가 되어 파문당하고 사교 회의에 굴복하지 않아 이단자로 몰려 화형당한다. 하지만 체코 민족의 민족 영웅이자 순교자로 추앙받는다.

36) 루카 시뇨렐리의 프레스코화인 오르비에토 성당의 〈최후의 심판〉을 가리킨다.

37) 카프카는 만 열 살이 된 펠릭스를 드레스덴 근처의 헬라우에 소재한 기숙사 학교에 보내고 싶어 했다.

38) 보통 명사일 경우에는 만우절날 행하는 장난으로 번역한다.

39) 오틀라는 카프카에게 아이들과 함께 7월 말에 이곳으로 여름 휴가를 떠나자고 제안했었다.

40) 괴테의 『파우스트』 「무대에서의 서연」에 나오는 다음 구절을 풍자한 것이다.
"풍성한 인간의 삶 속에 손을 뻗기만 하자고요.
누구나 그런 생활을 하지만 의식하는 사람은 많지 않으니
그것을 붙잡기만 하면 흥미를 느끼게 되니까요."

41) 외삼촌 요제프 뢰비는 프랑스 여자와 결혼해 파리에서 살았다.

42) 다비트의 민족주의(그는 자식들을 유대식으로 교육하는 것을 참지 못했다)와 언어 순수주의에 대한 위트다.

43) 안니와 엘라.

44) 다비트에게 보낸 편지의 이 부분은 원래 체코어로 쓰여 있다.

45) 타우스 근처의 마을.

46) 대중적 인기를 누린 체코의 여류 시인으로 카프카는 그녀의 대표작 「바비슈카(할머니)」를 높이 평가했다. 1845년부터 1847년까지 타우스에서 살았다.

47) 원래 이 편지는 체코어로 작성되었다.

48) 카프카의 상관 인드르지히 발렌타인을 가리킨다. 이 사람은 1920년 손해 사정부의 부장이 되었다.

1923년

1) 1923년 9월 24일 카프카는 베를린으로 떠났다. 베를린에서 카프카는 7월에 동해의 온천장 뮈리츠에서 알게 된 도라 디아만트와 새로운 삶을 시작하려고 계획했다. 카프카에게 디아만트와의 새로운 삶은 나폴레옹의 러시아 원정과 비교할 수 있을 정도로 무모한 일처럼 보였다.

2) 요제프 다비트는 여름 휴가를 끝낸 뒤에 다시 프라하로 돌아간다. 반면 오틀라는 여전히 10월 중순까지 쉘레젠에 머문다.

3) 1923년 10월 2일 자 편지에서 언급한 엘라 프로하스카를 가리킨다.

4) 쉘레젠에서 도보로 사십오 분 걸리는 곳.

5) 오틀라의 둘째딸 헬레네는 1923년 5월 10일에 태어났다.

6) 8월 중순부터 9월 21일까지 카프카는 쉘레젠의 오틀라 집에서 요양하고 있었다.

7) 11월 15일에 카프카는 미크벨 거리 8번지에서 그루네발트 거리 13번지로 이사했다. 그러다가 셋방에서 나가라는 통보를 받았다. 도라 디아만트의 기억에 따르면 셋집 여주인과의 불화가 단편소설「작은 여인」의 구상에 영향을 미쳤다고 한다.

8) 요제프 다비트는 친영주의자親英主義者 축구광이었다.

9) 원래 이 편지는 체코어로 작성되었다.

10) 안니 다비트의 남편.

11) 오틀라는 쉘레젠의 여름 별장을 10월 15일에 떠날 계획이었다.

12) 1865년 작센 지방의 글라우하후에서 태어나 1943년 베를린에서 사망한 제본 업자이자 전문 작가. 실제적이며 이론적인 작업을 통해 독일에서 예술서 제본 기술을 새롭게 활성화시켰다. 1904년부터 1935년까지 베를린의 여러 전문 학교에서 제본 기술을 가르쳤다.

13) 도라 디아만트 역시 카프카가 한번은 가구를 옮기는 두 명의 사람들에게 놀라 입을 다물지 못한 채 계단까지 따라갔던 장면을 기억하고 있다.

14) 석유 램프를 사는 것은 피할 수 없는 일이었다. 그 이유는 카프카가 셋집 여주인과 턱없이 비싼 가스값 때문에 언쟁을 벌였

기 때문이다. 석유 램프는 취사용으로도 사용되었다.

15) 오틀라의 서른한 번째 생일은 사실은 그다음 날이었다. 평상시에도 카프카는 가끔 날짜를 혼동했다.

16) 그 당시 프라하에 있던 고급 진미 식료품점.

17) 카프카는 1923년 10월 2일 막스 브로트에게 이런 내용의 편지를 보낸다. "그동안 난 『슈테크리츠의 홍보 신문』을 자세히 훑어보았네. 하지만 지금까지 신문을 보지 않은 지가 벌써 여러 날이라네. 끔찍해, 정말 끔찍하다네. 신문에는 자네와 나처럼 독일의 운명과 관련된 정의가 실려 있어."

18) 폐병이 나을 가능성이 없었기 때문에 카프카는 1922년 7월 1일자로 면직됐다.

19) 엘리 헤르만, 그녀의 자식들(그들은 1923년 7월과 8월에 카프카와 뮈리츠까지 동행했다), 그리고 카를 헤르만(그는 가족을 뮈리츠에서 데려왔다).

20) 자리가 부족해서 도라 디아만트는 오틀라에게 보내는 안부 인사를 오틀라한테 보낸 편지 부분 중 마지막 두 단락 사이의 여백에 덧붙여 썼다.

21) 물론 키어링 시절에 사용한 이러한 서류는 그 복사본이 '전시회 프란츠 카프카 1883~1924' 카탈로그(예루살렘, 1969) 30쪽에 실려 있다.

22) 다비트는 슬라비아 프라하 축구 클럽의 팬이었다. 이 클럽은 중산층에 팬을 확보하고 있었고 그 당시 상당히 운 좋게 사 대 이로 승리를 거두었다.

23) 다비트는 우표 수집가였다.

24) 원래 편지의 마지막 이 부분은 체코어로 작성되었다.

1924년

1) 베를린 기록 보관소에 보관되어 있지 않은 『슈테크리츠 홍보 신문』의 '삽화가 있는 부록'에 실린 것 같다.

2) 체코와 오스트리아 사이의 국경역.

3) 도라 디아만트가 프라하에 있는 카프카의 부모에게 보낸 엽서의 주소란에 카프카가 써놓은 것이 전해진 것이다.

4) 거의 동시에 도라가 엘리 헤르만에게 보낸 편지에서(그녀의 남편이 카프카를 찾아간 게 분명하다) 도라는 걱정하는 부모에게 말한 것보다 더 솔직하게 카프카의 건강 상태에 관해서 의견을 말했는데, 이렇게 적혀 있다. "목의 통증도 없고 적어도 외적으로는 불안해할 증세가 없습니다. 불안한 것은 잘 낫지 않는 열입니다. 저녁에는 삼십팔도 육분에서 삼십팔도 팔분 사이지요. 정오까지는 거의 열이 없습니다. 중요한 것은 프란츠가 어제부터 열 때문에 풀이 죽어 있다는 사실입니다."

5) 율리 카프카에게 보내는 5월 5일 자 소인이 찍힌 도라의 엽서에 카프카가 써놓은 것이 전해진 것이다. 그 안에는 이런 글도 들어 있다. "다만 프란츠의 건강 회복이 날씨 때문에 지장을 받는 것이 유감입니다. 그가 이곳에 체류하는 동안 제가 바라는 것은 추위를 완전히 극복하게 됐으면 하는 것입니다. 상당히 지루한 궂은 날씨인데도 이곳 공기는 너무 상쾌합니다. 건강을 들이마신다는 것을 직접 느낄 정도입니다. 음식에도 전혀 유감이 없습니다. 가끔 기호와 기분에 따라 식사를 직접 준비할 수 있기 때문입니다."

6) 이 글은 카프카의 부모에게 보낸 도라 디아만트의 편지에 카프카가 써놓은 것이 전해진 것이다(자리가 부족해 엽서의 여백에다 써넣은 것이 분명하다). 그 첫 부분은 이렇다. "비록 매우 늦

기는 했지만 일요일의 아주 멋진 마지막 편지에 대해 답장을 드리려고 합니다. 멋진 기쁨의 교환이었지요! 부모님의 엽서와 프란츠의 편지. 정말 늘 그랬으면 좋겠어요. 부모님의 엽서는 속달 편지 못지않은 기쁨을 줍니다. 프란츠는 그 엽서의 내용을 거의 외우다시피 했습니다. 자신이 존경하고 사랑하는 아버지와 한 잔의 맥주를 마실 수 있는 가능성을 특히 자랑스러워합니다. 저는 멀리 떨어져서 지켜보고 싶습니다. 맥주, 포도주, (물), 그리고 다른 멋진 것들에 대해 단지 여러 번 이야기를 하는 것만으로도 거의 취할 지경입니다. 프란츠는 열정적인 술꾼이 됐습니다. 맥주나 포도주 없는 식사는 전혀 생각할 수 없거든요. 물론 그렇게 많은 양은 아닙니다. 그는 매주 토카이산 포도주 한 병 아니면 다른 품질 좋은 포도주를 마십니다. 상당한 수준에 이른 미식가의 취향에 따라 변화를 주기 위해서 우리는 세 종류의 포도주를 보유하고 있습니다." 앞서 언급한 카프카의 편지는 1924년 5월 19일경 엽서일 가능성이 비교적 높다. 부모의 속달 편지는 이어지는 도라의 보고 부분과 클롭슈톡의 편지에서 알 수 있듯이 엘리와 그녀 가족의 소풍에 대해 전하고 있고, 5월 17일 토요일에 카프카에게 도착했던 것 같다. 클롭슈톡은 1924년 5월 17일 카프카의 프라하 친척에게 보낸 편지에 이렇게 적고 있다. 그것을 들었을 때 태양처럼 빛나는 눈으로 그는 '그때 그들도 맥주를 마셨대' 하고 말했죠. 그런데 너무 감격한 나머지 기쁨에 정신이 팔려 그렇게 말했죠. 그런 이야기를 들은 우리가 실제로 마셨던 것보다 그곳에서 마셨던 그런 종류의 맥주를 더 즐겨 마셨어요. 제가 이미 한 번 편지에 썼듯이 요즘 그는 식사 때마다 맥주를 즐겨 마십니다. 그런 그의 모습을 구경하는 것이 또 하나의 즐거움입니다."

| 연보 |

1883

7월 3일 상인 헤르만 카프카(1852~1931)와 율리 카프카(처녀 때 성은 뢰비, 1856~1934) 사이에서 장남으로 태어났다.

1889

9월 16일 독일계 플라이쉬 마르크트 초등학교에 다녔다. 유년 시절의 관련 인물로는 프랑스인 여자 가정교사 바이이, 가정부 마리 베르너, 여자 요리사 그리고 남자 선생님 모리츠 벡 등이 있다.

9월 22일 누이동생 엘리가 태어났다.

1890

9월 25일 누이동생 발리가 태어났다.

1891

9월 1일 요제프 다비트가 태어났다.

1892

10월 29일 누이동생 오틀라가 태어났다.

1893

9월 20일 킨스키 궁에 소재한 독일계 김나지움에 입학했다. 담임 선생님은 에밀 게슈빈트였고 김나지움에 들어가 얼마 지나지 않아 글을 쓰기 시작했다.

1896

6월 13일 견진 성사를 받았다.

1898

후고 베르크만(평생 동안), 에발트 펠릭스 프르지브람(대학 시절까지) 그리고 특히 오스카 폴락(1904년까지) 등과 우정을 나눴다. 사회주의와 니체, 다윈의 영향을 받았다. 자연사 선생님 아돌프 고트발트의 영향을 받았다.

1900~1904

페르디난드 아베나리우스가 간행한 『예술의 파수꾼』을 읽고 지속적으로 영향을 받았다. 별장 주인의 딸 젤마 콘과 함께 로츠톡에서 여름 방학을 보냈다.

1901

7월 김나지움 졸업 자격 시험을 치렀다.

8월 프라하의 독일계 대학에서 학업을 시작했다. 두 주는 화학, 그 후에는 법학을 공부하고 그 밖에 예술사 강의를 들었다.

1902

연초	아우구스트 자우어 교수한테 독문학 강의를 들었다.
여름	(지그프리트 외삼촌이 공의로 있는) 리보흐와 트리쉬에서 방학을 보냈다.
10월	뮌헨으로 떠났다. 뮌헨에서 파울 키쉬와 함께 독문학을 공부하고 겨울 학기에는 프라하로 돌아와 법학을 공부할 계획이었다. 막스 브로트와 처음 만났다.

1903

7월,	법학사 시험을 치렀다.

1904

가을에서 겨울 동안「어느 투쟁의 기록」을 집필하기 시작했다.

1905

7월~8월까지	(쉴레지엔의) 추크만텔 요양원을 찾아갔다. 그곳

에서 처음으로 어떤 여자와 열애에 빠졌다.
가을과 겨울에는 오스카 바움, 막스 브로트, 펠릭스 벨취와 정기적으로 만나기 시작했다.

1906

3월 16일	박사 학위 구술 시험을 치렀다.
4월~9월까지	어머니의 이복 남동생 리하르트 뢰비의 변호사 사무실에서 변호사 보조로 근무했다.
6월 13일	국가 시험을 치렀다.
6월 18일	알프레드 베버 교수로부터 법학 박사 학위를 받았다.
8월	요양차 추크만텔에 머물렀다.
10월(1907년 9월까지)	처음에는 지방 법원, 그러고 나서는 형사 법원으로 법무 실습을 나갔다.

1907

연초	미완성 소설 「시골에서의 결혼 준비」를 썼다.
8월	트리쉬에서 사회민주주의적 성향의 여대생 헤드비히 바일러를 알게 되었다.
10월	이탈리아계 일반보험회사에 임시직으로 입사했다.

1908

2월~3월까지	프라하 상업 학교에 개설된 노동자 보험 과정을 밟았다.
3월	「관찰」을 잡지 『히페리온』에 발표했다.
7월 말에는	프라하의 반국영 노동자재해보험공사에 임시 관리로 들어갔다. 아침 여덟 시부터 오후 두 시까지 근무했다.
9월	테쉔과 슈피츠베르크(보헤미아 숲)에서 휴가를 보냈다.

1909

5월 24일	오이게니 에두아르도바와 페테스부르크 왕립 러시아 발레단 공연을 관람했다. 일기를 쓰기 시작했다.
9월 4일	막스 브로트, 오토 브로트와 가르다 호숫가의 리바로 휴가 여행을 떠났다(9월 14일까지).
9월 11일	브레샤의 비행기 대회를 관람했다. 「브레샤의 비행기」를 쓰기 시작했다.
12월	북보헤미아 지방으로 출장을 떠났다.

1910

	프란츠 베르펠과 좀 더 가까워졌다.
5월 1일	노동자재해보험공사의 관리 시보가 되었다.
8월	자아츠로 휴가를 떠났다.
10월 8~17일	파리로 여행을 떠났다.
12월 3~9일	베를린으로 여행을 떠났다(연극을 관람했다).
12월 중순경	누이동생 엘리가 카를 헤르만과 결혼했다.

1911

1월 말~2월 12일경	프리트란트로 출장을 갔다. 여행 일기를 쓰기 시작했다.
4월	바른스도르프로 출장을 갔다. 자연 치료법 전문가 슈니처를 만났다.
8월 26일~9월 13일	막스 브로트와 루가노 · 스트레사 · 밀라노 · 파리로 휴가를 떠났다. 그러고 나서 혼자 일주일 더 취리히 근교의 에를렌바흐에 소재한 자연 치료 요양원에 머물렀다.
가을	(막스 브로트와) 「리하르트와 사무엘」을 쓰기 시작했다.
10월 4일	1912년 초까지 프라하에서 객원 공연을 한 렘베르크 동부 유대인 극단을 처음 구경했다. 극단 배우 이샤크 뢰비와 우정을 나눴다.
10월 15일	아버지 가게의 전종업원이 사직 의사를 통보했다.

10월 22일	오틀라와 이샤크 뢰비와 함께 세 시간 동안 산책을 했다.
11월 말	카프카는 오틀라에게 뫼리케의 자서전을 낭독해 주었다.
12월	빌헬름 쉐퍼의 『카를 슈타우퍼의 생애, 정념의 연대기』와 괴테의 『시와 진실』을 읽느라 정신이 없었다.
12월 8일	엘리의 아들 펠릭스가 태어났다.
12월 14일	아버지가 가족 소유의 석면 회사에 그다지 신경을 쓰지 않는다는 이유로 카프카를 비난한다. 그러자 근무가 없는 오후에 회사를 감독하겠다고 아버지와 약속했다.

1912

겨울	『실종자』 초판이 나왔다.
2월 18일	이샤크 뢰비의 낭독의 밤이 열렸다. 카프카는 이 모임을 조직했고 여기에서 개회 연설을 했다.
3월 6일	아버지가 석면 회사를 이유로 비난하자 카프카는 자살을 생각했다. 이후 몇 주 동안 가끔 회사에 나가본다.
4월 3일	햄릿 공연장에서 오틀라를 데리고 왔다.
5월 26일	막스 브로트, 펠릭스 벨취와 함께 성령강림절 휴가 여행을 떠났다.
6월 1일	체코의 무정부주의자 프란티셰크 소우큽의 '미국

	과 관료 제도'라는 제목의 슬라이드 강연을 들었다. 『실종자』를 구상하는 데 이 강연의 자극을 받았다.
6월 28일~7월 7일	막스 브로트와 바이마르로 휴가 여행을 떠났다.
7월 8~29일	하르츠의 융보른에 있는 자연 치료 요양원을 찾아갔다.
8월 초순	단편집 『관찰』의 인쇄 준비를 마쳤다.
8월 9일	오틀라에게 그릴파르처의 『가련한 악사』를 낭독해주었다.
8월 13일	프라하의 막스 브로트 집에서 펠리체 바우어와 처음 만났다.
8월 15일	오틀라가 카프카 앞에서 괴테의 시를 낭송했다.
9월 15일	발리가 요제프 폴락과 약혼했다.
9월 20일	처음으로 펠리체 바우어에게 편지를 보냈다.
9월 22·23일	밤에 여덟 시간 만에 「판결」을 완성했다.
9월 25일	『실종자』 제2판을 쓰기 시작했다.
9월 28일	펠리체한테 답장을 받았다.
10월 7일	석면 공장 때문에 가족간에 언쟁을 벌였다. 오틀라는 오빠와 의견을 달리하면서 부모 편을 들었다. 이로 인해 카프카는 자살을 생각했다.
11월 8일	엘리의 딸 게르티가 태어났다.
11월 17일	「변신」을 쓰기 시작했다.
12월 4일	프라하 '헤르더 협회'가 주최한 작가의 밤에서 공개적으로 「판결」을 읽었다.
12월 6·7일	「변신」을 완성했다.
12월 15일	막스 브로트는 엘자 타우씨히와 약혼했다.

1913

1월 11일	발리가 결혼했다.
1월 18일	프라하에서 초청 공연 중인 왕립 러시아 발레단 공연을 관람했다. 마르틴 부버와 만났다.
1월 24일	잠시 『소송』 집필을 중단했다.
2월 3일	오틀라와 라이트메리츠에 머물렀다. 저녁 무렵 브로트에게 갔는데 결혼식 피로연을 하고 있었다.
2월 9일	누이동생들과 함께 시골 친척집을 찾아갔다. 저녁에는 오틀라에게 「화부」를 낭독해주었다.
2월~3월	잠시 오틀라와 소원해졌다.
3월 1일	노동자재해보험공사에서 부서기로 승진했다.
3월 23 · 24일	펠리체와 베를린에서 만났다.
3월 25일	라이프치히를 거쳐 프라하로 돌아왔다. 라이프치히에서 프란츠 베르펠과 이샤크 뢰비를 만났다.
4월 7일	프라하 근교 트로야에서 정원일을 시작했다.
4월 22일	아우씨히로 출장을 떠났다.
5월 11 · 12일	펠리체를 만나러 베를린으로 떠났다.
5월 말	요제프 다비트는 몇 달 간 영국으로 여행을 떠났다.
6월 2일	프라하에서 이샤크 뢰비의 낭송의 밤이 개최됐다.
6월 7일	오틀라는 아프고 부모는 요양차 프란츠 온천장으로 떠났다. 카프카가 아버지의 가게를 지켜야 했다.
6월 10~16일	펠리체에게 편지로 청혼했다.
7월 6일	프라하 남쪽 라데소비츠의 가족 여름 별장에서 오틀라와 부모와 함께 지냈다.
7월 13일	다시 라데소비츠의 여름 별장으로 떠났다.

7월 23일	펠릭스 벨취와 로츠톡으로 떠났다.
8월 28일	펠리체의 아버지한테 편지를 보냈다.
9월 6~13일	마르쉬너 국장과 빈에서 개최한 구호 제도와 재해 예방을 토의하는 국제 회의에 함께 참석했다. 제11회 시온주의자 회의에 참석했다. 알베르트 에렌슈타인, 리제 벨취, 펠릭스 슈퇴싱어, 에른스트 바이스를 만났다.
9월 14일	트리에스트를 거쳐 베니스로 여행을 떠났다.
9월 15~21일	베니스, 베로나, 가르다 호숫가의 데센차노를 여행했다.
9월 22일~10월 13일	리바에 소재한 하르퉁엔 박사의 요양원에 머물렀다. 스위스 출신의 여자와 달콤한 사랑에 빠졌다.
11월	카프카의 가족이 구시가 순환 도로 6번지의 오펠트하우스로 이사했다.
11월 1일	펠리체의 여자 친구 그레테 블로흐를 알게 됐다.
11월 8·9일	베를린에서 펠리체와 함께 지냈다.
12월 11일	토인비 홀에서 공개적으로 클라이스트의 『미하엘 콜하스』를 낭독했다.

1914

2월 15일	오틀라는 자신이 회원으로 있는 '유대인 여성 클럽'에서 보낸 하루 저녁에 대해 카프카에게 이야기했다.
2월 말	로베르트 무질이 카프카한테 『신비평』에서 함께

	일하자고 제의했다.
2월 28일~3월 1일	베를린에서 펠리체 바우어를 만났다. 마르틴 부버를 방문했다.
3월 말	카프카는 펠리체가 자기와 결혼할 마음이 없다고 말할 경우 베를린에서 직업으로 신문 기자를 택하기로 결심한다.
4월 12 · 13일	베를린에서 비공식적으로 펠리체와 약혼했다.
5월 1일	펠리체가 프라하로 왔다. 함께 살 방을 찾으러 다녔다.
5월 26일	어머니와 오틀라가 베를린으로 떠났다.
5월 30일	카프카는 펠리체와의 약혼식(6월 1일)에 참석하러 아버지를 모시고 베를린으로 떠났다.
6월	오틀라는 맹인 시설에서 봉사 활동을 했다. 요제프 다비트는 '프라하 시립 은행'에 취직했다.
7월 초	오틀라와 엘리, 발리는 라데소비츠의 여름 별장으로 떠났다.
7월 2일	카프카는 11일과 12일에 자신의 의견을 개진하러 베를린의 펠리체에게 가기로 결심했다.
7월 12일	베를린의 호텔 '아스카니셔 호프'에서 그레테 블로흐, 에르나 바우어, 에른스트 바이스가 지켜보는 가운데 펠리체와 이야기를 나누었다. 그런 뒤 펠리체와 파혼했다.
7월 13~26일	처음에는 뤼벡과 트라베뮌데를 혼자서, 그 후에는 에른스트 바이스와 라헬 산사라와 함께 덴마크 동해 온천장 마뤼리스트로 휴가를 떠났다.
8월 초	전시 복무에서 제외되었다.

8월 3일	처음으로 빌렉가세의 발리의 집에 혼자 남게 됐다. 발리는 휴식을 취하러 시부모댁으로 떠났다. 요제프 폴락과 카를 헤르만이 7월 말에 징집됐다.
8월	『소송』을 쓰기 시작했다.
9월	카프카는 네루다가세의 엘리의 집에 혼자 남게 됐다. 엘리는 전쟁 중이라 친정집에서 아이들과 살았다. 그래서 카프카는 자기 방을 내놓아야 했다.
10월 5~18일	카프카는 『소송』 작업을 진척시키기 위해 휴가를 냈다. 이때 『실종자』의 한 장(오클라호마의 야외 극장)과 단편 「유형지에서」가 나왔다.
10월 25일	펠리체의 편지를 예고하는 그레테 블로흐의 글을 받았다.
10월 27일	자신의 입장을 설명해달라고 요청하는 펠리체의 편지를 받았다.
10월 말~11월 초	답장을 보냈다.
12월 18일	「마을 선생」을 쓰기 시작했다.
12월 25일	쿠텐베르크에서 막스 브로트와 함께 지냈다.

1915

1월 초	막스 브로트가 가르치고 있었던 갈리치엔에서 온 동부 유대인 난민들과 접촉했다. 그 후 몇 달 동안 렘베르크 출신의 여자 파니 라이스에 대해 사랑의 감정을 느꼈다.
1월 6일	「마을 선생」 집필을 잠시 중단했다.

1월 20일	『소송』 집필 작업을 중단했다.
1월 23 · 24일	보덴바흐에서 펠리체와 재회했다.
2월 8일	「나이 든 독신주의자, 브룸펠트」를 쓰기 시작했다.
2월 10일	빌렉가세에 자신이 쓸 방을 구했다.
3월 1일	랑엔가세에 자신이 쓸 방을 구했다.
3월 14일	오틀라와 자주 다녔던 호텍 공원으로 오틀라와 요제프 다비트와 함께 갔다. 다비트는 이달에 군대에 징집되었다.
4월 14일	막스 브로트의 수업 시간을 구경하러 유대인 피난민 학교로 갔다.
4월 말	엘리와 엘리의 남편이 있는 헝가리의 카르파티아 지역으로 여행을 떠났다.
5월 2일	오틀라와 도브르시호비츠에서 지냈다.
5월 9일	오틀라, 파니 라이스와 함께 도브르시호비츠에서 지냈다.
5월 23 · 24일	펠리체, 그레테 블로흐와 보헤미아에서 성령강림절을 보냈다.
6월	펠리체와 온천 칼스바트에 갔다.
7월 20~31일	룸부르크(북보헤미아) 근처 프랑켄슈타인 요양원에 머물렀다.
9월 14일	막스 브로트와 신비한 유대의 율법 학자를 찾아갔다.
10월	카를 슈테른하임이 폰타네 문학상을 수상했지만 프란츠 블라이의 제안으로 상금을 카프카에게 넘겨줬다. 레네 쉬켈레가 편집인인 잡지 『백색 종이』에 「변신」을 실었다.

1916

4월 8~10일	오틀라와 칼스바트로 떠났다.
4월 14일	로베르트 무질이 프라하로 카프카를 찾아왔다.
4월 중순	신경 쇠약 증세에 따른 고통을 덜기 위해 신경과 의사를 찾아갔다.
5월 9일	직장을 그만두겠다고 통보했지만 반려됐다.
5월 13·14일	칼스바트와 마리엔바트로 출장을 갔다.
5월 28일	오틀라는 칼슈타인 성에 머물렀다.
6월 1일	카프카와 오틀라는 돌니 사르카로 짧은 여행을 떠났다.
6월 3·4일	오틀라는 콜린과 엘베타이니츠로 떠났다.
6월 20·21일경	아버지는 요양하러 프란츠 온천장으로 떠났다.
6월 29일	오틀라는 카프카와 쇼펜하우어를 읽었다.
7월 초	오틀라는 아이젠슈타인(보헤미아 숲)으로 휴가를 떠났다.
7월 3일	카프카는 휴식을 취하러 마리엔바트로 떠났다. 그곳 '성 발모랄' 호텔에서 펠리체와 함께 묵었다.
7월 12일	어머니와 발리는 프란츠 온천장으로 떠났다. 아버지는 그곳에서 돌아왔다.
7월 13일	카프카와 펠리체는 어머니를 뵈러 프란츠 온천장으로 갔다. 펠리체는 베를린으로 돌아왔다.
7월 17일	오틀라는 아버지의 가게일을 돕기 위해 프라하로 돌아왔다.
7월 24일	카프카는 마리엔바트에서 돌아왔다.
7월 말	쿠르트 볼프 출판사로부터 편집일을 보아달라는

제안을 받았다.

8월 오틀라는 아버지 가게에서 카운터일을 맡았다.

8월 7일 어머니와 발리가 프란츠 온천장에서 돌아왔다.

8월 13일 오틀라는 카프카의 지도를 받으면서 플라톤의 『향연』을 읽기 시작했다.

8월 18일 의사 뮐슈타인 박사를 찾아갔다.

9월 요제프 다비트는 동부 전선에 배치됐다.

9월 3일 오틀라와 '시민 수영 학교'에 갔다. 그러고 나서 소풍을 갔다.

9월 8일 오틀라에게 『향연』의 일부분을 들려주었다.

9월 10일 오틀라에게 스트라호프의 『도스토예프스키 문학 입문』을 읽어주었다.

9월 17일 카프카는 또 스트라호프의 책을 읽어주었다.

9월 20일 카프카의 추천으로 오틀라는 함순의 『로자』와 푀르스터의 『청소년론』을 읽었다.

10월 22일 카프카와 오틀라는 함께 시골에 계신 오틀라의 옛 은사를 방문했다.

11월 5일 오틀라와 엘베타이니츠로 짧은 여행을 떠났다.

11월 10일 뮌헨으로 떠났다. 그곳 골츠 화랑에서 「유형지에서」를 낭독했다. 고트프리트 쾰벨, 막스 풀버, 오이겐 몬트와 만났다. 오틀라는 아버지에게 가게를 떠나서 농업을 배워보고 싶다는 소망을 전했다.

11월 11일 뮌헨에서 펠리체와 함께 지낸 뒤 다음날 카프카는 프라하로 돌아왔다.

11월 26일 이날부터 카프카는 연금술사 골목에 있는 오틀라가 세를 얻고 수리를 한 손바닥만 한 집에서 기거

했다. 1917년 4월 말까지 그곳에서 단편집 『시골 의사』로 출판된 단편들이 탄생했다.

1917

2월 24일 오틀라는 오터바흐-쇄르딩에 소재한 여성 농업 학교에 입학하려고 애썼다. 결국 1917·1918년도 정식 학생으로 입학이 미리 결정되었다.

3월 1일 오틀라에게 농장에 와서 일하라고 제안할까 하는 계획을 남매들이 알고 지내는 루젠카가 알고 있었다. 카프카는 쇤보른 궁의 방 두 개짜리로 이사했는데 잠만 잤다.

3월 8일 오틀라는 오터바흐로 가기로 결심했고 며칠 뒤에 실행에 옮겼다. 아버지의 가게일을 그만두었다.

4월 중순 오틀라는 취라우로 갔다.

5월 27일 아버지는 요양하러 프란츠 온천장으로 떠났다.

6월 초 취라우로 오틀라를 찾아갔다.

6월 10일 어머니와 발리는 프란츠 온천장으로 떠났다. 오틀라는 취라우에 머무를 수 있게 되었다. 그녀 대신 엘리가 가게일을 하고 있었기 때문이다.

초여름 히브리어를 배우기 시작했다.

7월 초 프라하로 온 펠리체와 다시 약혼했다. 부다페스트를 거쳐 펠리체의 여동생이 사는 아라트로 함께 여행을 떠났다. 카프카는 혼자 빈을 거쳐 돌아왔다. 오토 그로스, 안톤 쿠, 루돌프 푹스를 만났다.

7월 22일	오틀라의 친구 이르마가 취라우로 휴가를 왔다.
7월 23일	카프카는 오토 그로스의 잡지 구상에 깊은 관심을 보였다.
8월 5일	오후를 오스카 바움과 라데소비츠에서 지냈다.
8월 12 · 13일	밤에 각혈을 했다.
8월 13일	뮐슈타인 박사에게 진찰을 받았다.
8월 13 · 14일	다시 각혈했다.
8월 14일	다시 뮐슈타인 박사에게 진찰받았다.
8월 24일	자신의 질병에 대해 브로트와 이야기를 나눴다.
8월 28일	뮐슈타인 박사에게 진찰을 받았다.
8월 31일	쇤보른 궁의 방과 연금술사 골목의 손바닥만 한 집을 떠났다.
9월 1일	부모님 집의 오틀라가 사용하던 방으로 카프카는 이사했다.
9월 3일	다시 뮐슈타인 박사를 찾아갔다. 엑스선 사진을 보더니 폐결핵이라고 진단했다.
9월 4일	막스 브로트의 성화에 못 이겨 프리이델 픽 교수를 찾아갔다. 픽 교수도 뮐슈타인 박사와 같은 진단을 내렸다.
9월 6일	카프카는 의사의 소견서를 갖고 사무실에 연금부 퇴직을 요구했다.
9월 7일	노동자재해보험공사는 카프카에게 삼 개월 간 병가를 허가했다.
9월 10일	카프카는 다시 의대 교수 픽 박사를 찾아갔다.
9월 12일	오틀라가 있는 취라우로 떠났다.
9월 21일	펠리체가 취라우로 왔다. 저녁에 오틀라와 프라

하로 떠났다.

9월 24일 오틀라는 취라우로 돌아왔다.

9월 30일 어머니는 취라우에 있는 자식들을 찾아갔다.

10월 19~23일 오틀라는 프라하에 가 있었다. 아버지와의 대화가 순조롭게 진행됐다.

10월 27일~11월 1일경

카프카는 프라하에 있었다. 치과 의사한테 이를 치료받고 픽 교수를 찾아가 진찰을 받은 뒤 사무실을 방문했다. 이것은 머지않아 자신의 업무를 다시 시작해보겠다는 의지 표현이었다. 막스 브로트와 대화를 나누었다.

11월 초 카프카는 사무실 동료와 여비서의 방문을 받았다.

11월 8~11일 오틀라의 여자 친구 이르마가 취라우에 와 있었다.

11월 22일 오틀라는 프라하로 와서 가족들에게 비밀로 부쳐둔 카프카의 병을 아버지에게 솔직하게 털어놓았다.

11월 23일 오틀라는 오빠의 부탁을 받고 노동자재해보험공사를 찾아갔다. 소농으로 시골에서 여생을 보낼 계획을 한 카프카는 노동자재해보험공사에 연금을 신청했지만 또 연금 지급을 거부당했다.

11월 25일 오틀라는 취라우로 돌아왔다.

11월 27일 오틀라는 카프카의 제의로 톨스토이의 『부활』을 읽었다.

12월 22일 펠리체를 만나기 위해 프라하로 떠났다.

12월 25일 펠리체와 막스 브로트 그리고 그의 부인을 만났다. 펠리체와 다시 파혼했다. 파혼의 외적 이유는

	카프카의 질병이었다.
12월 26일	브로트와 오전 시간을 같이 보내면서 톨스토이의 『부활』에 대해 대화를 나누었다.
12월 27일	펠리체를 역까지 바래다 주었다. 그러고 나서 뮐슈타인 박사를 방문했다.
12월 28일	카프카는 노동자재해보험공사에 출근해야 했다. 이유는 병역 면제가 1918년 1월 1일 자로 만료되기 때문이다.

1918

1월 1일	노동자재해보험공사의 총무부에 연금을 요청했다. 연금 지급은 거부당했고 대신 병가 기간이 연장됐다.
1월 6일경	장님 친구 오스카 바움과 취라우로 떠났다.
1월 12일	키르케고르의 『이것이냐 저것이냐』를 읽기 시작했다.
1월 13일	오스카 바움은 오틀라와 함께 프라하로 돌아갔다.
1월 26~28일경	오틀라는 프라하에 있었다.
2월 말~3월 초	카프카는 병역 문제로 노동자재해보험공사에 모습을 나타냈다.
2월 17일	오틀라는 톨스토이의 『크로이처 소나타』를 읽었다.
2월 26일	오틀라는 취라우를 떠나거나 아니면 취라우의 가장 훌륭한 농부 집에서 농사일을 배우려고 했다.

2월 말~3월 초	키르케고르의 『반복』을 읽었다.
3월 말	작년에 오틀라가 만들어놓은 정원을 손질하기 시작했다.
4월 18일	오틀라는 프라하에 갔다 오면서 노동자재해보험공사가 카프카의 병가를 연장해주지 않겠다는 소식을 갖고 왔다.
4월 25일	오틀라는 며칠 전부터 톨스토이의 『지주의 아침』을 읽었다.
4월 29일	카프카는 요제프 다비트의 누이동생 엘라를 알게 됐다. 엘라가 오틀라를 보러 왔다. 카프카는 그 지방에서 가장 훌륭하고 자신과 누이동생들이 부러워했던 농부 리이들 가족과 헤어졌다.
4월 30일	프라하로 돌아왔다. 5월 2일에 업무를 다시 시작했다.
5월	오틀라는 정원사 학교에 들어가고 싶어 하지 않았다. 대신 정원사한테 개인적으로 직접 배우고 싶어 했다.
여름	프라하 근교 트로야에서 정원일을 했다.
7월	어머니는 프란츠 온천장에 머물렀다.
8월~9월	여러 가사 교습소와 농업 교습소에 편지를 보냈다. 오틀라에게 테쉔-리프베르다에 있는 농업 학교나 프리트란트에 있는 겨울 농업 학교에 다니라고 충고했다.
9월 하순	요양차 투르나우에 머물고 있었다. 그곳에서 정원일을 했고 히브리어를 배웠다. 오틀라는 프라하에서 아버지와 직업의 장래에 대해 이야기를 나눴다.

10월	오틀라는 결국 취라우에서 프라하로 돌아왔다. 티니체로 여행을 떠났다.
10월 14일	카프카는 당시 유럽 전역에 퍼진 스페인 독감 때문에 생명이 위험할 정도로 앓았다.
11월 2일	오틀라는 프리트란트에 있었다. 그곳에서 겨울 농업 학교의 학생으로 계속 공부하려고 했다.
11월 중순	어머니는 카프카가 쉘레젠에서 휴양하도록 말해 달라고 가족 주치의에게 제의했다.
11월 19일	카프카는 다시 근무를 시작했다.
11월 23일	다시 앓기 시작했다.
11월 27일	제대한 뒤 다시 '프라하 시립 은행'에 복직한 요제프 다비트는 처음으로 카프카의 부모를 공식적으로 방문했다.
11월 30일	어머니는 카프카를 쉘레젠의 슈튀들 여인숙으로 데려갔다.
12월 2일	오틀라는 프리트란트 근처의 링엔하임으로 이사했다. 이유는 농촌에서 살고 싶었기 때문이다.
12월 9일	오틀라는 카프카의 영향을 받아 체조를 하기 시작했다.
12월 11일	요제프 다비트는 다시 카프카 가족을 방문했다.
12월 21일	오틀라는 프라하로 돌아왔다.
12월 25일	카프카는 프라하에 있었다.

1919

12월 말~1월 초	오틀라와 부모 사이에 심각한 불화가 있었다. 이유는 아버지가 오틀라가 요제프 다비트와 사귀는 것을 못마땅하게 생각했기 때문이다. 다비트가 신분이 낮고 가난하며 기독교인이어서이다.
1월 6일	오틀라는 학업을 계속하기 위해 프리트란트로 돌아갔다.
1월 중순	요제프 다비트는 법원에서 일했다. 일하면서 법학 박사 학위 과정을 마쳤다.
1월 22일	카프카는 휴식을 취하러 다시 셸레젠으로 떠났다. 그곳에서 율리 보리첵을 만났다. 보리첵의 아버지는 구두 수선공이자 유대 교회의 사무 보조원이었다.
1월 23일	오틀라는 집중적인 작업이 가능한, 입지 조건이 더 나은 다른 방으로 이사했다.
2월 12일	오틀라는 투르나우에서 돌아왔다. 그곳에서 몰래 다비트를 만났다.
2월 28일~3월 5일	오틀라는 프라하에 있었다. 농업에 관련된 일자리를 구하기 위해 어머니와 논의했다.
3월	오틀라는 졸업 시험을 치렀다.
3월 말	오틀라와 카프카는 프라하로 돌아왔다.
연초부터 여름까지	카프카는 오랫동안 율리 보리첵과 시간을 보냈다.
5월 12~15일	카프카는 병을 앓았다.
가을	율리 보리첵과 결혼하려는 카프카의 계획이 수포로 돌아갔다.

11월	막스 브로트와 함께 다시 쉘레젠의 슈튀들 여인숙으로 돌아왔다. 민체 아이스너를 알게 됐다. 『아버지께 드리는 편지』를 쓰기 시작했다.
11월 15·16일	쉘레젠에 와 있던 오틀라를 찾아갔다.
11월 21일	업무에 복귀했다.
12월 22~29일	카프카는 업무 능력을 상실했다.

1920

1월 1일	노동자재해보험공사의 서기로 승진했다.
1월 6일~2월 29일	잠언 「그」를 쓰기 시작했다. 이때 처음으로 체코의 신문 기자 밀레나 예젠스카에게 편지를 보낸 것 같다. 밀레나는 카프카의 「화부」를 체코어로 번역했다.
2월 21~24일	카프카는 질병으로 업무를 볼 수 없었다.
3월	『카프카와의 대화』의 저자 구스타프 야누흐를 알게 되었다. 오틀라는 쾰른 근교 오프라덴에서 팔레스타인의 농업 예비 과정에 지원할 뜻을 비추었는데 카프카는 이 일을 적극적으로 후원했다.
4월 초	카프카는 치료하러 메란으로 떠났다. 처음에 이곳 '엠마 호텔'에 며칠 머물다가 숙박비가 너무 비싸 운터마이스의 '오토부르크' 여인숙으로 옮겼다.
5월 둘째주	오틀라는 노동자재해보험공사 총무부에 병가 연장 신청서를 제출했다.

6월 23일	카프카는 보첸 근처의 클로벤슈타인으로 여행을 떠났다.
6월 29일~7월 4일	빈으로 밀레나를 찾아갔다.
7월 7일	마리엔바트에서 휴식을 취하던 엘리의 집을 이용했다. 카프카 부모는 프란츠 온천장에서 돌아왔다.
7월 15일	오틀라가 요제프 다비트와 결혼했다.
7월 말	아이젠슈타인으로 신혼 여행을 떠났다.
8월 8일	카프카는 부모 집의 자기 방으로 돌아왔다.
8월 14·15일	오스트리아와 체코의 국경 그뮌트에서 밀레나를 만났다.
8월 말	삼 년 간의 공백기를 거친 뒤 문학 작업을 다시 시작했다.
10월	오틀라는 카프카를 위해 노동자재해보험공사에서 병가를 얻었다.
12월 18일	카프카는 악화되는 폐결핵을 치료하기 위해 마틀리아리의 호에 타트라에서 대기 안정 요법과 비만 요법을 시작했다.

1921

1월	밀레나는 일종의 작별 편지를 보냈다. 카프카는 답장에서 편지 왕래를 중단하고 다시 만나지 말자고 제안했다.
1월 31일~2월 3일	카프카는 독감 때문에 침대 신세를 졌다.

2월 3일	의사 로베르트 클롭슈톡을 처음 알게 됐다.
3월 10 · 11일	오틀라는 카프카가 직접 부탁하지 않았는데도 노동자재해보험공사에서 병가를 얻어냈다.
3월 셋째주	카프카는 폴리안카에서 치료 가능성에 대한 정보를 들었다.
3월 27일	오틀라의 딸 베라가 태어났다.
3월 말~4월 초	카프카는 고열을 동반한 장 카타르로 앓아 누웠다.
5월 10일경	오틀라는 또 병가를 요청했다.
5월 13일	허가가 떨어졌다.
5월 하순	요제프 다비트는 파리에 머물고 있었다.
8월	오틀라는 타우스에서 여름 휴가를 보냈다.
8월 8일	카프카는 여행을 했다.
8월 14~19일	열 때문에 침대 신세를 졌다.
8월 26일	프라하로 돌아갔다.
9월	에른스트 바이스, 구스타프 야우흐, 민체 아이스너와 밀레나를 만났다.
10월 초	카프카는 평소 존경해온 작품 낭독자 루드비히 하르트를 만났다. 그리고 밀레나에게 자신의 일기를 모두 넘겨줬다.
10월 15일	일기를 다시 쓰기 시작했다.
10월 17일	카프카에게는 비밀로 한 채 카프카의 부모는 이날 헤르만 박사와 진찰 약속을 해두었다. 헤르만 박사는 카프카를 진찰한 뒤 소견서를 써주어 요양을 받을 수 있게 해주었다.
10월 29일	노동자재해보험공사는 요양을 허가했다.

11월	카프카는 프라하에서 체계적인 치료를 받았다. 그 뒤에 밀레나가 계속 찾아왔다.

1922

1월 중순	신경 쇠약에 시달렸다.
1월 27일	슈핀델뮐레로 휴양을 떠났다.
2월 3일	서기장으로 승진했다.
2월 17일	슈핀델뮐레에서 돌아왔다. 그러고 나서 단편소설 「단식 예술가」가 나왔다. 『성』을 쓰기 시작했다.
6월 말	플라나로 떠났다. 오틀라는 이곳에 여름 별장을 빌려놓았다.
7월 1일	카프카는 면직됐다. 그 후 몇 주 만에 「어느 개의 연구」가 나왔다.
7월 14일	아버지는 프란츠 온천장에서 중병에 걸려 프라하로 후송돼 수술을 받았다. 카프카 역시 지체 없이 프라하로 달려왔다.
7월 19일	플라나로 돌아갔다.
8월 초	며칠 예정으로 프라하로 떠났다.
8월 말	오틀라가 9월 1일에 프라하로 돌아가겠다고 이야기하고, 한 달을 여관에서 자기 혼자 식사를 해야 한다는 말에 카프카는 다시 신경 쇠약에 걸렸다. 장편소설 『성』의 집필을 중단했다.
9월 초	나흘 간 프라하에 머물렀다.
9월 10일	신경 쇠약에 시달렸다. 오틀라는 날씨가 사납다는

	이유로 카프카에게 여행을 떠나라고 충고했다.
9월 18일	카프카는 프라하로 돌아왔다.
9월 말	또 신경 쇠약에 시달렸다.
12월 2일	루드비히 하르트가 프라하에서 카프카의 작품을 낭독했다.
12월 17일	카프카는 다시 키르케고르의 『이것이냐 저것이냐』를 읽었다.

1923

	겨울부터 연초까지 대부분의 시간을 침대에서 누워 지냈다. 젊은 팔레스타인 여자 푸아 벤토빔한테 히브리어를 배웠다.
4월 말~5월 초	후고 베르크만을 만났다. 그는 카프카에게 팔레스타인 상황을 전해주었다. 카프카는 팔레스타인으로 이주해 베르크만 집에서 살 계획이 있었다.
5월 초~11일경	휴양을 하러 도브르시호비츠에 머물렀다.
5월 10일	오틀라의 딸 헬레네가 태어났다.
6월	밀레나와 마지막으로 만났다.
7월 초~8월 6일	엘리와 그녀의 아이들과 함께 동해의 온천장 뮈리츠로 떠났다. 도라 디아만트를 알게 됐다.
8월 7·8일	베를린에 체류했다.
8월 9일	프라하로 돌아왔다.
8월 중순~9월 21일	오틀라와 그녀의 아이들과 함께 휴양하러 쉘레젠으로 떠났다.

9월 22 · 23일	프라하에 있었다.
9월 24일	베를린의 도라 디아만트한테 갔다.
9월 25일	슈테크리츠에 거처를 정했다. 그러고 나서 푸아 벤토빔과 브로트의 여자 친구 에미 살베터를 만났다. 카프카는 '유대인 문화 전문 학교'에서 강의를 들었다.
10월 둘째주	오틀라와 어머니는 친구들과 친지들과 작별하러 이달 말에 프라하로 오겠다는 카프카의 계획을 말렸다.
11월 15일	그루네발트 길 13번지로 이사했다.
11월 셋째주	막스 브로트는 베를린으로 카프카를 찾아왔다.
11월 25일	오틀라가 카프카를 찾아왔다.
12월 중순	오틀라는 카프카의 상황을 설명하고 장기간의 해외 체류 허가를 얻어내기 위해 노동자재해보험공사 총무부를 찾아갔다.
12월 25일	카프카는 열 때문에 침대를 벗어나지 못했다.

1924

2월 1일	도라와 함께 베를린-첼렌도르프로 이사했다. 건강이 급속도로 악화됐다.
3월 17일	막스 브로트와 함께 프라하로 돌아왔다.
3월 하순	「요제피네, 여가수 또는 쥐의 족속」이 나왔다.
3월	질병이 후두까지 퍼졌다. 카프카는 말이라고 하긴 하는데 다른 사람은 알아듣지 못했다.

4월 둘째주	오스트리아 남부의 요양원 '빈 숲'에 가 있었다. 후두암이라는 진단이 내려졌다.
4월 중순	빈 대학 병원에 며칠 있으면서 하예크 교수의 진찰을 받았다. 후두암이라는 진단이 확실한 것으로 판명됐다.
4월 19일	클로스터노이부르크 근처 키어링에 소재한 '호프만 박사 요양원'으로 옮겨갔다. 빈에서처럼 도라가 카프카를 간호했다.
5월 초	로베르트 클롭슈톡이 카프카 치료의 한 부분을 맡았다. 카프카는 단편집 『단식 예술가』의 교정쇄를 수정하기 시작했다.
5월 12일	막스 브로트가 카프카를 찾아왔다.
6월 3일	카프카는 사망했다.
6월 11일	프라하-스트라쉬니츠의 유대인 공동 묘지에 묻혔다.

| 이 책을 읽는 이에게 |

이 책에 있는 카프카의 편지 백이십 통 중에서 오틀라에게 보낸 편지는 백한 통뿐이고, 다섯 통은 오틀라의 남자 친구이자 나중에 남편이 된 요제프 다비트에게 보낸 편지다(27번 · 90번 · 92번 · 103번 · 107번). 다비트는 다른 두 통의 편지를 공동으로 수신하기도 한다. 나머지 여덟 통은 부모에게 보낸 편지다(22번 · 94번 · 100번 · 113번 · 117번 · 118번 · 119번 · 120번). 게다가 카프카의 부모는 다른 편지 한 통을 오틀라와 공동으로 수신한다(79번). 그 밖에 그림 엽서가 두 장 있는데 그중 한 장은 오틀라가 바로 위 언니 발리와 공동으로(11번), 다른 한 장은 오틀라가 발리와 부모와 공동으로 오빠 카프카한테 받은 것이다. 마지막으로 6번 편지를 카프카는 맨 위 누이동생 엘리와 남편 카를 헤르만에게 보냈다. 89번 · 115번 · 116번에는 카프카가 직장 상사에게 보낸 편지들이 들어 있다. 카프카는 상사에게 보내기 전에 그 편지들을 체코어로 번역해달라고 매제 다비트에게 부탁했다.

부모에게 보내는 편지 두 통(22번 · 119번)과 두 여동생에게 동시에 보낸 그림 엽서(14번)는 1937년 막스 브로트의 『카프카—전기』 초판과 전집의 『카프카의 편지 1900~1924』에서 발췌한 것이다. 『카프카의 편지 1900~1924』에는 카프카가 친구들과 쿠르트 볼프 출판사에 보낸 편지들이 들어 있다. 수신인들과 관련해서 그리고 사실에 입각해 이 편지들을 이 책에 넣었다.

이러한 예외를 제외하고는 오틀라의 유고 원본이 이 책의 토대다. 오틀라의 유고에는 다비트에게 보낸 오틀라의 편지들과 엽서들이 들어 있기도 하고 아버지가 어머니에게 보낸 편지, 오틀라와 프란츠에게 보내는 어머니의 편지, 이르마 카프카가 친구 오틀라에게 보낸 몇 통의 편지, 도라 디아만트와 로베르트 클롭슈톡이 카프카의 키어링 체류와 관련하여 프라하의 가족에게 보낸 상황 보고문들이 들어 있다. 이 문서들은 본문을 이해하는 데 중요한 자료일 경우에만 주석에서 고려했다. 1917년 초부터 오틀라가 다비트에게 체코어로 편지를 써 보냈기 때문에 이 편지에서 따온 인용문들은 대부분 독일어로 번역해야 했다. 그리고 『카프카의 편지 1900~1924』에 20번 · 64번 · 66번(날짜가 틀려서) · 90번(독일어로, 날짜가 틀려서) · 96번 · 102번이 실려 있다. 체코어로 번역된 45번 · 53번 · 54번 · 67번 · 68번 · 69번 · 72번 · 78번 · 81번 · 99번 · 101번 · 116번의 두 번째 부분과 115번의 동봉한 편지, 다비트에게 보낸 92번 · 103번 · 107번 원본 그리고 99번과 연관된 부분 등이 실렸다. 복사물 한 장과 115번에서 다비트를 지목한 편지 부분의 독일어 번역은 『광장—문화의 자유를 위한 오스트리아 월간지』(1964) 제11호에 실렸다. 64번의 카프카의 소묘는 바겐바흐가 출판했다. 27번 · 28번 · 63번은 바우어, 폴락과 슈나이더가 편집한 『카프카와 프라하』에 실렸다. 게다가 이 책에는 카프카와 오틀라의 편지 왕래에서 따온 몇 개의 구절이 인용되어 있다. 바겐바흐의 『자기 증언 기록들과 사진 기록들에 나타난 프란츠 카프카』 그리고 빈더의 논문 「카프카와 누이동생 오틀라」, 「카프카의 편지 익살」에도 이 구절들이 들어 있다.

오틀라 부부에게 보낸 엽서들과 편지들은 어느 정도 완벽하게 보관되어 있는 것처럼 보인다. 첫째, 카프카가 1909년 이전에 누이동생과 많은 양의 편지를 주고받았을 리가 없기 때문이다. 둘째, 카프카의 휴가 인사가 이후 대부분의 여행에 포함되어 있다는 점 역시 전해진 편지의 손실이 비교적 적은 이유다. 예외라고 한다면 1913년 오순절의 베를린 여행, 1914년 초와 부활절, 1915년 초 보덴바흐에서, 1916년 11월 뮌헨에서 펠리체 바우어와 만난 것 그리고 1917년 여름 바우어와 함께 보낸 부다페스트에서의 휴가 등을 들 수 있다. 이 모든 경우에 카프카가 펠리체와 만났고 오틀라가 카프카의 결혼 시도와 연관된 어려움들을 분명히 단지 입으로 보고하려 했다는 것은 우연으로 넘기기는 어렵다. 셋째, 비교적 중요하지 않은, 단기간 지속된 일상사들 덕분에 만들어진, 따라서 구체적인 여러 가지 이유로 수신인인 오틀라로서는 버릴 수 없었던 카프카의 종이 쪽지가 몇 장 존재하고 있다는 점이 오틀라의 카프카와의 내적 관련이 분명히 그녀가 카프카에게서 온 모든 것을 보관하게 만들었음을 웅변하고 있다.

다른 가족들에게 보낸 엽서들과 편지들 중에서 오늘날 남아 있는 것은 몇 통뿐이다. 보존된 편지에서 우리는 카프카가 부모에게 자주 편지했다고 추론할 수 있다(19번 · 77번 · 88번 · 115번 참조). 어떻든 카프카가 생명이 위독할 정도로 아프지 않은 시기에 가족들이 카프카의 편지들을 신중하게 보관하지 않은 것은 분명하다. 게다가 편지들 중에서 1934년에 어머니가 사망했을 무렵 우연히 오틀라의 손에 들어간 것으로 추측되는 또는 막스 브로트가 친구 카프카를 연구하기 위해 이미 1930년대에 복사하거나 갖고 있던 것만 전해온다. 무엇보다 누이동생 발리 그리고 엘리와 주고받은 카프카 편지들은 나치의 체코 점령 기간 동안 없어진 듯하다.

이 책에 실린 상당 부분의 편지, 곧 카프카의 여행을 통해 서른일곱 장의 그림 엽서가 오늘날 전해진다는 사실은 놀라운 일이 아니다.

그 외에 카프카가 세 곳(17번 · 32번 · 92번)에서 두 장의 엽서를 연달아 사용했다는 사실에 주목해야 한다. 92번에는 두 번째 엽서가 없다.

27번의 그림이 그려진 부분을 카프카는 우스꽝스런 스케치로 장식해놓았다. 100번의 사진은 카프카가 마틀리아리에서 동료 환자들과 봉사자들에 둘러싸여 있는 장면을 담았다. 87번은 특별한 이유 때문에 엽서로 발송되지 않았다. 채색이 된 것들은 1번 · 3번 · 6번 · 7번 · 9번 · 10번 · 11번 · 12번 · 16번 · 26번 · 30번 · 33번 등이다.

24번을 넣지 않으면 엽서는 서른다섯 장이다. 24번은 군사 우편엽서인데 카프카는 이 엽서를 단지 쪽지로 사용했고 우체국을 통해 배달하지는 않았다. 48번은 두 장의 엽서를 연이어 쓴 것이다. 카프카는 64번을 직접 스케치해 일종의 그림 엽서로 바꾸어놓았다.

더 나아가 우리는 카프카의 편지 몇 통이 다른 사람들의 편지를 통해 전해졌다는 사실에 주목해야 한다. 27번은 다비트에게 보낸 오틀라의 엽서에서, 34번은 오틀라가 남자 친구에게 보낸 편지에서 인용문으로, 38번은 오틀라에게 보낸 엘리의 편지에서, 57번은 오틀라에게 보낸 어머니의 편지에서, 117번 · 118번 · 120번은 도라 디아만트가 카프카의 부모에게 보낸 엽서들에서 말이다.

나머지 편지는 전통적인 의미의 편지가 아니다. 24번 · 31번 · 35번 · 36번 · 61번은 카프카가 오틀라를 개인적으로 만날 수도 없었고 만나려 하지도 않았기 때문에 카프카가 누이동생을 위해 프라하의 부모집이나 연금술사 골목에 위치한 손바닥만 한 집의 책상 위에 놓아두었던 쪽지다. 59번은 편지이긴 하지만 우편 집배원이 아닌 전령들의 손을 빌려 전달했다.

가족간의 편지들, 쪽지들 그리고 엽서들을 연대순으로 배열하는 일은 그리 간단한 문제가 아니다. 왜냐하면 카프카가 날짜를 제대로 적지 않았기 때문이다. 20번만 기록 시점이 표시되어 있는 실정이다. 37번 · 53번 · 77번 · 84번에는 날짜가 불분명하게 표시되어 있다. 27번 · 31번 · 34번 · 57번에도 간접적으로 특이한 방법으로 날짜가 적혀 있다. 대부분의 엽서의 경우 우체국 소인이 도움이 되었다. 하지만 우체국 소인은 가끔 판별하기가 아주 어려웠고, 불완전했다. 판별하기 힘든 것도 꽤 있었다. 때로는 그림 엽서의 그림이나 사진이 있는 부분도 마찬가지였다. 비록 여기에 기술된 것이 엽서가 쓰여지거나 발송되었던 장소와 반드시 일치한다고 볼 수는 없지만(예를 들면 55번), 다른 한편 특수한 방법으로 전달되었기 때문에 모든 경우의 전제 조건일 수 없는 편지 봉투들은 보통의 편지들의 경우에도 없거나 해독해내기가 고약했다. 또 우체국 소인이 없는 엽서나 편지도 있었다. 왜냐하면 우표 수집가였던 다비트가 나중에 엽서나 편지 봉투에 붙어 있는 우표를 떼냈기 때문이다.

편지의 연대순 배열은 이렇게 이루어졌다. 날짜 표시는 카프카가 사용한 형태에서 따왔다. 이 부분에 대한 모든 보충 내용들 또는 전체적으로 연역해서 얻은 날짜들은 꺽쇠 괄호(본문에서는 고딕체와 열은 고딕체)로 처리했다. 이 경우에 소인들은 그대로 표시했고 원래의 철자법으로 재현했다. 소인의 일부분을 읽어낼 수 없는 경우에는 짧은 횡선으로 표시했다. 확실한 보충 내용들은 둥근 괄호 처리했다. 연월일이 완전한 것으로 밝혀진 경우에는 월명은 약어로 줄이지 않고 다 써넣었고 연도는 네 자리로 표시했다.

우체국 소인은 실제로 편지를 작성한 장소를 반드시 알려주지는 않는다. 의심이 가는 경우나 수신인의 체류 장소에 대해서는 주석들과 카프카와 누이동생의 생애를 자세히 진술한 연보를 참고하기 바란다.

내용 전부를 타자기로 작성한 37번 편지와 일부분을 타자기로 작성한 60번 편지를 제외하고는 다른 모든 편지들은 손으로 직접 쓴 것이어서 일반적으로 읽기가 좋다. 비록 필적이 아주 상이하고 성의 없고 편지 초안의 방식이기는 하지만 말이다. 엽서를 쓸 때면 카프카는 늘 지면이 부족했는지 엽서의 여백을 이용하려고 무진 애를 썼다. 특히 추가로 보충하기 위해서. 그 같은 서로 독립적인 추기가 서너 개 있는데 이를 완벽하게 순서대로 배열할 수는 없다. 가끔 카프카는 자신의 편지들을 대충 훑어보면서 행간이나 여백에 설명조의 보충 내용을 집어넣었다. 모든 경우에 비교적 상세한 특징 표시가 없는 내용이 확장된 부분들은 본문의 제자리에 삽입시켰다.

카프카는 잉크를 선호했지만 다급하거나(예를 들면 39번), 호텔 방을 나와 여행 중이거나(예를 들면 26번), 펜이나 만년필을 사용할 수 없었던 것이 분명한 연금술사 골목에 위치한 집에서 편지를 쓸 땐 연필을 사용했다. 마틀리아리에서 프라하로 보낸 대부분의 편지들에서도 사정은 마찬가지였다. 반면 프라하에서 취라우로 보낸, 메란에서 나중에는 베를린에서 보낸 편지들은 규칙적으로 잉크로 작성됐다. 연필에 대해서는 카프카의 두 가지 설명이 있다. 1919년 초 카프카는 '연필로 편지 쓰는 일'이—오틀라의 경우에는 통상적인 일이다—오틀라의 방식을 모방한 것이라고 생각했다(68번). 그러고 나서 이 년 뒤에 카프카는 이런 말로 오틀라에게 사과한다. "시간을 절약하기 위해 갑판 의자에 앉아 편지를 쓴다"(89번). 물론 잉크를 사용할 수 없는 상황이다.

편지는 가능한 한 원고에 손을 대지 않았다. 먼저 이 사실은 전해오는 카프카의 모든 편지들과 엽서들이 전문이 생략되지 않고 인용되었음을 뜻한다. 다음으로는 카프카의 정서법과 단락 구분(엽서의 경우에 카프카는 공간이 부족해 단락을 구분하는 대신 줄표를 사용했다)이 그대로 유지되었다는 것을 의미하기도 한다. 하지만 이것은 편지에서 체코어로 작성된 부분에 상존하는 강조 표시의 결함들이 개선되지 않았음을 뜻한다. 요제프 다비트가 번역하기도 하고 카프카가 나중에 정서법상의 작은 실수를 범한, 짐짓 카프카가 체코어를 거의 완벽에 가까울 정도로 구사하는 것처럼 보이게 만들었던(91번·116번 참조), 카프카가 노동자재해보험공사에 제출한 공식 문서들과는 달리 카프카가 매제에게 보낸 편지와 엽서는 카프카의 체코어 실력을 정확하게 검증해준다. 카프카의 체코어 실력은 우수했다.

일반적으로 현재와 비교했을 때 상당히 결함이 많은 구두법은 그대로 두었다. 다만 정서법(대문자들)으로 미루어볼 때 카프카가 구두점을 찍으려고 했으나 급한 나머지 잊고 찍지 못했다는 것이 분명한 경우에는 바로잡았다. 카프카가 달아놓은 닫힌 둥근 괄호는 문장들을 제대로 구분해주지 못하는 듯하다.

그렇다고 해서 카프카가 문장 부호에 유의하지 않았다고 말할 수 없다. 왜냐하면 잘못 찍은 쉼표를 수정했다는 것을 여러 번 목격할 수 있기 때문이다. 그렇지만 학교 문법을 따르려 한 것은 아니다. 분명한 모순(예를 들면 생략 부호를 사용할 경우), 곧 급히 쓰거나 나중에 카프카가 통사론적 변화를 꾀하다 실수로 발생한 문법상의 오류들만 고쳤다.

카프카가 직접 그은 밑줄은 격자체로(본문에서는 진한 명조체) 처리했다. 그리고 엽서나 편지에서 다른 사람들이 수신인에게 소식을 전달하는 일이 자주 일어난다. 그 구절들은 이탤릭체로 표시했다.

독일어로 된 본문에서 체코어로 작성한 구절들은 독일어 번역을 주석에 실어놓았다. 반면 독자의 편의를 고려하여 다비트에게 보낸 엽서들과 편지들 그리고 꺽쇠 괄호 안의 편지의 일부분은 독일어 번역을 체코어로 작성한 구절 바로 다음에 달아놓았다.

주석은『카프카 전집』에서 지금까지 편집한 편지를 묶은 책들보다 훨씬 더 자세히 작성해야 했다. 카프카가 펠리체와 밀레나에게 보낸 편지의 경우에는 비교적 완결되고 주제의 측면에서 전체적으로 보아 통일적인 콤플렉스가 문제다. 이 콤플렉스는 모든 가능한 상호 연결에 유의한다면 포괄적으로 그 자체에서 추론할 수 있으며, 펠리체와 밀레나에게 보낸 편지에서는 편지를 교환하면서 발전한 사랑의 관계가 중요하기 때문에도 그렇다. 따라서 적어도 결정적인 초기 단계들에서는 편지 교환 이외에 구두로 하는 의사 소통(편지 파트너 상호간의 개인적인 교제)은 없었다. 편지 교환은 구두로 하는 의사 소통이라는 중요한 접촉 방식을 그저 보충하는 것에 지나지 않는다. 그리고 다른 친구들에게 보낸 카프카의 편지들에서는 가장 중요한 수신인들이 이 책을 출판한 시점에 여전히 생존해 있었다는 사실이 이해에 도움이 되었다. 또한 그들의 기억이나 아직도 그들이 갖고 있는 답장들이 이해의 보조 수단이 되었으며 날짜 작성에 도움을 주었다.

이 편지들의 주제도 대부분 문학적 문제들이었다. 그런데 문학적 문제들의 불명료함을 오늘날 이해하기 위해서는 동시대의 다른 전거들의 도움을 받아 문학적 문제를 일반적인 문학사와 연결해야 가능하다.

오틀라의 편지들의 경우에는 상황이 전혀 다르다. 첫째는 누이동생에게 보낸 카프카의 편지들은 빙산의 일각이다. 빙산의 보이지 않는 거대한 부분은 남매의 평생 동안의 내밀한 대화이다. 이 대화는 둘 중 한 사람이 프라하에 없거나 우연히 동시에 둘 다 여행을 떠났을 때만 갑작스레 중단됐다. 덧붙일 것은 이 대화에서는 자주 개인적이고 일시적이며 전기적인 세부 사항들이 문제 된다는 사실, 편지의 대부분을 작성한 삶의 시기에는 카프카가 일기를 쓰지 않았다는 사실, 우리가 오틀라에 대해 거의 아는 것이 없고 요제프 다비트 역시 수년 전에 이미 사망했다는 사실 등이다. 마지막으로 이 편지들의 중요한 부분은 보통의 독자들은 접근할 수 없고(출판 장소의 측면에서)

이해할 수 없는(대부분 체코어로 작성돼) 휴가 청원서로 인해 만들어졌다. 카프카는 1917년부터 계속 노동자재해보험공사에 이 휴가 청원서를 제출하지 않으면 안 됐다. 이러한 사실들은 모두 필수 불가결한 이해 수단으로『카프카 전집』에 들어 있지 않은 자료들에 대한 자세한 날짜 작성을 요구했고 가족들 사이에 전해 내려오는 것과 프라하의 보편적 상황에 대한 역추적을 꼭 필요한 것으로 만들었으며 마지막으로 카프카의 삶의 증거들 속에 숨어 있거나 서로 멀리 떨어져 있는 개별적인 부분들을 통합하고, 분석하며 해석하도록 만들었다. 카프카의 삶의 증거들은 참조만 했지만 그 경우에도 충분한 신빙성이 없는 것처럼 보였다.

하르트무트 빈더

| 역자 후기 |

탈출을 위한 삶의 고투
『카프카의 엽서—그리고 네게 편지를 쓴다』

『카프카의 엽서—그리고 네게 편지를 쓴다』는 미완성이다. 이유는 카프카와 사랑하는 누이동생 사이의 거의 이십 년 동안 지속된 대화의 일부분에 지나지 않기 때문이다. 또 수신인들의 답장이 없기 때문이다. 카프카가 누이동생 오틀라에게 보낸 백이십 통의 엽서와 편지는 『펠리체에게 보내는 편지』나 『밀레나에게 보내는 편지』와 대비된다. 이 두 편지가 카프카의 자기 고문적 성격을 드러내고 있다면 『카프카의 엽서—그리고 네게 편지를 쓴다』에서 우리는 부드럽고, 도움을 주고, 재치가 있는 오빠로, 누이동생의 훌륭한 삶의 동반자로서 새로운 카프카를 발견할 수 있다. 카프카는 죽음에 이르기까지 이십오 년 이상을 오틀라에게 편지를 썼다. 오틀라는 카프카에게 가장 신뢰할 수 있는 유일한 존재였다.

우선 카프카 가족의 계급 상황을 살펴보면, 아버지는 남부 보헤미아 지방을 떠나 프라하로 이주하는데 그 지역의 고조된 반유대주의의 탓도 있지만 상인으로 출세하고 싶었기 때문이기도 하다. 이것을 가능하게 만든 것은 그 당시 전 유럽을 휩쓴 '포말 회사 난립 시대'라는 시대적 상황이다. 이때 대도시로 엄청난 인구가 유입됐고 임대 아파트 단지와 주식 회사들이 우후죽순처럼 들어섰다. 1883년에 태어난 프란츠 카프카와 부모 그리고 누이동생들과의 관계를 이해하려면 이 상황을 고려해야 한다. 따라서 카프카 가족의 경우에는 아버지는 사업의 성공을 위해 전력투구하고 어머니는 주로 그런 아버지를 돕고 아이들은 방치되거나 하녀와 가정 교사의 손에 맡겨지는 '일가 구축의 시기'였다.

날카롭게 아버지와 대립했던 카프카는 아버지가 준비해놓은 삶의 복안과 직업의 복안을 따르지 않는다. 그는 법학을 공부했지만 고급 관리의 길을 걷지 않고 처음에는 '아주 멀리 떨어져 있는 나라들의 안락 의자'에 앉고 싶다는 소망을 품고 일반 보험 회사에 들어갔다가 나중에 노동자재해보험공사로 옮긴다. 이곳에서 카프카는 기업들을 '위험 등급'으로 분류하는 일을 감독하고 기업주들에 대한 소송을 진행하며 노동자들이 그들의 요구들을 관철하고자 할 때 조언을 해주었다. 한마디로 카프카의 삶은 프라하로부터 벗어나려는, 아버지의 세계로부터 벗어나려는, 사무실로부터 벗어나려는 노력들로 점철되어 있다. 결혼 시도는 그중 가장 적극적이고 가장 희망적인 다른 방향으로의 탈출 시도였다. 그러나 살고 있는 곳에서 다른 곳으로의 피신은 도무지 이룰 수 없는 불가능한 일이었다.

펠리체와 처음 파혼하고 난 뒤 1914년 7월에 카프카는 부모에게 자신의 계획을 밝힌다(22번에 상세히 적혀 있다). '고향의 무리'에서 떨어져 나오려는 계획은 몇 주 뒤에 발발한 세계 대전으로 말미암아 불발로 그쳤지만 22번에서 보듯이 계획을 포기하지는 않는다. 1917년에 카프카는 다시 계획을 세운다. 하지만 폐결핵이 발병(가을)해 실행에 옮기지 못한다. 폐결핵의 발병을 카프카는 '독립적인 삶'을 살려는 시도의 실패로, 펠리체와 결혼하기 위한 오 년 간의 투쟁에서의 패배로 부른다. 1919년 카프카는 쉘레젠에서 알게 된 율리 보리첵과 약혼하고는 아버지한테 사회적 신분이 낮은 집안의 딸과 결혼한다는 이유로 격렬한 비난을 받았다. 이때 입은 내면의 상처가 『아버지께 드리는 편지』로 결실을 맺는다. 그 후 카프카는 해방을 위한 시도를 작가로서의 작업으로 국한하고 질병을 증거로 받아들인다. 결국 카프카가 아버지로부터 독립할 수 있는 유일한 방법은 글쓰기였다. 글쓰기를 통해 카프카는 명령과 복종에서 벗어난 자유롭고 행복한 세계에 도달하려 했다.

오틀라의 경우는 달랐다. 오틀라도 카프카처럼 아버지와의 관계를 단절한 채 자신의 길을 혼자서 찾아 나간다. 초등학교를 졸업한 뒤 아버지 가게에서 일을 거들었고 누이동생들 중에서 유일하게 또한 정확히 스물다섯 살에 직업을 가질 수 있었다. 곧 농장에서 일했고 나중에는 농업 학교를 다녔다. 오틀라는 오빠의 강력한 도움을 받아 부모의 집에서 벗어나는 데 성공한다. 굳이 오틀라가 취라우행 모험을 감행한 것은 아버지가 그랬던 것처럼 독립해 외부 세계와의 싸움을 직접 하고 싶었기 때문이었다. 결국 아버지는 오틀라에 대한 반대를 철회했고 오틀라는 취라우로 이사했다. 취라우는 북보헤미아 지방의 작은 마을로 오틀라는 시댁 농장을 경영하고 있었다. 취라우로 보낸 카프카의 편지들은 오틀라의 독립적인 일이 얼마나 강렬하게 카프카를 매혹했는지 보여준다. 곧 기술적 충고, 새로운 소식들과 격려의 말이 담긴 편지들이다. 제1차 세계 대전 직전 오틀라는 기독교도이자 체코 사람인 법학도 다비트를 알게 됐는데 이 남자는 법학도로 유대인이 아니었다. 오틀라는 그와 친구로 지내다 전쟁이 끝난 뒤에 결혼하려고 했다. 그러나 아버지의 반대로 결혼을 미룰 수밖에 없었다. 어머니가 편지에 썼듯이 우선은 적은 봉급, 다음으로는 종교 같은 여러 가지 걱정거리를 다비트는 안고 있었다. 편지에서 드러나듯이 종교 문제가 오틀라의 마음을 혼란스럽게 한 것은 분명하다. 이 편지들에서 카프카는 오틀라에게 용기를 주고 부모에 대한 그녀의 결심을 옹호한다(81번). 이 격려의 말 속에는 물론 카프카 자신은 이

루지 못한 것이 많이 들어 있다. 1920년 마침내 오틀라는 다비트와 결혼한다. 오틀라의 언니들은 결혼당했지만, 결혼 문제에서도 오틀라의 아버지로부터 해방을 위한 시도는 성공을 거두었다. 오틀라는 카프카에 비해 더 많은 확신과 자신감, 더 나은 건강을 지니고 있었기 때문에 아버지의 눈에는 가장 큰 배신감을 주는 자식으로 비쳤다. 아버지에게 오틀라는 악마 같은 존재라고 말할 수 있다. 아버지와 오틀라 사이엔 아버지와 카프카 사이의 간격보다 훨씬 더 엄청난 간격이 벌어져 있었던 것이다.

오틀라는 카프카보다 거의 이십 년을 더 살았다. 나치가 프라하를 점령했을 때 언니들은 아우슈비츠로 추방된다. 오틀라는 추방당하지 않았는데 유대인이 아닌 사람과 결혼했기 때문이다. 그러나 자신의 해방을 받아들이려 하지 않았다. 오틀라는 남편과 이혼하고 테레지엔 시로 와서 그곳에서 아우슈비츠로 어린이들을 수송하는 데 자발적으로 동행한다.

좁은 의미에서 문학 창작과 마찬가지로 편지 왕래는 인간 상호간의 영역에서의 불충분한 접촉을 보충하고 위협적인 고독을 완화시키는 주요 수단으로 기능한다. 동시대의 정신적이며 정치적인 삶에 무관심하고 자신의 삶과 수신인의 삶의 구체적인 개별 현상들에 관심을 국한한 것이 카프카 편지들의 일반적인 특징이다. 카프카의 편지는 그의 문학 작품처럼 인간의 고립과 이에 따른 고독을 근본 주제로 삼고 있다. 인간 공동 사회에의 인간의 편입이라는 것이 요점이다. 고독과 인간의 공동 사회의 경계에 선 카프카는 인간의 공동 사회에 편입해 고독의 불안에서 벗어나려는 파괴할 수 없는 갈망을 숨기려 하지 않는다. 브로트의 표현을 빌리면 새로운 파우스트인 카프카는 괴테의 파우스트처럼 인간의 최고 인식에 대한 욕구가 아니라 가장 초보적인 생존 조건 곧 직업과 고향에 뿌리를 내리는 일, 공동

체의 일원이 되는 것에 대한 욕구가 강했다. 겉으로 보기에 이 차이는 아주 큰 것처럼 보인다. 그러나 카프카에게는 이런 기본적인 욕구가 종교적 의미를 띠며 그것이 바로 '올바른 길道'임을 고려한다면 이 차이란 무시해도 좋을 것이다.

단편소설 「변신」의 전사前史로서 이 책에서 카프카와 오틀라의 관계는 마침내 「변신」의 그레고르 잠자와 누이동생 그레테의 관계로 비유되어 변주된다. 「변신」에서 오빠와 누이동생으로 등장하는 그레고르와 그레테 사이의 음音의 유사성은 둘 사이의 뿌리 깊은 친밀함을 암시하는 것이다. 또 잠자라는 이름이 카프카에 대한 암호문인 것은 의심할 여지가 없다. 그러나 여기에서 그치지 않고 체코어의 어원에서 볼 때 '나는 고독하다'라는 뜻인 잠자를 카프카가 주인공의 성으로 선택한 것을 감안한다면 카프카가 개인의 특정한 상황을 인간의 보편적 상황으로 끌어올리는 명수였음을 확인할 수 있다. 바로 이 점이 카프카 문학이 점점 더 널리 알려지고 점점 더 많이 읽히는 이유 중의 하나일 것이다.

번역 텍스트는 하르트무트 빈더와 클라우스 바겐바흐가 공동으로 편집한 1981년 피셔 출판사 발행의 『프란츠 카프카—오틀라와 가족에게 보내는 편지』임을 밝힌다. 이 두 편집인의 편집 열정과 장인 정신에 조금이라도 부응하기 위해서 카프카의 편지글 뒤에 붙여놓은 부록에 수록된 주석, 하르트무트 빈더의 편집 보고, 편지 수신인들을 중심으로 정리한 작가 연보 등을 되도록 가감 없이 번역해 실어놓았다.

카프카를 다시 기억하면서

편영수

| 찾아보기 |

ㅇ

ㅈ

ㅊ

ㅋ

ㅌ

36 JARDINS DE VERSAILLES.

KRATZAU.
Marktplatz.

Gruss aus Liboch

Zürau

Prag. Hradsch'n. Strahower Kloster.

Einige Freunde grüssen Dich herzlich:

Franz

Fräulein

Ottla Kafka

bei Frau Hub

Friedland

Flurgasse

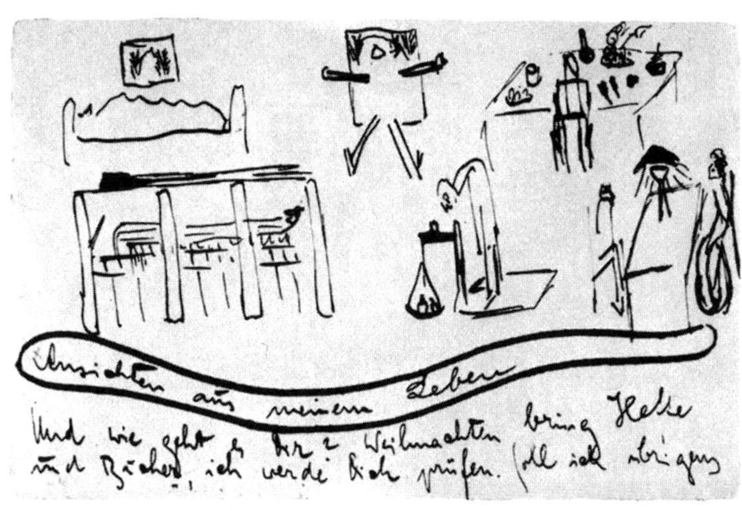

결정본 '카프카 전집'을 간행하며

불안과 고독, 소외와 부조리, 실존의 비의와 역설…… 카프카 문학의 테마는 현대인의 삶 속에 깊이 움직이고 있는 난해하면서도 심오한 여러 특성들과 연관되어 있다. 그러나 지금 카프카 문학이 지닌 깊이와 넓이는 이러한 실존적 차원에 국한되지 않는다. 카프카의 문학적 모태인 체코의 역사와 문화가 그러했듯이, 그의 문학은 동양과 서양 사이를 넘나드는 매우 중요하면서도 인상 깊은 정신적 가교架橋로서 새로운 해석을 요청하고 있으며, 전혀 새로운 문학적 상상력과 깊은 정신적 비전으로 현대와 근대 그리고 미래 사이에 가로놓인 장벽들을 뛰어넘는, 또한 근대 이후 세계 문학에 대한 인식틀들을 지배해온 유럽 문학 중심/주변이라는 그릇된 고정관념들을 그 내부에서 극복하는, 현대 예술성의 의미심장한 이정표이자 마르지 않는 역동성의 원천으로서 오늘의 우리들 앞에 다시 떠오른다.

■ 옮긴이 **편영수**

서울대 독문학과를 나와 동 대학원에서 카프카 연구로 문학박사 학위를 받았다. 독일 루트비히스부르크대학에서 수학했다. 전공은 독일 현대문학(카프카 문학)이며 현재 전주대 명예교수이다. 주요 저서로는『프란츠 카프카』(2004), 주요 역서로는『카프카의 엽서』(2001)『실종자』(2009)『프란츠 카프카—그의 문학의 구성 법칙, 허무주의와 전통을 넘어선 성숙한 인간』(2011)『카프카와의 대화』(2013), 주요 논문으로는「막스 브로트의 카프카 읽기」(2016) 등이 있다.

카프카 전집 10

카프카의 엽서 그리고 네게 편지를 쓴다

개정1판 1쇄 발행 2017년 7월 17일
개정1판 2쇄 발행 2023년 9월 4일

지은이 프란츠 카프카
옮긴이 편영수
펴낸이 임양묵
펴낸곳 솔출판사

편집 윤정빈 임윤영
경영관리 박현주

주소 서울시 마포구 와우산로29가길 80(서교동)
전화 02-332-1526
팩스 02-332-1529
블로그 blog.naver.com/sol_book
이메일 solbook@solbook.co.kr
출판등록 1990년 9월 15일 제10-420호

ISBN 979-11-6020-023-2 (04850)
979-11-6020-006-5 (세트)